不會考的單字不用看！
一本掌握N5到N1單字

實用兼考用，順利掌握日文單字！

インストラクション
使用說明

重點1 ▶ 累積日檢硬實力，考什麼就看什麼！

很多考生在準備日檢時，會覺得閱讀、聽力很難，那是因為單字量不足。單字基礎不紮實，連帶地影響到閱讀理解和聽力，因此這本書收錄N1-N5日檢常用單字，用最清楚的分類編排，讓你速查搶分，考什麼就看什麼，單字基礎打穩才能乘勝追擊！

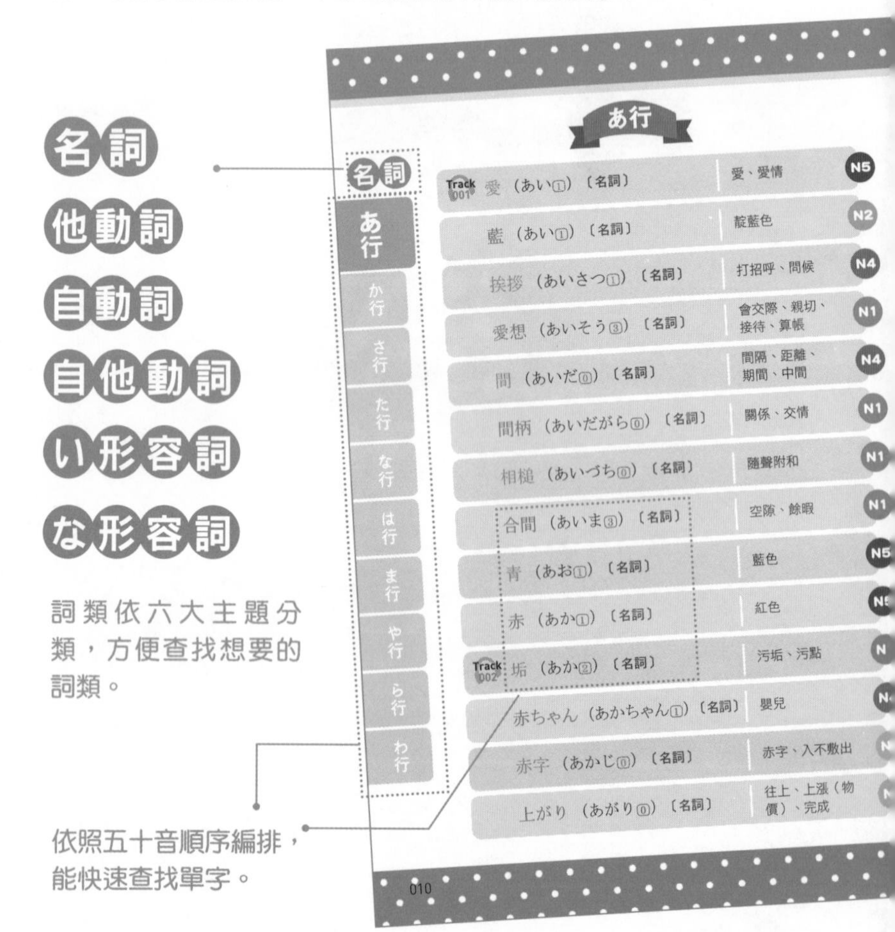

列舉最常用的中文意義，讓單字能夠結合生活！

あ行

他動詞

Track 267 開ける（あける⓪）〔第II類、他動詞〕	開、打開	
あげる（あげる⓪）〔第II類、他動詞〕	給、給予	
挙げる（あげる⓪）〔第II類、他動詞〕	舉、舉行	N5
欺く（あざむく③）〔第I類、他動詞〕	欺騙	N1
嘲笑う（あざわらう④）〔第I類、他動詞〕	嘲笑、冷笑	N1
預ける（あずける③）〔第II類、他動詞〕	寄存	N3
与える（あたえる⓪）〔第II類、他動詞〕	給予、使蒙受	N3
扱う（あつかう⓪）〔第I類、他動詞〕	對待、處理、操縱	N2
斡旋する（あっせんする⓪）〔第III類、他動詞〕	幫助、居中調節、介紹	N1
圧倒する（あっとうする⓪）〔第III類、他動詞〕	壓倒、勝過、超過	N1
Track 268 圧迫する（あっぱくする⓪）〔第III類、他動詞〕	壓迫	N1
集める（あつめる③）〔第II類、他動詞〕	集合、集中	N4
アップする（あっぷする①）〔第III類、他動詞〕	提高、增高	N1
誂える（あつらえる④）〔第II類、他動詞〕	訂做、訂購、叫（菜）	N1

あ行 か行 さ行 た行 な行 は行 ま行 や行 ら行 わ行

200

級數分明，考哪級檢定就看哪級單字！（建議如考N4，可同時背誦N5＋N4級數的單字。）

重點2▶日檢考試關鍵一次搞定

複雜的動詞變化、不熟悉的重音發音、腦筋常常轉不過來的片假名以及容易不小心念成中文的漢字，囊括日文學習者的罩門，一次搞定繁複日文學習關鍵，戰勝日檢，絕對合格！

日文漢字源自中國文字，清楚標示常用漢字，有些漢字意思和中文很像！先記中文再記日文，日文單字變得更好記了！特別以平假名提示發音，看到陌生漢字或片假名都不怕不會唸。

以數字清楚標示每個單字的重音，搭配音檔就能唸出最標準的單字，讓你擁有像日本人一樣的正確發音！

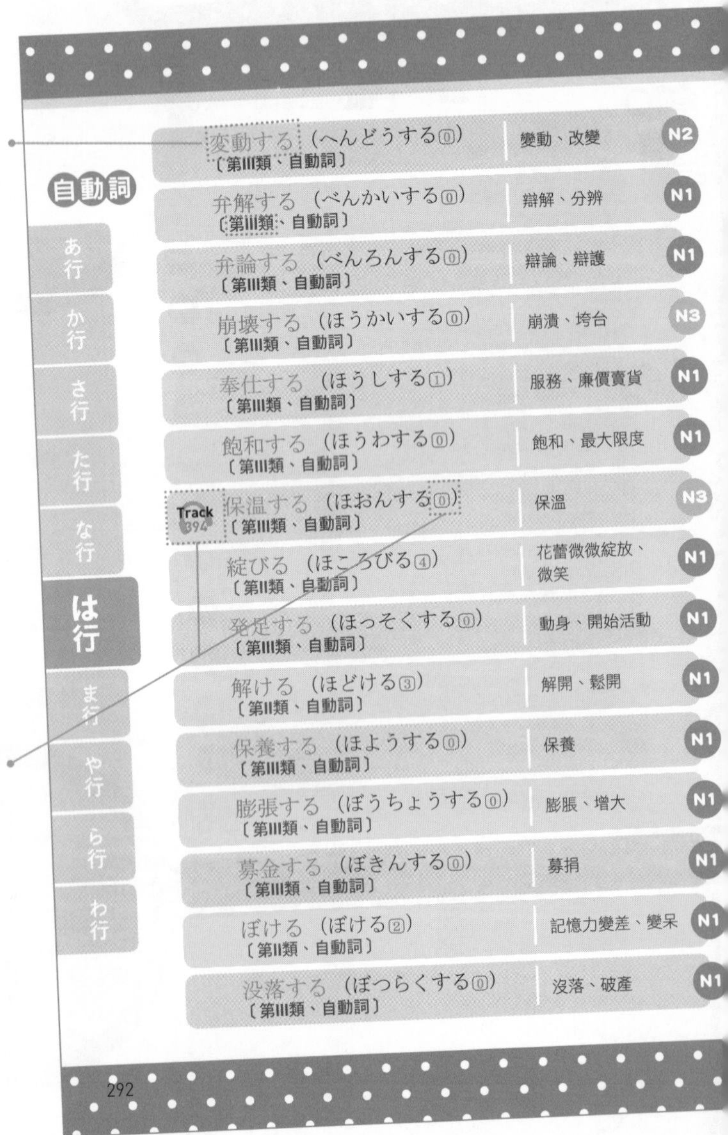

自動詞

あ行 か行 さ行 た行 な行 **は行** ま行 や行 ら行 わ行

Track 394

変動する（へんどうする⓪）〔第III類、自動詞〕	變動、改變	N2
弁解する（べんかいする⓪）〔第III類、自動詞〕	辯解、分辨	N1
弁論する（べんろんする⓪）〔第III類、自動詞〕	辯論、辯護	N1
崩壊する（ほうかいする⓪）〔第III類、自動詞〕	崩潰、垮台	N3
奉仕する（ほうしする①）〔第III類、自動詞〕	服務、廉價賣貨	N1
飽和する（ほうわする⓪）〔第III類、自動詞〕	飽和、最大限度	N1
保温する（ほおんする⓪）〔第III類、自動詞〕	保溫	N3
綻びる（ほころびる④）〔第II類、自動詞〕	花蕾微微綻放、微笑	N1
発足する（ほっそくする⓪）〔第III類、自動詞〕	動身、開始活動	N1
解ける（ほどける③）〔第II類、自動詞〕	解開、鬆開	N1
保養する（ほようする⓪）〔第III類、自動詞〕	保養	N1
膨張する（ぼうちょうする⓪）〔第III類、自動詞〕	膨脹、增大	N1
募金する（ぼきんする⓪）〔第III類、自動詞〕	募捐	N1
ぼける（ぼける②）〔第II類、自動詞〕	記憶力變差、變呆	N1
没落する（ぼつらくする⓪）〔第III類、自動詞〕	沒落、破產	N1

292

重點3 ▶ 日語小知識加深基礎，多看多學多得分！

い形容詞和な形容詞有什麼差異？動詞分3類是什麼意思？形容詞和動詞也可以變名詞？！多學多看日語小知識，日檢考試多得分！

ぼやける（ぼやける③）〔第II類 · 自動詞〕 | 變得模糊不清 | N1

ぼやける（ぼやけ
〔第II類、自動詞〕

以「第I類」、「第II類」、「第III類」的標示方式提醒動詞的分類，快速搞定動詞變化！

◆「い形容詞」、「な形容詞」、「動詞的ます形」也可以變名詞？

● い形容詞～い → さ

おいしい（好吃的）→ おいしさ（好吃的程度）

高い（高的）→ 高さ（高度）

長い（長的）→ 長さ（長度）

強い（強的）→ 強さ（強度）

● な形容詞 → 語尾＋さ

静か（安靜的）→ 静かさ（寧靜）

便利（方便的）→ 便利さ（方便性）

● 動詞的ます形 → 變成名詞

話します（說話）→ 話し（事情）

働きます（工作）→ 働き（功能）

帰ります（回家）→ 帰り（回程）

遊びます（遊玩）→ 遊び（遊戲）

你知道形容詞和動詞怎麼變名詞嗎？補充學日文不能不知道的小知識，打好日文基礎，輕鬆突破日檢！

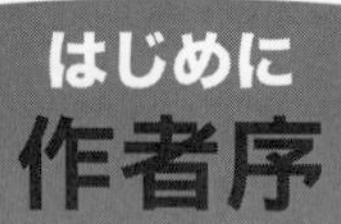

はじめに
作者序

大家好！皆さん、こんにちは！お元気ですか。

五十音背熟了嗎？是不是很簡單呢？

「莉香老師，我想先學會話～。但每次要講時都找不到單字可用，我該怎麼辦呢？」

「莉香老師，要怎麼樣才能說得一口流利日語呢？」

「莉香老師，我背了很多句型，但真的要用時，卻不知道怎麼組合耶……」

這大概是台灣學生最常問我的問題，我第一句話都會請問同學：

「請問到目前為止大概背了多少單字呢？」

「好像不太多耶！而且常背了就忘了……」

沒錯！這就是問題所在！單字量也是精進會話的關鍵之一，因此在《日文派對：50音得用手寫這樣學》之後，我整理了這本《新日檢N1-N5關鍵單字這樣學》的單字書，讓大家複習五十音的同時，也能增進一些實用兼具考用的日文單字。

在多年的日語教學經驗之下，我使用詞類分類單字，同時標示動詞三大類別、重音、檢定級數，讓這本書兼具工具書之功能，當然收錄的單字也是極為實用的。

希望大家可以常常翻閱這本單字書，很快地你就能在與日本人對話時，享受「單字」→「片語」→「整句會話」的進步過程！祝大家學習愉快！

赤石莉香

もくじ

目錄

第四章 ▶ 自他動詞必考單字／301

第五章 ▶ い形容詞必考單字／311

第六章 ▶ な形容詞必考單字／329

第一章

名詞必考單字

あ行

名詞

Track 001	愛（あい①）〔名詞〕	愛、愛情	N5
	藍（あい①）〔名詞〕	靛藍色	N2
	挨拶（あいさつ①）〔名詞〕	打招呼、問候	N4
	愛想（あいそう③）〔名詞〕	會交際、親切、接待、算帳	N1
	間（あいだ⓪）〔名詞〕	間隔、距離、期間、中間	N4
	間柄（あいだがら⓪）〔名詞〕	關係、交情	N1
	相槌（あいづち⓪）〔名詞〕	隨聲附和	N1
	合間（あいま③）〔名詞〕	空隙、餘暇	N1
	青（あお①）〔名詞〕	藍色	N5
	赤（あか①）〔名詞〕	紅色	N5
Track 002	垢（あか②）〔名詞〕	污垢、污點	N1
	赤ちゃん（あかちゃん①）〔名詞〕	嬰兒	N4
	赤字（あかじ⓪）〔名詞〕	赤字、入不敷出	N3
	上がり（あがり⓪）〔名詞〕	往上、上漲（物價）、完成	N3

赤ん坊（あかんぼう⓪）〔名詞〕	嬰兒	N4
秋（あき①）〔名詞〕	秋天、秋季	N5
諦め（あきらめ⓪）〔名詞〕	死心、想得開	N1
悪（あく①）〔名詞〕	惡、壞人	N1
アクセル（あくせる①）〔名詞〕	（汽車的）加速器	N1
欠伸（あくび⓪）〔名詞〕	哈欠、呵欠	N3
Track 003 顎（あご②）〔名詞〕	顎、下巴	N3
憧れ（あこがれ⓪）〔名詞〕	憧憬、嚮往	N3
朝（あさ①）〔名詞〕	早上	N5
麻（あさ②）〔名詞〕	麻、麻紗	N1
あざ（あざ②）〔名詞〕	痣、青斑	N1
朝ご飯（あさごはん③）〔名詞〕	早餐	N5
明後日（あさって②）〔名詞〕	後天	N5
朝晩（あさばん①）〔名詞〕	早晚	N4
朝日（あさひ①）〔名詞〕	朝陽、旭日	N4

名詞

あ行

か行 さ行 た行 な行 は行 ま行 や行 ら行 わ行

足（あし②）〔名詞〕	腳	N5
Track 004 アジア（あじあ①）〔名詞〕	亞洲	N4
明日（あした③）〔名詞〕	明天	N5
味わい（あじわい⓪）〔名詞〕	味、趣味	N1
汗（あせ①）〔名詞〕	汗	N2
あそこ（あそこ⓪）〔名詞〕	那裡、那兒 註：指示代名詞	N5
値（あたい⓪）〔名詞〕	價值、價錢	N1
あたし（あたし⓪）〔名詞〕	我（女生稱自己）	N5
頭（あたま③）〔名詞〕	頭、腦筋	N5
当たり（あたり⓪）〔名詞〕	碰、打中、中獎	N3
あちら（あちら⓪）〔名詞〕	那裡、那邊 註：指示代名詞	N5
Track 005 扱い（あつかい⓪）〔名詞〕	使用、接待、處理	N1
あっち（あっち③）〔名詞〕	那兒、那邊（あちら的口語說法） 註：指示代名詞	N5
圧力（あつりょく②）〔名詞〕	壓力	N3
当て（あて⓪）〔名詞〕	目的、依賴、撞	N1

当て字（あてじ⓪）〔名詞〕	借用字、別字	N1
後（あと①）〔名詞〕	後面、以後	N5
跡継ぎ（あとつぎ②）〔名詞〕	後繼者、後代	N1
後回し（あとまわし③）〔名詞〕	往後推、緩辦	N1
あなた（あなた②）〔名詞〕	你、妳、您	N5
兄（あに①）〔名詞〕	哥哥	N5
Track 006 姉（あね⓪）〔名詞〕	姐姐	N4
アパート（あぱーと②）〔名詞〕	公寓	N4
油絵（あぶらえ③）〔名詞〕	油畫	N1
あべこべ（あべこべ⓪）〔名詞〕	（順序、位置）顛倒	N1
雨具（あまぐ②）〔名詞〕	防雨的用具	N3
甘口（あまくち⓪）〔名詞〕	帶甜味、花言巧語	N3
アマチュア（あまちゅあ②）〔名詞〕	業餘愛好者、外行	N1
余り（あまり③）〔名詞〕	剩餘	N5
網（あみ②）〔名詞〕	網、法網	N1

	雨（あめ①）〔名詞〕	雨	N5
Track 007	飴（あめ⓪）〔名詞〕	糖	N5
	過ち（あやまち③）〔名詞〕	錯誤、過失	N1
	歩み（あゆみ③）〔名詞〕	步行、步調、進度、歷程	N1
	争い（あらそい⓪）〔名詞〕	爭吵、爭奪	N1
	アラブ人（あらぶじん③）〔名詞〕	阿拉伯人	N3
	霰（あられ⓪）〔名詞〕	霰	N3
	有様（ありさま②）〔名詞〕	樣子、情況、狀態	N1
	ありのまま（ありのまま⑤）〔名詞〕	根據事實、事實上	N1
	アルカリ（あるかり⓪）〔名詞〕	鹼、強鹼	N1
	アルコール（あるこーる⓪）〔名詞〕	酒、酒精	N1
Track 008	アルバイト（あるばいと③）〔名詞〕	打工	N4
	アルミ（あるみ⓪）〔名詞〕	鋁	N3
	あれ（あれ⓪）〔名詞〕	那個 註：指示代名詞	N5
	アワー（あわー①）〔名詞〕	時間、小時	N1

案外（あんがい①）〔名詞〕	意想不到、出乎意料	N2
暗記（あんき⓪）〔名詞〕	記住、背誦	N2
安危（あんき①）〔名詞〕	安危	N2
アンケート（あんけーと①）〔名詞〕	問卷、民意調查	N1
安心（あんしん⓪）〔名詞〕	安心、放心	N4
安静（あんせい⓪）〔名詞〕	安靜、靜養	N1
Track 009 安定（あんてい⓪）〔名詞〕	安定、穩定	N2
案内（あんない③）〔名詞〕	引導、導覽	N4
胃（い⓪）〔名詞〕	胃	N2
異（い①）〔名詞〕	不同、奇異	N1

意（い①）〔名詞〕	心意、想法、意思	N3
医院（いいん①）〔名詞〕	醫院、診療所	N1
家（いえ②）〔名詞〕	房子、家	N5
イエス（いえす②）〔名詞〕	是、同意	N1
以下（いか①）〔名詞〕	以下	N4
意外（いがい⓪）〔名詞〕	意外	N2
Track 010 以外（いがい①）〔名詞〕	以外	N3
医学（いがく①）〔名詞〕	醫學	N3
怒り（いかり③）〔名詞〕	憤怒、生氣	N1
異議（いぎ①）〔名詞〕	異議、不同的意見	N1
生き甲斐（いきがい⓪）〔名詞〕	生存的意義、活得起勁	N3
行き違い（いきちがい⓪）〔名詞〕	走岔開、不和	N1
幾つ（いくつ①）〔名詞〕	幾個、幾歲	N5
いくら（いくら①）〔名詞〕	多少（錢）	N5
池（いけ②）〔名詞〕	池子	N5

異見（いけん⓪）〔名詞〕	不同意見、異議	N1
Track 011 意見（いけん①）〔名詞〕	意見	N4
以後（いご①）〔名詞〕	以後、之後	N4
意向（いこう⓪）〔名詞〕	打算、意圖	N1
石（いし②）〔名詞〕	石頭	N4
意志（いし①）〔名詞〕	意志	N2
意地（いじ②）〔名詞〕	心術、固執、逞強心	N1
維持（いじ①）〔名詞〕	維持	N2
意識（いしき①）〔名詞〕	意識、認識、知覺、覺悟	N2
医者（いしゃ⓪）〔名詞〕	醫生	N4
衣装（いしょう①）〔名詞〕	衣服、盛裝	N1
Track 012 以上（いじょう①）〔名詞〕	以上、再、更	N4
椅子（いす⓪）〔名詞〕	椅子	N5
異性（いせい⓪）〔名詞〕	異性、不同性質	N3
遺跡（いせき⓪）〔名詞〕	遺跡、古蹟	N1

名詞

あ行 か行 さ行 た行 な行 は行 ま行 や行 ら行 わ行

以前（いぜん①）〔名詞〕	以前	N4
頂（いただき⓪）〔名詞〕	頂部、頂峰	N1
市（いち①）〔名詞〕	市場、市街	N3
位置（いち①）〔名詞〕	位置、立場	N2
一時（いちじ②）〔名詞〕	某時、當時、一時、暫時	N2
一度（いちど③）〔名詞〕	一回、一次	N2
Track 013 一同（いちどう③）〔名詞〕	大家、全體	N1
一日（いちにち④）〔名詞〕	一天	N5
一番（いちばん②）〔名詞〕	一號、第一名	N5
一部（いちぶ②）〔名詞〕	一部分、書籍數量單位、一套	N2
一部分（いちぶぶん③）〔名詞〕	一部分	N3
一面（いちめん⓪）〔名詞〕	一面、另一面、全體	N1
一律（いちりつ⓪）〔名詞〕	同樣的音律、一樣	N1
一連（いちれん⓪）〔名詞〕	一連串、一串	N1
何時（いつ①）〔名詞〕	什麼時候 註：不定指示代名詞	N5

五日（いつか③）〔名詞〕	五號（日期）、五天	N5
Track 014 一切（いっさい①）〔名詞〕	一切、全部	N1
一緒（いっしょ⓪）〔名詞〕	一起、一樣	N5
一帯（いったい⓪）〔名詞〕	一帶	N3
五つ（いつつ②）〔名詞〕	五個、五歲	N5
一般（いっぱん⓪）〔名詞〕	一般、普遍、普通	N2
一方（いっぽう③）〔名詞〕	一方、一方面、單方面	N2
移転（いてん⓪）〔名詞〕	遷移、變遷、轉讓	N2
糸（いと①）〔名詞〕	線	N4
異動（いどう⓪）〔名詞〕	變動、調動	N1
移動（いどう⓪）〔名詞〕	移動、巡迴	N2
Track 015 以内（いない①）〔名詞〕	以內	N2
田舎（いなか⓪）〔名詞〕	鄉村、鄉下	N4
稲光（いなびかり③）〔名詞〕	閃電、閃光	N1
犬（いぬ②）〔名詞〕	狗	N5

稲（いね①）〔名詞〕	稻子	N2
祈り（いのり③）〔名詞〕	祈禱	N3
違反（いはん⓪）〔名詞〕	違反	N3
鼾（いびき③）〔名詞〕	鼾聲	N3
衣服（いふく①）〔名詞〕	衣服	N2
今（いま①）〔名詞〕	現在、馬上	N5
Track 016 意味（いみ①）〔名詞〕	意思	N4
妹（いもうと④）〔名詞〕	自己的妹妹	N5
妹さん（いもうとさん⓪）〔名詞〕	稱呼別人妹妹的客氣用語	N5
意欲（いよく①）〔名詞〕	意志、熱情	N1

入口（いりぐち⓪）〔名詞〕	入口	N4
衣料（いりょう①）〔名詞〕	衣服、衣料	N1
衣類（いるい①）〔名詞〕	衣服、衣裳	N1
色（いろ②）〔名詞〕	顏色	N4
異論（いろん⓪）〔名詞〕	異議、不同意見	N1
印鑑（いんかん⓪）〔名詞〕	印、圖章、印鑑	N3
Track 017 印刷（いんさつ⓪）〔名詞〕	印刷	N3
飲酒（いんしゅ⓪）〔名詞〕	飲酒	N3
インターチェンジ（いんたーちぇんじ⑤）〔名詞〕	高速公路出入口（交流道）	N3
インターホン（いんたーほん③）〔名詞〕	內部對講機	N1
インテリ（いんてり⓪）〔名詞〕	知識分子	N3
インフォメーション（いんふぉめーしょん④）〔名詞〕	消息、服務台、見聞	N3
インフレ（いんふれ⓪）〔名詞〕	通貨膨脹	N1
ウイルス（ういるす①）〔名詞〕	病毒	N3
上（うえ⓪）〔名詞〕	上面、高	N5

名詞

あ行 か行 さ行 た行 な行 は行 ま行 や行 ら行 わ行

受入（うけいれ⓪）〔名詞〕	接納、容納	N2
Track 018 受付（うけつけ⓪）〔名詞〕	受理、詢問處、接待人員	N4
受取（うけとり⓪）〔名詞〕	收領	N2
受身（うけみ③）〔名詞〕	被動	N2
受身（うけみ③）〔名詞〕	被動、守勢、招架	N1
受け持ち（うけもち⓪）〔名詞〕	擔當人、負責的人	N1
動き（うごき③）〔名詞〕	活動、變化	N1
牛（うし⓪）〔名詞〕	牛	N4
後ろ（うしろ⓪）〔名詞〕	後面、背面	N5
渦（うず①）〔名詞〕	漩渦	N1
嘘（うそ①）〔名詞〕	謊言、説謊	N4
Track 019 嘘つき（うそつき②）〔名詞〕	好説謊的人、騙子	N1
歌（うた②）〔名詞〕	歌曲	N4
内（うち⓪）〔名詞〕	裡面、時候	N5
家（うち⓪）〔名詞〕	家	N5

打ち消し（うちけし⓪）〔名詞〕	消除、否認、否定	N3
宇宙（うちゅう①）〔名詞〕	宇宙	N2
団扇（うちわ②）〔名詞〕	圓扇	N1
内訳（うちわけ⓪）〔名詞〕	細目、明細	N1
写し（うつし③）〔名詞〕	拍照、攝影、抄本、抄寫	N1
訴え（うったえ⓪）〔名詞〕	訴訟、控告、訴苦	N1
Track 020 空ろ（うつろ⓪）〔名詞〕	空、空心、空虛	N1
器（うつわ⓪）〔名詞〕	容器、器具、才能	N1
腕（うで②）〔名詞〕	胳膊、手腕、能力、腕力、本事	N2
腕前（うでまえ⓪）〔名詞〕	能力、本事、才幹	N3
雨天（うてん①）〔名詞〕	雨天	N3
自惚れ（うぬぼれ⓪）〔名詞〕	自滿、自負、自大	N1
生まれつき（うまれつき⓪）〔名詞〕	天性、天生、生來	N3
海（うみ①）〔名詞〕	海	N4
梅干（うめぼし⓪）〔名詞〕	鹹梅、醃的梅子	N3

名詞

あ行 か行 さ行 た行 な行 は行 ま行 や行 ら行 わ行

裏（うら②）〔名詞〕	背面、反面	N4
Track 021 裏返し（うらがえし③）〔名詞〕	表裡相反	N1
売り出し（うりだし⓪）〔名詞〕	開始出售、減價出售	N1
売り場（うりば⓪）〔名詞〕	賣場、售貨處	N4
雨量（うりょう①）〔名詞〕	雨量	N2
売れ行き（うれゆき⓪）〔名詞〕	銷售情況、銷路	N2
上着（うわぎ⓪）〔名詞〕	上衣、外衣	N4
運賃（うんちん①）〔名詞〕	票價、車資	N3
運転（うんてん⓪）〔名詞〕	駕駛、操作	N4
運動（うんどう⓪）〔名詞〕	運動	N4
運命（うんめい①）〔名詞〕	命運、將來	N1
Track 022 運輸（うんゆ①）〔名詞〕	運輸、搬運	N1
柄（え⓪）〔名詞〕	柄、把	N3
絵（え①）〔名詞〕	圖畫、畫	N5
エアメール（えあめーる③）〔名詞〕	航空郵件、航空信	N3

永遠（えいえん⓪）〔名詞〕	永遠	N2
映画（えいが①）〔名詞〕	電影	N5
映画館（えいがかん③）〔名詞〕	電影院	N5
影響（えいきょう⓪）〔名詞〕	影響	N2
英語（えいご⓪）〔名詞〕	英文	N5
英字（えいじ⓪）〔名詞〕	英語文字（羅馬字）、英文	N1
Track 023 衛星（えいせい⓪）〔名詞〕	衛星、人造衛星	N1
映像（えいぞう⓪）〔名詞〕	映像、形象	N3
英雄（えいゆう⓪）〔名詞〕	英雄	N1
栄養分（えいようぶん③）〔名詞〕	養分、滋養	N2
駅（えき①）〔名詞〕	火車站	N5
液（えき①）〔名詞〕	汁液、液體	N1
エスカレーター（えすかれーたー④）〔名詞〕	自動手扶梯	N4
枝（えだ⓪）〔名詞〕	樹枝	N4
獲物（えもの⓪）〔名詞〕	獵物、掠奪物、戰利品	N1

襟（えり②）〔名詞〕	領子	N3
Track 024 エレベーター（えれべーたー③）〔名詞〕	電梯	N5
縁（えん①）〔名詞〕	關係、血緣、廊子	N1
縁側（えんがわ⓪）〔名詞〕	廊子、走廊	N1
沿岸（えんがん⓪）〔名詞〕	沿岸	N1
延期（えんき⓪）〔名詞〕	延期	N2
演技（えんぎ①）〔名詞〕	演技、表演、花招	N2
婉曲（えんきょく⓪）〔名詞〕	婉轉、委婉	N1
演劇（えんげき⓪）〔名詞〕	演劇、戲劇	N3
エンジニア（えんじにあ③）〔名詞〕	工程師、技師	N5
演習（えんしゅう⓪）〔名詞〕	演習、專題研究討論	N2
Track 025 演説（えんぜつ⓪）〔名詞〕	演講、講話	N2
沿線（えんせん⓪）〔名詞〕	沿線	N1
縁談（えんだん⓪）〔名詞〕	親事、提親	N1
延長（えんちょう⓪）〔名詞〕	延長、延續、繼續	N2

鉛筆（えんぴつ⓪）〔名詞〕	鉛筆	N5
遠方（えんぽう⓪）〔名詞〕	遠方、遠處	N1
円満（えんまん⓪）〔名詞〕	圓滿、美滿、完美	N1
遠慮（えんりょ⓪）〔名詞〕	客氣	N4
尾（お①）〔名詞〕	尾巴、尾部	N3
お祝い（おいわい⓪）〔名詞〕	祝賀、賀禮	N4
Track 026 応援（おうえん⓪）〔名詞〕	援助、聲援	N2
応急（おうきゅう⓪）〔名詞〕	應急、救急	N1
黄金（おうごん⓪）〔名詞〕	黃金、金錢	N1
応接間（おうせつま⓪）〔名詞〕	會客室、招待室	N4

名詞

あ行 か行 さ行 た行 な行 は行 ま行 や行 ら行 わ行

応対（おうたい⓪）〔名詞〕	應對、應酬、面談	N2
横断（おうだん⓪）〔名詞〕	橫斷、橫渡	N2
応用（おうよう⓪）〔名詞〕	應用、運用	N2
大方（おおかた⓪）〔名詞〕	大部分、一般人	N1
大柄（おおがら⓪）〔名詞〕	大個子、大大的花樣	N3
大筋（おおすじ⓪）〔名詞〕	內容、提要、主要、要點	N1
Track 027 大勢（おおぜい③）〔名詞〕	許多人、多數人	N5
大空（おおぞら③）〔名詞〕	天空	N1
オートバイ（おーとばい③）〔名詞〕	摩托車	N4
オートマチック（おーとまちっく④）〔名詞〕	自動裝置、自排	N1
オーバー（おーばー①）〔名詞〕	超過、過度	N4
大幅（おおはば⓪）〔名詞〕	寬幅、大幅度	N3
大水（おおみず③）〔名詞〕	大水、洪水	N1
公（おおやけ⓪）〔名詞〕	政府機關、公共公開	N1
お母さん（おかあさん②）〔名詞〕	媽媽	N5

お菓子（おかし②）〔名詞〕	點心、糕點	N5
Track 028 お金（おかね⓪）〔名詞〕	金錢	N4
お金持ち（おかねもち③）〔名詞〕	有錢人	N4
お客様（おきゃくさま④）〔名詞〕	客戶、客人	N4
奥（おく①）〔名詞〕	裡面、內部	N4
億（おく①）〔名詞〕	億、喻數量多	N2
奥さん（おくさん①）〔名詞〕	尊夫人	N5
屋上（おくじょう⓪）〔名詞〕	屋頂	N3
臆病者（おくびょうもの⑥）〔名詞〕	膽小鬼、怯懦者	N1
遅れ（おくれ⓪）〔名詞〕	落後、畏縮	N3
お子さん（おこさん⓪）〔名詞〕	對別人小孩的客氣用語	N4
Track 029 行い（おこない⓪）〔名詞〕	行為、品行	N1
お酒（おさけ⓪）〔名詞〕	酒	N5
お皿（おさら⓪）〔名詞〕	盤子	N4
伯父、叔父（おじ⓪）〔名詞〕	自己的伯父、叔叔	N5

おじいさん（おじいさん②）〔名詞〕	爺爺、稱呼別人爺爺的客氣用語	N5
押し入れ（おしいれ⓪）〔名詞〕	日式房屋的壁櫥、壁櫃、壁櫥	N4
教え（おしえ⓪）〔名詞〕	教導、指教、教義	N1
御辞儀（おじぎ⓪）〔名詞〕	敬禮、鞠躬	N2
おじさん（おじさん⓪）〔名詞〕	稱呼別人伯父跟叔叔的客氣用語	N5
お嬢さん（おじょうさん②）〔名詞〕	小姐、千金	N3
Track 030 雄（おす②）〔名詞〕	雄、公、牡	N1
お世辞（おせじ⓪）〔名詞〕	恭維（話）	N3
汚染（おせん⓪）〔名詞〕	污染	N2
恐れ（おそれ③）〔名詞〕	害怕、恐怖、擔心	N1
お宅（おたく⓪）〔名詞〕	府上、貴府	N4
落ち着き（おちつき⓪）〔名詞〕	鎮靜、沉著、穩妥	N3
落ち葉（おちば①）〔名詞〕	落葉	N1
お茶（おちゃ⓪）〔名詞〕	茶、茶葉	N5
乙（おつ①）〔名詞〕	乙、別緻、有風味	N1

	お使い（おつかい⓪）〔名詞〕	跑腿	N3
Track 031	お釣り（おつり⓪）〔名詞〕	找零的錢	N5
	お手上げ（おてあげ⓪）〔名詞〕	束手無策	N1
	お手洗い（おてあらい③）〔名詞〕	洗手間	N5
	音（おと②）〔名詞〕	聲音	N4
	お父さん（おとうさん②）〔名詞〕	爸爸	N5
	弟（おとうと④）〔名詞〕	弟弟	N5
	弟さん（おとうとさん⓪）〔名詞〕	稱呼別人弟弟的客氣用語	N5
	男（おとこ③）〔名詞〕	男人	N5
	男の子（おとこのこ③）〔名詞〕	男孩子	N5
	一昨日（おととい③）〔名詞〕	前天	N5
Track 032	一昨年（おととし②）〔名詞〕	前年	N5
	大人（おとな⓪）〔名詞〕	成人、成熟	N5
	踊り（おどり⓪）〔名詞〕	跳舞、舞蹈	N4
	驚き（おどろき⓪）〔名詞〕	驚恐、吃驚	N1

同い年（おないどし②）〔名詞〕	同年齡	N1
お腹（おなか⓪）〔名詞〕	腹部、肚子	N4
お兄さん（おにいさん②）〔名詞〕	稱呼別人哥哥的客氣用語	N5
お姉さん（おねえさん②）〔名詞〕	稱呼別人姊姊的客氣用語	N5
伯母、叔母（おば⓪）〔名詞〕	伯母、姑母	N5
お婆さん（おばあさん②）〔名詞〕	奶奶、外婆	N5
Track 033 おばさん（おばさん⓪）〔名詞〕	伯母跟姑母的客氣用語	N5
お袋（おふくろ⓪）〔名詞〕	母親、媽媽	N1
お風呂（おふろ②）〔名詞〕	浴池、浴室	N5
お弁当（おべんとう⓪）〔名詞〕	便當	N5

覚え（おぼえ③）〔名詞〕	記憶、記憶力、體驗	N1
お祭り（おまつり⓪）〔名詞〕	祭典	N4
おまわりさん（おまわりさん②）〔名詞〕	巡警	N5
お宮（おみや⓪）〔名詞〕	神社	N3
お土産（おみやげ⓪）〔名詞〕	土產、名產	N4
おむつ（おむつ②）〔名詞〕	尿布	N1
Track 034 思い（おもい②）〔名詞〕	想、思考、想像	N4
思い付き（おもいつき⓪）〔名詞〕	想起、主意	N1
おもちゃ（おもちゃ②）〔名詞〕	玩具	N4
趣（おもむき⓪）〔名詞〕	旨趣、趣味、風格	N1
親父（おやじ⓪）〔名詞〕	父親、我爸爸	N3
折（おり②）〔名詞〕	折、紙盒、機會	N1
檻（おり②）〔名詞〕	籠、鐵檻、牢房	N1
オリエンテーション（おりえんてーしょん⑤）〔名詞〕	新人教育、事前説明會	N1
織物（おりもの⓪）〔名詞〕	紡織品	N3

俺（おれ⓪）〔名詞〕	我、俺	N1
Track 035 お礼（おれい⓪）〔名詞〕	謝意、道謝	N4
音楽（おんがく①）〔名詞〕	音樂	N5
音楽会（おんがくかい④）〔名詞〕	音樂會	N4
温暖化（おんだんか⓪）〔名詞〕	溫暖化、溫室效應	N2
女（おんな③）〔名詞〕	女人	N5
女の子（おんなのこ③）〔名詞〕	女孩子	N5
オンライン（おんらいん③）〔名詞〕	落在線上、在線上	N1

か行

Track 036 母さん（かあさん①）〔名詞〕	媽媽、母親	N5
カーテン（かーてん①）〔名詞〕	窗簾	N4
カーペット（かーぺっと①）〔名詞〕	地毯	N1
海運（かいうん⓪）〔名詞〕	海運	N1
貝殻（かいがら③）〔名詞〕	貝殼	N1
海岸（かいがん⓪）〔名詞〕	海岸	N4
階級（かいきゅう⓪）〔名詞〕	級別、階級、等級	N1
海峡（かいきょう⓪）〔名詞〕	海峽	N1
解決（かいけつ⓪）〔名詞〕	解決	N2
改札口（かいさつぐち④）〔名詞〕	剪票口、剪票處	N3
Track 037 解散（かいさん⓪）〔名詞〕	解散、散會、取消	N3
会社（かいしゃ⓪）〔名詞〕	公司	N5
解釈（かいしゃく①）〔名詞〕	解釋、説明、理解	N2
怪獣（かいじゅう⓪）〔名詞〕	怪獸	N1

名詞

あ行
か行
さ行
た行
な行
は行
ま行
や行
ら行
わ行

会場（かいじょう⓪）〔名詞〕	會場	N4
改正（かいせい⓪）〔名詞〕	改正、修改	N2
階層（かいそう⓪）〔名詞〕	階層、層	N1
改造（かいぞう⓪）〔名詞〕	改造、改組	N2
会談（かいだん⓪）〔名詞〕	會談	N2
階段（かいだん⓪）〔名詞〕	樓梯	N5
Track 038 街道（かいどう⓪）〔名詞〕	大道、大街	N3
海抜（かいばつ⓪）〔名詞〕	海拔	N1
開封（かいふう⓪）〔名詞〕	拆開、啟封	N2
解放（かいほう⓪）〔名詞〕	解開、放開、解除	N2
海流（かいりゅう⓪）〔名詞〕	海流	N1
改良（かいりょう⓪）〔名詞〕	改良、改善	N2
回路（かいろ①）〔名詞〕	回路、線路	N1
海路（かいろ⓪）〔名詞〕	海路	N1
買い物（かいもの⓪）〔名詞〕	買東西	N5

顔（かお⓪）〔名詞〕	臉、面子	N5
Track 039 顔付（かおつき⓪）〔名詞〕	相貌、表情	N1
課外（かがい⓪）〔名詞〕	課外	N1
価格（かかく⓪）〔名詞〕	價格	N3
化学（かがく①）〔名詞〕	化學	N2
科学（かがく①）〔名詞〕	科學	N4
かかと（かかと⓪）〔名詞〕	腳後跟、鞋後跟	N1
鏡（かがみ③）〔名詞〕	鏡子	N4
係員（かかりいん③）〔名詞〕	管理員、擔任專職工作的人	N3
鍵（かぎ②）〔名詞〕	鑰匙	N5
限り（かぎり①）〔名詞〕	限界、在～範圍內	N2
Track 040 角（かく②）〔名詞〕	角、四方形	N1
核（かく①）〔名詞〕	（細胞）核、（植）核、核武器	N1
格（かく⓪）〔名詞〕	格調、規則	N1
覚悟（かくご①）〔名詞〕	領悟、覺悟、決心、斷念	N2

名詞

あ行
か行
さ行
た行
な行
は行
ま行
や行
ら行
わ行

格差（かくさ①）〔名詞〕	級別、差價、資格、差別	N1
各種（かくしゅ①）〔名詞〕	各種、各樣	N3
隔週（かくしゅう⓪）〔名詞〕	每隔一週	N1
カクテル（かくてる①）〔名詞〕	雞尾酒	N3
革命（かくめい⓪）〔名詞〕	革命	N1
確率（かくりつ⓪）〔名詞〕	或然率、機率	N2
Track 041 賭け（かけ②）〔名詞〕	打賭、賭（財物）	N1
家計（かけい⓪）〔名詞〕	家計、家庭經濟狀況	N3
傘（かさ①）〔名詞〕	雨傘	N5
火事（かじ①）〔名詞〕	火災	N2
箇所（かしょ①）〔名詞〕	地方、～處、部分	N2
箇条書（かじょうがき⓪）〔名詞〕	逐條地寫、引舉	N1
頭（かしら③）〔名詞〕	頭、首領、頭一名	N1
風（かぜ⓪）〔名詞〕	風	N5
風邪（かぜ⓪）〔名詞〕	感冒	N5

	火星（かせい⓪）〔名詞〕	火星	N1
Track 042	化石（かせき⓪）〔名詞〕	化石、變成石頭	N1
	河川（かせん①）〔名詞〕	河川	N1
	化繊（かせん⓪）〔名詞〕	化學纖維	N1
	過疎（かそ①）〔名詞〕	過稀、過少	N1
	家族（かぞく①）〔名詞〕	家人	N5
	肩（かた①）〔名詞〕	肩膀	N5
	方（かた②）〔名詞〕	～位（ひと的敬語）	N5
	課題（かだい⓪）〔名詞〕	課題、題目、任務	N3
	片思い（かたおもい③）〔名詞〕	單戀	N1
	片仮名（かたかな③）〔名詞〕	片假名	N5
Track 043	片言（かたこと⓪）〔名詞〕	隻字片語	N3
	形（かたち⓪）〔名詞〕	形狀	N4
	片付け（かたづけ④）〔名詞〕	整理、收拾	N1
	傍ら（かたわら⓪）〔名詞〕	旁邊、 在～同時還～	N1

花壇（かだん①）〔名詞〕	花壇、花圃	N1
価値（かち①）〔名詞〕	價值	N2
家畜（かちく⓪）〔名詞〕	家畜	N1
画期（かっき⓪）〔名詞〕	劃時代	N1
各国（かっこく①）〔名詞〕	各國	N3
勝手（かって⓪）〔名詞〕	廚房、情況、情況	N3
Track 044 カップ（かっぷ①）〔名詞〕	杯子	N5
家庭（かてい⓪）〔名詞〕	家庭	N4
カテゴリー（かてごりー②）〔名詞〕	範疇	N3
角（かど①）〔名詞〕	角落、拐角	N5
金槌（かなづち③）〔名詞〕	釘槌、榔頭	N1
加入（かにゅう⓪）〔名詞〕	加入	N2
可能性（かのうせい⓪）〔名詞〕	能實現的希望、可能性	N2
鞄（かばん⓪）〔名詞〕	書包、皮包	N5
花瓶（かびん⓪）〔名詞〕	花瓶	N4

株式（かぶしき②）〔名詞〕	股份、股權、股票	N3
Track 045 被り（かぶり③）〔名詞〕	冠、戴	N2
花粉（かふん⓪）〔名詞〕	花粉	N3
貨幣（かへい①）〔名詞〕	貨幣	N1
構え（かまえ②）〔名詞〕	架構、姿勢、準備	N1
神（かみ①）〔名詞〕	神	N2
紙（かみ②）〔名詞〕	紙	N4
髪（かみ②）〔名詞〕	頭髮	N5
過密（かみつ⓪）〔名詞〕	過密、過於集中	N1
カメラ（かめら①）〔名詞〕	照相機	N4

名詞

あ行
か行
さ行
た行
な行
は行
ま行
や行
ら行
わ行

カメラマン（かめらまん③）〔名詞〕	攝影師、攝影記者	N3
Track 046 粥（かゆ⓪）〔名詞〕	粥	N3
火曜日（かようび②）〔名詞〕	星期二、禮拜二	N5
体（からだ⓪）〔名詞〕	身體	N5
体付き（からだつき⓪）〔名詞〕	體格、體型、姿態	N1
借り（かり⓪）〔名詞〕	恩情	N1
狩り（かり①）〔名詞〕	打獵	N1
カルテ（かるて①）〔名詞〕	病歷	N1
カレー（かれー⓪）	咖哩	N5
カレンダー（かれんだー②）〔名詞〕	月曆	N4
過労（かろう⓪）〔名詞〕	勞累過度	N1
Track 047 川（かわ②）〔名詞〕	河川	N4
代わり（かわり⓪）〔名詞〕	替代	N4
官（かん①）〔名詞〕	官、官吏	N1
管（かん①）〔名詞〕	管子、筆管、管樂器	N1

簡易（かんい①）〔名詞〕	簡易、簡單	N3
考え方（かんがえかた⑤）〔名詞〕	想法	N4
観客（かんきゃく⓪）〔名詞〕	觀眾	N2
環境（かんきょう⓪）〔名詞〕	環境	N2
関係（かんけい⓪）〔名詞〕	關係	N4
漢語（かんご⓪）〔名詞〕	中國話、音讀漢字	N1
Track 048 慣行（かんこう⓪）〔名詞〕	例行、習慣	N1
看護士（かんごし③）〔名詞〕	護士	N4
観察（かんさつ⓪）〔名詞〕	觀察	N2
漢字（かんじ⓪）〔名詞〕	漢字	N4
慣習（かんしゅう⓪）〔名詞〕	風俗習慣、習慣、慣例	N1
観衆（かんしゅう⓪）〔名詞〕	觀眾	N1
感情（かんじょう⓪）〔名詞〕	感情	N2
感触（かんしょく⓪）〔名詞〕	感觸、感受、觸感	N1
感心（かんしん⓪）〔名詞〕	佩服、欽佩、讚美	N2

肝腎（かんじん⓪）〔名詞〕	肝臟與心臟	N1
Track 049 歓声（かんせい⓪）〔名詞〕	歡呼聲	N1
関税（かんぜい⓪）〔名詞〕	關稅、海關稅	N3
幹線（かんせん⓪）〔名詞〕	主要線路	N3
乾燥（かんそう⓪）〔名詞〕	乾燥	N2
簡素化（かんそか⓪）〔名詞〕	精簡、簡化	N1
観測（かんそく⓪）〔名詞〕	觀測、觀察	N2
缶詰（かんづめ③）〔名詞〕	罐頭	N2
観点（かんてん①）〔名詞〕	觀點	N3
感度（かんど①）〔名詞〕	敏感、程度	N1
感動（かんどう⓪）〔名詞〕	感動	N2
Track 050 監督（かんとく⓪）〔名詞〕	監督、導演、領隊	N2
幹部（かんぶ①）〔名詞〕	幹部	N3
完璧（かんぺき⓪）〔名詞〕	完善無缺	N1
寛容（かんよう⓪）〔名詞〕	寬容、容忍	N1

管理（かんり①）〔名詞〕	管理、掌管	N2
官僚（かんりょう⓪）〔名詞〕	官僚	N1
慣例（かんれい⓪）〔名詞〕	慣例	N1
還暦（かんれき⓪）〔名詞〕	花甲、滿六十週歲的別稱	N1
関連（かんれん⓪）〔名詞〕	關聯、聯繫	N2
貫禄（かんろく⓪）〔名詞〕	尊嚴、威信	N1

Track 051

外貨（がいか①）〔名詞〕	外幣、外匯	N1
外観（がいかん⓪）〔名詞〕	外觀、外表	N1
外国（がいこく⓪）〔名詞〕	外國	N5
外国人（がいこくじん④）〔名詞〕	外國人	N5
外相（がいしょう⓪）〔名詞〕	外交大臣、外相	N1
街頭（がいとう⓪）〔名詞〕	街頭、大街上	N1
ガイドブック（がいどぶっく④）〔名詞〕	指南、入門書	N1
概念（がいねん①）〔名詞〕	概念、概念的理解	N1
外来（がいらい⓪）〔名詞〕	外來、舶來	N3

名詞

あ行 か行 さ行 た行 な行 は行 ま行 や行 ら行 わ行

概略（がいりゃく⓪）〔名詞〕	概略、概要	N1
Track 052 画家（がか⓪）〔名詞〕	畫家	N2
学芸（がくげい⓪）〔名詞〕	學術和藝術、文藝	N1
学士（がくし①）〔名詞〕	學者、（大學）學士畢業生	N1
学生（がくせい⓪）〔名詞〕	學生	N5
学説（がくせつ⓪）〔名詞〕	學說	N1
楽譜（がくふ⓪）〔名詞〕	譜、樂譜	N1
学歴（がくれき⓪）〔名詞〕	學歷	N3
崖（がけ⓪）〔名詞〕	斷崖、懸崖	N1
ガソリン（がそりん⓪）〔名詞〕	汽油	N4

ガソリンスタンド（がそりんすたんど⑥）〔名詞〕	加油站	N4
Track 053 学校（がっこう⓪）〔名詞〕	學校	N5
楽器（がっき⓪）〔名詞〕	樂器	N3
ガラス（がらす⓪）〔名詞〕	玻璃	N4
ガレージ（がれーじ②）〔名詞〕	車庫	N3
癌（がん①）〔名詞〕	癌、癥結	N3
眼科（がんか⓪）〔名詞〕	眼科	N3
玩具（がんぐ①）〔名詞〕	玩具	N3
眼球（がんきゅう⓪）〔名詞〕	眼球	N1
願書（がんしょ①）〔名詞〕	申請書	N3
岩石（がんせき①）〔名詞〕	岩石	N1
Track 054 元年（がんねん①）〔名詞〕	元年	N1
木（き①）〔名詞〕	樹、樹木	N5
黄色（きいろ⓪）〔名詞〕	黃色	N4
記憶（きおく⓪）〔名詞〕	記憶、記性	N2

気温（きおん⓪）〔名詞〕	氣溫	N4
機会（きかい②）〔名詞〕	機會	N4
機械（きかい②）〔名詞〕	機械、機器	N4
危害（きがい①）〔名詞〕	危害、禍害	N1
規格（きかく⓪）〔名詞〕	規格、標準、規範	N3
期間（きかん②）〔名詞〕	期間	N2
Track 055 器官（きかん①）〔名詞〕	器官	N1
季刊（きかん⓪）〔名詞〕	季刊	N3
危機（きき①）〔名詞〕	危機、險關	N1
聞き取り（ききとり⓪）〔名詞〕	聽懂、聽力	N1
効き目（ききめ⓪）〔名詞〕	效力、效果	N1
基金（ききん②）〔名詞〕	基金	N3
喜劇（きげき①）〔名詞〕	喜劇、滑稽的事	N1
危険（きけん⓪）〔名詞〕	危險	N4
起源（きげん①）〔名詞〕	起源	N1

期限（きげん①）〔名詞〕	期限	N2
Track 056 危険性（きけんせい⓪）〔名詞〕	危險性	N2
機構（きこう⓪）〔名詞〕	機構、組織、結構	N3
気候（きこう⓪）〔名詞〕	氣候	N2
既婚（きこん⓪）〔名詞〕	已婚	N1
兆し（きざし⓪）〔名詞〕	預兆、徵兆	N1
岸（きし②）〔名詞〕	岸、崖	N2
記事（きじ①）〔名詞〕	（報章雜誌上的）記敘文章、報導	N2
気質（きしつ⓪）〔名詞〕	氣質、脾氣、風格	N1
期日（きじつ①）〔名詞〕	日期、期限	N3
汽車（きしゃ②）〔名詞〕	火車	N4
Track 057 気象（きしょう⓪）〔名詞〕	氣象	N1
季節（きせつ①）〔名詞〕	季節	N4
汽船（きせん⓪）〔名詞〕	輪船	N1
規則（きそく②）〔名詞〕	規定、規則	N4

名詞

あ行　か行　さ行　た行　な行　は行　ま行　や行　ら行　わ行

貴族（きぞく①）〔名詞〕	貴族	N3
北（きた⓪）〔名詞〕	北方	N4
期待（きたい⓪）〔名詞〕	期待	N2
帰宅（きたく⓪）〔名詞〕	回家	N2
気立て（きだて⓪）〔名詞〕	性情、性格	N1
貴重品（きちょうひん⓪）〔名詞〕	貴重、寶重、貴重的物品	N2
Track 058 喫茶店（きっさてん⓪）〔名詞〕	咖啡店、茶館	N5
切手（きって⓪）〔名詞〕	郵票	N5
切符（きっぷ⓪）〔名詞〕	車票	N5
起点（きてん⓪）〔名詞〕	起點、出發點	N1
軌道（きどう⓪）〔名詞〕	軌道、正軌	N1
絹（きぬ①）〔名詞〕	絲、綢緞	N4
記念（きねん⓪）〔名詞〕	紀念	N2
機能（きのう①）〔名詞〕	機能、功能、作用	N2
昨日（きのう②）〔名詞〕	昨天	N5

規範（きはん⓪）〔名詞〕	規範、模範	N1
Track 059 気品（きひん⓪）〔名詞〕	文雅、高雅	N3
気風（きふう⓪）〔名詞〕	風氣、習氣、風度	N1
気分（きぶん①）〔名詞〕	心情、情緒、身體狀況	N4
規模（きぼ①）〔名詞〕	規模、範圍	N1
希望（きぼう⓪）〔名詞〕	期望、期待、希望	N2
気紛れ（きまぐれ⓪）〔名詞〕	反覆無常	N1
期末（きまつ⓪）〔名詞〕	期末	N3
君（きみ⓪）〔名詞〕	你（男人對長輩或晚輩的稱呼）	N4
着物（きもの⓪）〔名詞〕	衣服、和服	N4
規約（きやく⓪）〔名詞〕	規則、規章	N1
Track 060 脚本（きゃくほん⓪）〔名詞〕	劇本、腳本	N3
客観（きゃっかん⓪）〔名詞〕	客觀	N1
キャリア（きゃりあ①）〔名詞〕	履歷、職業	N3
休暇（きゅうか⓪）〔名詞〕	休假	N2

救急（きゅうきゅう⓪）〔名詞〕	急救	N4
究極（きゅうきょく⓪）〔名詞〕	畢竟、最終	N1
休憩（きゅうけい⓪）〔名詞〕	短時間的休息	N2
急行（きゅうこう⓪）〔名詞〕	急往、快速	N4
球根（きゅうこん⓪）〔名詞〕	球根	N1
救助（きゅうじょ①）〔名詞〕	救助、拯救	N2
Track 061 急速（きゅうそく⓪）〔名詞〕	迅速、急速	N2
旧知（きゅうち①）〔名詞〕	故知、老友	N1
宮殿（きゅうでん⓪）〔名詞〕	宮殿、祭神殿	N1
丘陵（きゅうりょう⓪）〔名詞〕	丘陵	N1
器用（きよう⓪）〔名詞〕	靈巧、手巧、聰明、機靈、老實、純樸	N2
驚異（きょうい①）〔名詞〕	驚異、奇事	N1
教育（きょういく⓪）〔名詞〕	教育	N4
教科（きょうか①）〔名詞〕	教科、學科	N1
協会（きょうかい⓪）〔名詞〕	協會	N3

教会（きょうかい⓪）〔名詞〕	教會	N4
共学（きょうがく⓪）〔名詞〕	（男女）同校、同班（學習）	N1
供給（きょうきゅう⓪）〔名詞〕	供給	N2
境遇（きょうぐう⓪）〔名詞〕	境遇、處境	N1
教材（きょうざい⓪）〔名詞〕	教材	N3
凶作（きょうさく⓪）〔名詞〕	災荒、農作物欠收	N1
教室（きょうしつ⓪）〔名詞〕	教室	N4
教習（きょうしゅう⓪）〔名詞〕	訓練	N1
郷愁（きょうしゅう⓪）〔名詞〕	懷念故鄉	N1
教職（きょうしょく⓪）〔名詞〕	教師的職務	N1

Track 062

名詞

あ行 か行 さ行 た行 な行 は行 ま行 や行 ら行 わ行

競争（きょうそう⓪）〔名詞〕	競爭	N2
Track 063 兄弟（きょうだい①）〔名詞〕	兄弟、兄弟姊妹	N5
強調（きょうちょう⓪）〔名詞〕	強調、極力主張	N2
郷土（きょうど①）〔名詞〕	鄉土、故鄉	N1
強風（きょうふう⓪）〔名詞〕	強風	N4
興味（きょうみ①）〔名詞〕	興趣	N4
郷里（きょうり①）〔名詞〕	鄉里、故鄉	N1
協力（きょうりょく⓪）〔名詞〕	協力、共同努力、協作	N2
許可（きょか①）〔名詞〕	許可、允許	N3
極端（きょくたん③）〔名詞〕	極端、頂端	N1
去年（きょねん①）〔名詞〕	去年	N4
Track 064 気流（きりゅう⓪）〔名詞〕	氣流	N1
切れ目（きれめ③）〔名詞〕	間斷處、段落、結束	N1
記録（きろく⓪）〔名詞〕	記載、記錄	N2
キロ、キログラム（きろ①、きろぐらむ③）〔名詞〕	公斤	N5

キロ、キロメートル（きろ①、きろめーとる③）〔名詞〕	公里	N5
菌（きん①）〔名詞〕	細菌、病菌	N3
禁煙（きんえん⓪）〔名詞〕	禁止吸煙	N2
金額（きんがく⓪）〔名詞〕	金額、款額	N2
近眼（きんがん⓪）〔名詞〕	近視眼	N1
緊急（きんきゅう⓪）〔名詞〕	緊急、急迫	N1
Track 065 近郊（きんこう⓪）〔名詞〕	郊區、近郊	N1
禁止（きんし⓪）〔名詞〕	禁止	N2
近視（きんし⓪）〔名詞〕	近視、近視眼	N1
近所（きんじょ①）〔名詞〕	附近、鄰近	N4
勤勉（きんべん⓪）〔名詞〕	勤勞、勤奮	N1
勤務（きんむ①）〔名詞〕	工作、勤務	N3
禁物（きんもつ⓪）〔名詞〕	嚴禁的事物、忌諱的事物	N1
金曜日（きんようび③）〔名詞〕	星期五、禮拜五	N5
議案（ぎあん⓪）〔名詞〕	議案	N1

議員（ぎいん①）〔名詞〕	議員	N2
Track 066 戯曲（ぎきょく⓪）〔名詞〕	劇本、腳本	N1
議事堂（ぎじどう⓪）〔名詞〕	國會大廈、會議廳	N1
技術（ぎじゅつ①）〔名詞〕	技術	N4
犠牲（ぎせい⓪）〔名詞〕	犧牲、代價	N1
ギター（ぎたー①）〔名詞〕	吉他	N5
議題（ぎだい⓪）〔名詞〕	議題	N1
技能（ぎのう①）〔名詞〕	技能、本領	N3
逆（ぎゃく⓪）〔名詞〕	倒、逆、反	N2
牛肉（ぎゅうにく⓪）〔名詞〕	牛肉	N5
牛乳（ぎゅうにゅう⓪）〔名詞〕	牛奶	N4
Track 067 業者（ぎょうしゃ①）〔名詞〕	（工商）業者、同業者	N1
行政（ぎょうせい⓪）〔名詞〕	行政	N3
業績（ぎょうせき⓪）〔名詞〕	業績、成績	N3
業務（ぎょうむ①）〔名詞〕	業務	N1

漁船（ぎょせん⓪）〔名詞〕	漁船	N1
漁村（ぎょそん⓪）〔名詞〕	漁村	N1
義理（ぎり②）〔名詞〕	情義、情理、緣由	N3
議論（ぎろん①）〔名詞〕	爭論、爭辯	N2
銀行（ぎんこう⓪）〔名詞〕	銀行	N4
疑惑（ぎわく⓪）〔名詞〕	疑惑、疑心	N1
Track 068 クイズ（くいず①）〔名詞〕	猜謎	N1
空間（くうかん⓪）〔名詞〕	空間、空隙	N1
空気（くうき①）〔名詞〕	空氣	N4
空港（くうこう⓪）〔名詞〕	飛機場	N4
空腹（くうふく⓪）〔名詞〕	空腹、空肚子	N1
区画（くかく⓪）〔名詞〕	區劃、區域	N1
区間（くかん①）〔名詞〕	區和區之間、區域	N1
茎（くき②）〔名詞〕	莖、柄、梗、稈	N2
区切（くぎり③）〔名詞〕	句讀、階段、文章的段落	N1

Track 069

草（くさ②）〔名詞〕	草	N2
籤（くじ①）〔名詞〕	籤	N1
籤引き（くじびき⓪）〔名詞〕	抽籤	N1
薬（くすり⓪）〔名詞〕	藥	N5
癖（くせ②）〔名詞〕	習慣、毛病	N3
管（くだ①）〔名詞〕	管子	N2
果物（くだもの②）〔名詞〕	水果	N5
口（くち⓪）〔名詞〕	口、嘴	N5
嘴（くちばし⓪）〔名詞〕	鳥喙	N1
靴（くつ②）〔名詞〕	鞋、靴	N5

こんにちは
JAPAN
JIGOKUDANI MONKEY PARK
Kamikochi
TOKYO
KOYASAN OKUNOIN

靴下（くつした②）〔名詞〕	襪子	N5
Track 070 国（くに⓪）〔名詞〕	國、國家	N5
首（くび⓪）〔名詞〕	脖子、頸子	N4
首飾り（くびかざり③）〔名詞〕	項鍊	N1
首輪（くびわ⓪）〔名詞〕	項鍊、貓等的項圈	N3
工夫（くふう⓪）〔名詞〕	動腦筋、想辦法	N2
雲（くも①）〔名詞〕	雲、雲彩	N5
曇り（くもり③）〔名詞〕	陰天	N5
蔵（くら②）〔名詞〕	倉庫	N1
クラス（くらす①）〔名詞〕	班級	N5
車（くるま⓪）〔名詞〕	車子、輪子	N5
Track 071 クレーン（くれーん②）〔名詞〕	吊車、起重機	N1
黒（くろ①）〔名詞〕	黑色	N5
玄人（くろうと①）〔名詞〕	內行、專家	N1
黒字（くろじ⓪）〔名詞〕	黑字、盈餘	N1

名詞

あ行
か行
さ行
た行
な行
は行
ま行
や行
ら行
わ行

君主（くんしゅ①）〔名詞〕	君主、國王	N1
具合（ぐあい⓪）〔名詞〕	身體狀況、狀態、事物的情況	N4
偶然（ぐうぜん⓪）〔名詞〕	偶然	N2
具体化（ぐたいか⓪）〔名詞〕	具體化	N2
愚痴（ぐち⓪）〔名詞〕	愚蠢、牢騷	N3
グラム（ぐらむ①）〔名詞〕	公克	N4
Track 072 グレー（ぐれー②）〔名詞〕	灰色、白頭髮	N3
群（ぐん①）〔名詞〕	群	N1
軍服（ぐんぷく⓪）〔名詞〕	軍服、軍裝	N1
軍事（ぐんじ①）〔名詞〕	軍事	N1
群衆（ぐんしゅう⓪）〔名詞〕	群眾	N3
軍備（ぐんび①）〔名詞〕	軍備、軍事、設備	N1
軍艦（ぐんかん⓪）〔名詞〕	軍艦	N1
毛（け⓪）〔名詞〕	毛	N4
刑（けい①）〔名詞〕	徒刑、刑罰	N1

経緯（けいい①）〔名詞〕	（事情的）經過、經度和緯度	N1
Track 073 敬意（けいい①）〔名詞〕	敬意	N2
計画（けいかく⓪）〔名詞〕	計劃	N4
警官（けいかん⓪）〔名詞〕	警察	N5
景気（けいき⓪）〔名詞〕	景氣	N2
計器（けいき①）〔名詞〕	測量儀器	N1
契機（けいき①）〔名詞〕	契機、轉機、動機	N1
経験（けいけん⓪）〔名詞〕	經驗	N4
傾向（けいこう⓪）〔名詞〕	傾向、趨勢	N2
警告（けいこく⓪）〔名詞〕	警告、提醒	N2
経済（けいざい①）〔名詞〕	經濟	N3
Track 074 警察（けいさつ⓪）〔名詞〕	警察	N2
形勢（けいせい⓪）〔名詞〕	形勢、局勢、趨勢	N1
刑罰（けいばつ①）〔名詞〕	刑罰	N1
経費（けいひ①）〔名詞〕	經費、開銷、費用	N1

名詞

あ行
か行
さ行
た行
な行
は行
ま行
や行
ら行
わ行

警備（けいび①）〔名詞〕	警備、戒備、守備	N2
警部（けいぶ①）〔名詞〕	警部（日本警察職稱之一）	N1
経歴（けいれき⓪）〔名詞〕	經歷、體驗、周遊	N1
経路（けいろ①）〔名詞〕	路徑、路線	N1
ケース（けーす①）〔名詞〕	場合、事件	N1
怪我（けが②）〔名詞〕	受傷	N2
Track 075 今朝（けさ①）〔名詞〕	今天早晨	N5
景色（けしき①）〔名詞〕	風景、景色	N4
獣（けだもの⓪）〔名詞〕	獸、畜生、野獸	N1
決（けつ①）〔名詞〕	決斷、決定、表決	N1
血液（けつえき②）〔名詞〕	血液	N2
結果（けっか⓪）〔名詞〕	結果、結局	N2
結核（けっかく⓪）〔名詞〕	結核、結核病	N1
血管（けっかん⓪）〔名詞〕	血管	N1
欠陥（けっかん⓪）〔名詞〕	缺陷、缺點、毛病	N2

結局（けっきょく④）〔名詞〕	結果、到底、究竟	N3
Track 076 決行（けっこう⓪）〔名詞〕	斷然實行	N1
結構（けっこう①）〔名詞〕	結構	N2
結婚（けっこん⓪）〔名詞〕	結婚	N4
決勝（けっしょう⓪）〔名詞〕	決賽、決勝負	N1
決定（けってい⓪）〔名詞〕	決定	N4
欠点（けってん③）〔名詞〕	缺點、不及格的分數	N2
結論（けつろん⓪）〔名詞〕	結論	N2
煙（けむり⓪）〔名詞〕	煙、煙霧	N2
獣（けもの⓪）〔名詞〕	獸、野獸	N1
家来（けらい①）〔名詞〕	家臣、臣下、僕人	N1
Track 077 件（けん①）〔名詞〕	事情、事件、件	N3
権威（けんい①）〔名詞〕	權勢、權威	N1
喧嘩（けんか⓪）〔名詞〕	吵架	N4
研究会（けんきゅうかい③）〔名詞〕	研討會	N4

名詞

研究所（けんきゅうじょ⓪）〔名詞〕	研究所	N2
権限（けんげん③）〔名詞〕	權限、職權範圍	N1
健康（けんこう⓪）〔名詞〕	健康	N2
検査（けんさ①）〔名詞〕	檢查	N2
健在（けんざい⓪）〔名詞〕	健在	N1
懸賞（けんしょう⓪）〔名詞〕	懸賞、賞金	N1
Track 078 検事（けんじ①）〔名詞〕	檢察官	N1
見地（けんち①）〔名詞〕	觀點、立場	N1
建築家（けんちくか⓪）〔名詞〕	建築家	N3
県庁（けんちょう①）〔名詞〕	縣公署、縣政府	N2
健闘（けんとう⓪）〔名詞〕	奮鬥、頑強戰鬥	N2
見物（けんぶつ⓪）〔名詞〕	遊覽、參觀	N4
憲法（けんぽう①）〔名詞〕	憲法	N2
懸命（けんめい⓪）〔名詞〕	拼命、盡力	N2
権利（けんり①）〔名詞〕	權利	N2

権力（けんりょく①）〔名詞〕	權力	N3
Track 079 芸（げい①）〔名詞〕	技能、演技、曲藝	N1
芸術（げいじゅつ⓪）〔名詞〕	藝術	N2
外科（げか⓪）〔名詞〕	外科	N3
劇団（げきだん⓪）〔名詞〕	劇團	N1
下宿（げしゅく⓪）〔名詞〕	供食宿的公寓	N4
ゲスト（げすと①）〔名詞〕	客人、來賓	N1
月曜日（げつようび③）〔名詞〕	星期一、禮拜一	N5
月謝（げっしゃ⓪）〔名詞〕	學費、月酬	N1
月賦（げっぷ⓪）〔名詞〕	按月分配、按月分期付款	N1

原因（げんいん⓪）〔名詞〕	原因	N4
Track 080 限界（げんかい⓪）〔名詞〕	界限、範圍、限度	N2
玄関（げんかん①）〔名詞〕	玄關	N5
元気（げんき①）〔名詞〕	精神、健康	N5
原形（げんけい⓪）〔名詞〕	原形、原來的形狀	N3
原型（げんけい⓪）〔名詞〕	原型、模型	N1
現行（げんこう⓪）〔名詞〕	現行	N1
原作（げんさく⓪）〔名詞〕	原著、原文	N1
原子（げんし①）〔名詞〕	原子、原子核	N1
現実（げんじつ⓪）〔名詞〕	現實、實際	N2
元首（げんしゅ①）〔名詞〕	元首	N1
Track 081 原書（げんしょ⓪）〔名詞〕	原版書、原文書	N1
現象（げんしょう⓪）〔名詞〕	現象	N2
減少（げんしょう⓪）〔名詞〕	減少、縮減	N2
元素（げんそ①）〔名詞〕	元素、要素	N1

原則（げんそく⓪）〔名詞〕	原則	N3
現地（げんち①）〔名詞〕	現場、當地	N3
限定（げんてい⓪）〔名詞〕	限定	N2
原典（げんてん⓪）〔名詞〕	原著、原來的文獻	N1
原点（げんてん①）〔名詞〕	基準點、出發點	N1
原爆（げんばく⓪）〔名詞〕	原子彈	N1
Track 082 原文（げんぶん⓪）〔名詞〕	原文	N1
原油（げんゆ⓪）〔名詞〕	原油	N1
甲（こう①）〔名詞〕	甲	N1
好意（こうい①）〔名詞〕	好意、善意、好感	N1
行為（こうい①）〔名詞〕	行為、行動	N3
幸運、好運（こううん⓪）〔名詞〕	幸運、僥倖	N2
公演（こうえん⓪）〔名詞〕	公演	N2
公園（こうえん⓪）〔名詞〕	公園	N5
効果（こうか①）〔名詞〕	效果、功效	N2

名詞

あ行 か行 さ行 た行 な行 は行 ま行 や行 ら行 わ行

郊外（こうがい①）〔名詞〕	郊外	N4
Track 083 工学（こうがく⓪）〔名詞〕	工學、工程學	N1
高学歴（こうがくれき⓪）〔名詞〕	高學歴	N2
交換（こうかん⓪）〔名詞〕	更換、交換、互換	N2
後期（こうき①）〔名詞〕	後期、後半期	N2
講義（こうぎ③）〔名詞〕	講課、講解、講義	N4
皇居（こうきょ①）〔名詞〕	皇居	N1
公共（こうきょう⓪）〔名詞〕	公共、公眾	N2
好況（こうきょう⓪）〔名詞〕	繁榮、景色興旺	N1
工業（こうぎょう①）〔名詞〕	工業	N2
鉱業（こうぎょう①）〔名詞〕	礦業	N1
Track 084 興業（こうぎょう⓪）〔名詞〕	振興工業、發展事業	N1
貢献（こうけん⓪）〔名詞〕	貢獻	N2
高原（こうげん⓪）〔名詞〕	高原	N1
交互（こうご①）〔名詞〕	互相、交替	N1

高校（こうこう⓪）〔名詞〕	高中	N4
高校生（こうこうせい③）〔名詞〕	高中生	N4
考古学（こうこがく③）〔名詞〕	考古學	N1
交差（こうさ①）〔名詞〕	交叉	N2
交差点（こうさてん⓪）〔名詞〕	十字路口	N5
鉱山（こうざん①）〔名詞〕	礦山	N2
Track 085 公私（こうし①）〔名詞〕	公私	N2
公式（こうしき⓪）〔名詞〕	正式、公式	N2
高所（こうしょ①）〔名詞〕	高處、高的立場	N2
工場（こうじょう③）〔名詞〕	工廠	N4
香辛料（こうしんりょう③）〔名詞〕	香辣調味料	N1
降水（こうすい⓪）〔名詞〕	（雪、雨等的）降水	N1
洪水（こうずい⓪）〔名詞〕	洪水、洪流	N3
抗争（こうそう⓪）〔名詞〕	抗爭、對抗、反抗	N1
高層（こうそう⓪）〔名詞〕	高空、高層	N2

名詞

あ行
か行
さ行
た行
な行
は行
ま行
や行
ら行
わ行

Track 086

光沢（こうたく⓪）〔名詞〕	光澤	N1
公団（こうだん⓪）〔名詞〕	公共事業機構	N1
紅茶（こうちゃ⓪）〔名詞〕	紅茶	N5
好調（こうちょう⓪）〔名詞〕	順利、情況良好	N1
校長（こうちょう⓪）〔名詞〕	校長	N4
交通（こうつう⓪）〔名詞〕	通行、交通	N2
交通機関（こうつうきかん⑥）〔名詞〕	交通工具	N1
交通（こうつう⓪）〔名詞〕	交通	N4
肯定（こうてい⓪）〔名詞〕	肯定、承認	N2
口頭（こうとう⓪）〔名詞〕	口頭	N1

講堂（こうどう⓪）〔名詞〕	禮堂	N4
Track 087 高等学校（こうとうがっこう⑤）〔名詞〕	高中	N4
講読（こうどく⓪）〔名詞〕	講解	N1
光熱費（こうねつひ④）〔名詞〕	電氣瓦斯費	N3
交番（こうばん⓪）〔名詞〕	派出所	N4
好評（こうひょう⓪）〔名詞〕	好評、稱讚	N1
公用（こうよう⓪）〔名詞〕	公用、公務、公事	N1
効率（こうりつ⓪）〔名詞〕	效率	N1
公立（こうりつ⓪）〔名詞〕	公立	N3
交流（こうりゅう⓪）〔名詞〕	交流	N2
声（こえ①）〔名詞〕	聲音	N4
Track 088 コース（こーす①）〔名詞〕	道路、路線、課程	N4
コート（こーと①）〔名詞〕	上衣、大衣	N5
コーナー（こーなー①）〔名詞〕	角、拐角、賣場	N3
コーヒー（こーひー③）〔名詞〕	咖啡	N5

名詞

あ行
か行
さ行
た行
な行
は行
ま行
や行
ら行
わ行

コーラ（こーら①）〔名詞〕	可樂	N5
小柄（こがら⓪）〔名詞〕	身形嬌小、小花樣	N3
小切手（こぎって②）〔名詞〕	支票	N1
呼吸（こきゅう⓪）〔名詞〕	呼吸	N2
国際（こくさい⓪）〔名詞〕	國際	N4
国産（こくさん⓪）〔名詞〕	國產	N1
国定（こくてい⓪）〔名詞〕	國家制定、國家規定	N1
国土（こくど①）〔名詞〕	國土、領土	N1
告白（こくはく⓪）〔名詞〕	坦白、懺悔、坦白自己的感情	N1
黒板（こくばん⓪）〔名詞〕	黑板	N4
国防（こくぼう⓪）〔名詞〕	國防	N1
国有（こくゆう⓪）〔名詞〕	國有	N1
国連（こくれん⓪）〔名詞〕	聯合國	N1
焦げ茶（こげちゃ⓪）〔名詞〕	濃茶色、古銅色	N1
ここ（ここ⓪）〔名詞〕	這裡 註：指示代名詞	N5

Track 089

個々（ここ①）〔名詞〕	每個、各個、各自	N1
Track 090 心地（ここち⓪）〔名詞〕	心情、感覺	N1
九日（ここのか④）〔名詞〕	九號、九天	N5
九つ（ここのつ②）〔名詞〕	九個、九歲	N5
心（こころ③）〔名詞〕	心	N4
心得（こころえ③）〔名詞〕	知識、經驗、規則	N1
心掛け（こころがけ⓪）〔名詞〕	留心	N3
志（こころざし⓪）〔名詞〕	志願、盛情	N1
試み（こころみ⓪）〔名詞〕	試、嘗試	N1
腰（こし⓪）〔名詞〕	腰	N2
孤児（こじ①）〔名詞〕	孤兒	N1
Track 091 故障（こしょう⓪）〔名詞〕	故障	N4
故人（こじん①）〔名詞〕	故人、舊友、死者	N1
梢（こずえ⓪）〔名詞〕	樹梢、樹枝	N1
個性（こせい①）〔名詞〕	個性、特性	N3

名詞

あ行 / か行 / さ行 / た行 / な行 / は行 / ま行 / や行 / ら行 / わ行

戸籍（こせき⓪）〔名詞〕	戶籍、戶口	N1
小銭（こぜに⓪）〔名詞〕	零錢、小筆的金錢	N1
ご主人（ごしゅじん②）〔名詞〕	家長、丈夫（的客氣用語）	N5
古代（こだい①）〔名詞〕	古代	N3
炬燵（こたつ⓪）〔名詞〕	被爐、暖爐	N1
こちら（こちら⓪）〔名詞〕	這裡、這邊 註：指示代名詞	N5
Track 092 骨（こつ②）〔名詞〕	要領、祕訣	N1
国交（こっこう⓪）〔名詞〕	國交、邦交	N1
こっち（こっち③）〔名詞〕	這邊（こちら的口語） 註：指示代名詞	N5
骨董品（こっとうひん⓪）〔名詞〕	古董	N1
コップ（こっぷ⓪）〔名詞〕	杯子	N5
事柄（ことがら⓪）〔名詞〕	事情、情況	N1
孤独（こどく⓪）〔名詞〕	孤獨、孤單	N1
今年（ことし⓪）〔名詞〕	今年	N5
言付（ことづけ⓪）〔名詞〕	託帶口信	N1

言葉（ことば③）〔名詞〕	語言、單字	N4
Track 093 子供（こども⓪）〔名詞〕	孩子、兒女	N5
小鳥（ことり⓪）〔名詞〕	小鳥	N4
この間（このあいだ⑤）〔名詞〕	前些日子、前幾天	N4
この頃（このごろ⓪）〔名詞〕	近來、最近	N4
個別（こべつ⓪）〔名詞〕	個別	N1
コマーシャル（こまーしゃる②）〔名詞〕	商業廣告	N3
米（こめ②）〔名詞〕	米	N4
暦（こよみ③）〔名詞〕	曆、曆書	N1
これ（これ⓪）〔名詞〕	這個 註：指示代名詞	N5
根気（こんき⓪）〔名詞〕	耐性、毅力、精力	N1
Track 094 根拠（こんきょ①）〔名詞〕	根據	N1
今月（こんげつ⓪）〔名詞〕	本月、這個月	N5
コンサート（こんさーと①）〔名詞〕	演奏會	N4
今週（こんしゅう⓪）〔名詞〕	本週、本星期	N5

名詞

あ行 か行 さ行 た行 な行 は行 ま行 や行 ら行 わ行

コンタクトレンズ（こんたくとれんず⑥）〔名詞〕	隱形眼鏡	N3
昆虫（こんちゅう⓪）〔名詞〕	昆蟲	N1
根底（こんてい⓪）〔名詞〕	根底、基礎	N1
コンテスト（こんてすと①）〔名詞〕	比賽、比賽會	N1
今度（こんど①）〔名詞〕	這回、這次、下一次	N4
コンパス（こんぱす①）〔名詞〕	圓規、羅盤、指南針	N3
Track 095 今晩（こんばん①）〔名詞〕	今晚	N5
コンビニ（こんびに⓪）〔名詞〕	便利商店	N5
根本（こんぽん⓪）〔名詞〕	根本、基礎	N1
混乱（こんらん⓪）〔名詞〕	混亂	N2
語彙（ごい①）〔名詞〕	詞彙、單字	N4
合成（ごうせい⓪）〔名詞〕	合成	N1
ご家族（ごかぞく②）〔名詞〕	您的家人（客氣用語）	N5
ご兄弟（ごきょうだい②）〔名詞〕	您的兄弟姐妹（客氣用語）	N5
語句（ごく①）〔名詞〕	語句、詞句	N1

極楽（ごくらく④）〔名詞〕	極樂世界、天堂	N1
Track 096 語源（ごげん⓪）〔名詞〕	語源、詞源	N1
午後（ごご①）〔名詞〕	下午	N4
誤差（ごさ①）〔名詞〕	誤差	N1
午前（ごぜん①）〔名詞〕	上午	N5
ご飯（ごはん①）〔名詞〕	飯、米飯	N5
碁盤（ごばん⓪）〔名詞〕	圍棋盤	N1
ごみ（ごみ②）〔名詞〕	垃圾	N4
ご両親（ごりょうしん②）〔名詞〕	父母（的客氣話）	N5
ゴルフ（ごるふ①）〔名詞〕	高爾夫	N4

さ行

Track 097

災害（さいがい⓪）〔名詞〕	災害、災難	N1
細菌（さいきん⓪）〔名詞〕	細菌	N3
最近（さいきん⓪）〔名詞〕	最近	N4
サイクル（さいくる①）〔名詞〕	周期、循環、自行車	N1
最後（さいご①）〔名詞〕	最後	N4
採算（さいさん⓪）〔名詞〕	核算、盈虧	N1
サイズ（さいず①）〔名詞〕	尺寸、大小	N1
最善（さいぜん⓪）〔名詞〕	最善、最好	N1
催促（さいそく①）〔名詞〕	催促	N2
最大（さいだい⓪）〔名詞〕	最大	N2

Track 098

最低（さいてい⓪）〔名詞〕	最低	N2
細胞（さいぼう⓪）〔名詞〕	細胞	N1
財布（さいふ⓪）〔名詞〕	錢包	N4
採用（さいよう⓪）〔名詞〕	採用	N2

竿（さお②）〔名詞〕	竿子、竹竿、船篙	N1
坂（さか②）〔名詞〕	坡、斜坡	N2
境（さかい②）〔名詞〕	界線、境界	N2
差額（さがく⓪）〔名詞〕	差額	N1
杯（さかずき⓪）〔名詞〕	酒杯、推杯、換盞	N1
魚（さかな⓪）〔名詞〕	魚	N5
Track 099 先（さき⓪）〔名詞〕	尖端、前方	N5
詐欺（さぎ①）〔名詞〕	詐欺	N1
作業（さぎょう①）〔名詞〕	工作、操作	N4
作（さく①）〔名詞〕	作品	N2
作（さく⓪）〔名詞〕	耕作、收成	N1
策（さく②）〔名詞〕	計策、手段	N1
柵（さく②）〔名詞〕	柵欄、城寨	N3
錯誤（さくご①）〔名詞〕	錯誤	N1
昨日（さくじつ②）〔名詞〕	昨日、昨天	N3

名詞

あ行 か行 さ行 た行 な行 は行 ま行 や行 ら行 わ行

作戦（さくせん⓪）〔名詞〕	作戰、戰術	N1
Track 100 作品（さくひん⓪）〔名詞〕	製成品、作品	N2
作文（さくぶん⓪）〔名詞〕	作文	N5
作物（さくもつ②）〔名詞〕	農作物、莊稼	N2
サッカー（さっかー①）〔名詞〕	英式足球	N4
殺人（さつじん⓪）〔名詞〕	殺人	N1
砂糖（さとう②）〔名詞〕	砂糖	N4
最中（さなか①）〔名詞〕	最盛期	N1
様（さま②）〔名詞〕	樣子、您	N1
寒気（さむけ③）〔名詞〕	發冷、發抖	N3
侍（さむらい⓪）〔名詞〕	近衛、武士	N1
Track 101 左右（さゆう①）〔名詞〕	左右、旁邊、身邊	N2
作用（さよう①）〔名詞〕	作用	N2
再来年（さらいねん⓪）〔名詞〕	後年	N5
酸（さん①）〔名詞〕	酸、酸味	N1

参加（さんか⓪）〔名詞〕	參加	N3
山岳（さんがく⓪）〔名詞〕	山岳	N1
参議院（さんぎいん③）〔名詞〕	參議院	N1
産休（さんきゅう⓪）〔名詞〕	產假	N1
産後（さんご⓪）〔名詞〕	分娩之後	N1
賛成（さんせい⓪）〔名詞〕	贊成、贊同	N2
Track 102 サンタクロース（さんたくろーす⑤）〔名詞〕	聖誕老人	N3
サンダル（さんだる⓪）〔名詞〕	涼鞋	N4
サンドイッチ（さんどいっち④）〔名詞〕	三明治	N4
桟橋（さんばし⓪）〔名詞〕	碼頭、跳板	N1
山腹（さんぷく⓪）〔名詞〕	山腰	N1
産婦人科（さんふじんか⓪）〔名詞〕	婦產科	N3
産物（さんぶつ⓪）〔名詞〕	產品、物產、產物	N3
山脈（さんみゃく⓪）〔名詞〕	山脈	N1
山林（さんりん⓪）〔名詞〕	山林	N2

名詞

あ行 か行 さ行 た行 な行 は行 ま行 や行 ら行 わ行

財（ざい①）〔名詞〕	財産、財寶	N1
Track 103 財源（ざいげん⓪）〔名詞〕	財源	N1
在庫（ざいこ⓪）〔名詞〕	庫存	N3
財産（ざいさん①）〔名詞〕	財產	N2
財政（ざいせい⓪）〔名詞〕	財政、（個人）經濟狀況	N1
座談会（ざだんかい⓪）〔名詞〕	座談會	N1
雑貨（ざっか⓪）〔名詞〕	日用雜貨	N3
雑誌（ざっし⓪）〔名詞〕	雜誌	N5
座標（ざひょう⓪）〔名詞〕	座標、標準、基準	N1
残高（ざんだか①）〔名詞〕	餘額	N1
残金（ざんきん①）〔名詞〕	餘款、尾欠	N1
Track 104 死（し①）〔名詞〕	死亡、死罪	N3
師（し①）〔名詞〕	師、從事專業技術的人、軍隊	N1
試合（しあい⓪）〔名詞〕	比賽	N4
仕上がり（しあがり⓪）〔名詞〕	做完	N1

CD（しーでぃー③）〔名詞〕	CD	N5
シート（しーと①）〔名詞〕	座位	N3
シート（しーと①）〔名詞〕	防水布、帆布	N2
塩（しお②）〔名詞〕	鹽巴、食鹽	N5
潮（しお②）〔名詞〕	潮、潮汐	N2
歯科（しか①）〔名詞〕	齒科	N1
Track 105 市街（しがい①）〔名詞〕	城鎮、市街	N1
資格（しかく⓪）〔名詞〕	資格、身分、水準	N3
視覚（しかく⓪）〔名詞〕	視覺	N1
資格（しかく⓪）〔名詞〕	資格	N2

仕掛け（しかけ⓪）〔名詞〕	開始做、裝置、陷阱	N1
仕方（しかた⓪）〔名詞〕	方法、辦法	N4
色彩（しきさい⓪）〔名詞〕	彩色、色彩、性質	N1
式場（しきじょう⓪）〔名詞〕	舉行儀式的場所	N1
資金（しきん②）〔名詞〕	資金、資本	N3
仕組み（しくみ⓪）〔名詞〕	結構、計畫	N2
Track 106 死刑（しけい②）〔名詞〕	死刑、死罪	N1
施行（しこう⓪）〔名詞〕	實行、實施	N1
仕事（しごと⓪）〔名詞〕	工作	N4
資産（しさん①）〔名詞〕	資產、財產	N1
四捨五入（ししゃごにゅう①）〔名詞〕	四捨五入	N1
市場（しじょう⓪）〔名詞〕	市場、集市、交易所	N3
システム（しすてむ①）〔名詞〕	組織、制度、體系	N3
子息（しそく①）〔名詞〕	兒子	N1
下（した⓪）〔名詞〕	下面、下方	N5

下着（したぎ⓪）〔名詞〕	內衣、襯衣	N4
Track 107 支度（したく⓪）〔名詞〕	準備	N4
下心（したごころ③）〔名詞〕	內心、別有用心	N1
下地（したじ⓪）〔名詞〕	基礎、素質、 布等的底色	N1
下火（したび⓪）〔名詞〕	火勢漸弱	N1
躾（しつけ⓪）〔名詞〕	教養、禮儀、習慣	N1
湿度（しつど②）〔名詞〕	溼度	N2
質素（しっそ①）〔名詞〕	素淡、質樸	N1
失調（しっちょう⓪）〔名詞〕	失衡、失常	N1
失敗（しっぱい⓪）〔名詞〕	失敗	N4
指摘（してき⓪）〔名詞〕	指摘、指出	N2
Track 108 視点（してん⓪）〔名詞〕	視線集中點、觀點	N1
指導（しどう⓪）〔名詞〕	指導、指教、領導	N2
品物（しなもの⓪）〔名詞〕	商品	N4
シナリオ（しなりお⓪）〔名詞〕	劇本、腳本	N1

名詞

あ行 か行 さ行 た行 な行 は行 ま行 や行 ら行 わ行

屎尿（しにょう⓪）〔名詞〕	屎尿	N1
芝（しば⓪）〔名詞〕	矮草、短草	N3
始発（しはつ⓪）〔名詞〕	始發、（車站）第一班車	N1
私物（しぶつ⓪）〔名詞〕	私有物件	N1
司法（しほう⓪）〔名詞〕	司法	N1
死亡（しぼう⓪）〔名詞〕	死亡	N2
脂肪（しぼう⓪）〔名詞〕	脂肪	N1
島（しま②）〔名詞〕	島	N4
姉妹（しまい①）〔名詞〕	姊妹	N3
使命（しめい①）〔名詞〕	使命、任務	N1
霜（しも②）〔名詞〕	霜	N2
視野（しや①）〔名詞〕	視野、見識、眼界	N1
社会科学（しゃかいかがく④）〔名詞〕	社會科學	N1
社交（しゃこう⓪）〔名詞〕	社交	N1
写真（しゃしん⓪）〔名詞〕	照片	N5

Track 109

社宅（しゃたく⓪）〔名詞〕	公司的員工住宅	N3
Track 110 社長（しゃちょう⓪）〔名詞〕	社長、老板	N4
シャツ（しゃつ①）〔名詞〕	襯衫	N4
しゃっくり（しゃっくり①）〔名詞〕	打嗝	N2
三味線（しゃみせん⓪）〔名詞〕	三弦	N3
斜面（しゃめん①）〔名詞〕	斜面、斜坡	N1
シャワー（しゃわー①）〔名詞〕	淋浴	N5
主（しゅ①）〔名詞〕	主人、首領、中心	N3
種（しゅ①）〔名詞〕	種類、（生物）種	N1
衆（しゅう①）〔名詞〕	眾多、眾人、一夥人	N1
収益（しゅうえき⓪）〔名詞〕	收益	N1
Track 111 習慣（しゅうかん⓪）〔名詞〕	習慣	N2
周期（しゅうき①）〔名詞〕	周期	N1
衆議院（しゅうぎいん③）〔名詞〕	眾議院	N1
集合（しゅうごう⓪）〔名詞〕	集合	N4

名詞

あ行
か行
さ行
た行
な行
は行
ま行
や行
ら行
わ行

収支（しゅうし①）〔名詞〕	收支	N3
修士（しゅうし①）〔名詞〕	碩士	N1
終日（しゅうじつ⓪）〔名詞〕	整天、終日	N1
集中（しゅうちゅう⓪）〔名詞〕	集中	N4
終点（しゅうてん⓪）〔名詞〕	終點	N2
周辺（しゅうへん⓪）〔名詞〕	周圍、附近	N2
Track 112 修理（しゅうり①）〔名詞〕	修理	N4
終了（しゅうりょう⓪）〔名詞〕	終了、完了、結束	N2
守衛（しゅえい⓪）〔名詞〕	警衛、守衛	N1
主観（しゅかん⓪）〔名詞〕	主觀	N1

宿題（しゅくだい⓪）〔名詞〕	功課、作業	N5
宿命（しゅくめい⓪）〔名詞〕	宿命	N1
手芸（しゅげい⓪）〔名詞〕	手工藝	N1
主権（しゅけん⓪）〔名詞〕	主權	N1
趣旨（しゅし①）〔名詞〕	宗旨、趣旨	N1
手術（しゅじゅつ①）〔名詞〕	手術	N2
Track 113 首相（しゅしょう⓪）〔名詞〕	首相、內閣總理大臣	N2
主食（しゅしょく⓪）〔名詞〕	主食（品）	N1
主人（しゅじん①）〔名詞〕	主人、男主人	N4
主人公（しゅじんこう②）〔名詞〕	主人公	N1
主体（しゅたい⓪）〔名詞〕	事物主要部分、主體、有意識的人	N1
主題（しゅだい⓪）〔名詞〕	（文章、作品、樂曲的）主題	N1
手段（しゅだん①）〔名詞〕	手段、方法	N2
出場（しゅつじょう⓪）〔名詞〕	出場、上場	N2
出席（しゅっせき⓪）〔名詞〕	出席	N4

名詞

あ行 か行 さ行 た行 な行 は行 ま行 や行 ら行 わ行

出発（しゅっぱつ⓪）〔名詞〕	出發	N4
Track 114 出費（しゅっぴ⓪）〔名詞〕	費用出支、開銷	N1
首都（しゅと①）〔名詞〕	首都、首府	N2
主導（しゅどう⓪）〔名詞〕	主導、主動	N1
主任（しゅにん⓪）〔名詞〕	主任	N1
首脳（しゅのう⓪）〔名詞〕	首腦、領導人	N2
手法（しゅほう⓪）〔名詞〕	（藝術表現的）手法	N1
趣味（しゅみ①）〔名詞〕	興趣	N4
仕様（しよう⓪）〔名詞〕	方法、辦法、做法	N1
使用人（しようにん⓪）〔名詞〕	佣人、雇工	N1
ショー（しょー①）〔名詞〕	演出、表演、展覽、展覽會	N3
Track 115 紹介（しょうかい⓪）〔名詞〕	介紹	N4
生涯（しょうがい①）〔名詞〕	一生、終生、畢生	N3
小学校（しょうがっこう③）〔名詞〕	小學	N4
消極（しょうきょく⓪）〔名詞〕	消極（的）	N2

衝撃（しょうげき⓪）〔名詞〕	衝擊、衝撞	N1
証拠（しょうこ⓪）〔名詞〕	證據	N1
症状（しょうじょう③）〔名詞〕	症狀	N2
小説家（しょうせつか⓪）〔名詞〕	小說家	N4
消息（しょうそく⓪）〔名詞〕	消息、信息、動靜	N1
正体（しょうたい①）〔名詞〕	原形、真面目	N1
招待（しょうたい①）〔名詞〕	邀請、招待、請客	N4
象徴（しょうちょう⓪）〔名詞〕	象徵	N2
商店（しょうてん①）〔名詞〕	商店	N4
焦点（しょうてん①）〔名詞〕	焦點、中心、目標	N3
小児科（しょうにか⓪）〔名詞〕	小兒科、兒科	N3
証人（しょうにん⓪）〔名詞〕	證人、保證人	N1
消費者（しょうひしゃ③）〔名詞〕	消費者	N2
商品（しょうひん①）〔名詞〕	商品	N2
正面（しょうめん③）〔名詞〕	正面、對面、直接了當	N2

Track 116

名詞

あ行 か行 さ行 た行 な行 は行 ま行 や行 ら行 わ行

醤油（しょうゆ⓪）〔名詞〕	醬油	N5
Track 117 将来（しょうらい①）〔名詞〕	將來、未來	N3
初刊（しょかん⓪）〔名詞〕	初刊、初版	N2
職員（しょくいん②）〔名詞〕	職員、員工	N3
食堂（しょくどう⓪）〔名詞〕	餐廳	N4
職場（しょくば⓪）〔名詞〕	工作場所、工作崗位	N2
食品（しょくひん⓪）〔名詞〕	食品	N2
植物（しょくぶつ②）〔名詞〕	植物	N2
植民地（しょくみんち③）〔名詞〕	殖民地	N1
職務（しょくむ①）〔名詞〕	職務	N1
食料品（しょくりょうひん⓪）〔名詞〕	食品、食材	N4
Track 118 所在（しょざい⓪）〔名詞〕	地址、下落、所在	N1
食器（しょっき⓪）〔名詞〕	食具、餐具	N3
ショック（しょっく①）〔名詞〕	衝擊、打擊	N3
所定（しょてい⓪）〔名詞〕	所定、規定	N1

所得（しょとく⓪）〔名詞〕	所得、收入	N1
初版（しょはん⓪）〔名詞〕	（印刷品、書籍的）出版、第一版	N1
書評（しょひょう⓪）〔名詞〕	書評	N1
庶民（しょみん①）〔名詞〕	庶民、百姓	N1
庶務（しょむ①）〔名詞〕	總務	N1
処理（しょり①）〔名詞〕	處理、辦理	N2
Track 119 資料（しりょう①）〔名詞〕	資料	N3
白（しろ①）〔名詞〕	白色	N5
新興（しんこう⓪）〔名詞〕	新興	N1
新婚（しんこん⓪）〔名詞〕	新婚	N3
紳士（しんし①）〔名詞〕	紳士	N1
信者（しんじゃ①）〔名詞〕	信徒、～迷、愛好者	N1
真珠（しんじゅ⓪）〔名詞〕	珍珠	N1
心中（しんじゅう⓪）〔名詞〕	心中、內心、一起自殺	N1
新宿（しんじゅく⓪）〔名詞〕	新宿（地名）	N4

名詞

進出（しんしゅつ⓪）〔名詞〕	進入、侵入、新出現	N2
Track 120 心情（しんじょう⓪）〔名詞〕	心情	N1
新人（しんじん⓪）〔名詞〕	新手、新人	N3
親善（しんぜん⓪）〔名詞〕	親善、友好	N1
真相（しんそう⓪）〔名詞〕	真相	N1
慎重（しんちょう⓪）〔名詞〕	慎重、小心、謹慎	N2
神殿（しんでん⓪）〔名詞〕	神社的正殿	N1
進度（しんど①）〔名詞〕	進度	N1
新入生（しんにゅうせい③）〔名詞〕	新生	N3
心配（しんぱい⓪）〔名詞〕	擔心	N4
神秘（しんぴ①）〔名詞〕	神祕	N1
Track 121 新聞（しんぶん⓪）〔名詞〕	報紙	N5
進歩（しんぽ①）〔名詞〕	進步	N3
真理（しんり①）〔名詞〕	真理、正確的道理	N1
心理（しんり①）〔名詞〕	心理	N2

森林（しんりん⓪）〔名詞〕	森林	N2
ジーパン（じーぱん⓪）〔名詞〕	牛仔褲	N3
自我（じが①）〔名詞〕	我、自己、自我	N1
自覚（じかく⓪）〔名詞〕	自覺、覺悟、自我意識	N1
時間（じかん⓪）〔名詞〕	時間、時刻	N5
時期（じき①）〔名詞〕	時期、季節、期間	N2
Track 122 磁気（じき①）〔名詞〕	磁性、磁力	N1
磁器（じき①）〔名詞〕	瓷器	N1
事業（じぎょう①）〔名詞〕	事業、企業	N3
軸（じく②）〔名詞〕	軸、畫軸、幅	N1

名詞

自己（じこ①）〔名詞〕	自己、自我	N1
事故（じこ①）〔名詞〕	事故、意外	N4
事項（じこう①）〔名詞〕	事項	N1
時刻（じこく①）〔名詞〕	時刻、時候、機會、時機	N2
地獄（じごく③）〔名詞〕	地獄、苦難	N1
時刻表（じこくひょう⓪）〔名詞〕	時間表	N3
Track 123 時差（じさ①）〔名詞〕	時差、各地標準時間的時差	N1
自在（じざい⓪）〔名詞〕	自在、自如	N1
自主（じしゅ①）〔名詞〕	自在、自主	N1
辞書（じしょ①）〔名詞〕	字典	N4
自身（じしん①）〔名詞〕	自信、信心	N2
地震（じしん⓪）〔名詞〕	地震	N4
事前（じぜん⓪）〔名詞〕	事前	N1
自尊心（じそんしん⓪）〔名詞〕	自尊心	N1
時代（じだい⓪）〔名詞〕	時代	N4

実（じつ②）〔名詞〕	實際、忠實、實質	N1
Track 124 実家（じっか⓪）〔名詞〕	娘家、親生父母家	N3
実感（じっかん⓪）〔名詞〕	實感	N2
実業家（じつぎょうか⓪）〔名詞〕	實業鉅子	N1
実験（じっけん⓪）〔名詞〕	實驗、實際的經驗	N3
実現（じつげん⓪）〔名詞〕	實現	N2
実情（じつじょう⓪）〔名詞〕	實情、真情、實際情況	N1
実行（じっこう⓪）〔名詞〕	實際執行	N2
実際（じっさい⓪）〔名詞〕	實際、事實	N2
実質（じっしつ⓪）〔名詞〕	實質、實際的內容	N1
実態（じったい⓪）〔名詞〕	實際狀態、實情	N1
Track 125 実費（じっぴ⓪）〔名詞〕	實際所需費用	N1
自転車（じてんしゃ②）〔名詞〕	腳踏車	N5
自動詞（じどうし②）〔名詞〕	自動詞	N4
自動車（じどうしゃ②）〔名詞〕	汽車	N4

名詞

あ行
か行
さ行
た行
な行
は行
ま行
や行
ら行
わ行

地主（じぬし⓪）〔名詞〕	地主、領主	N1
耳鼻科（じびか⓪）〔名詞〕	耳鼻科	N1
字引（じびき③）〔名詞〕	字典	N5
自分（じぶん⓪）〔名詞〕	自己	N4
自慢（じまん⓪）〔名詞〕	自滿、自誇、自大、吹噓、賣弄	N2
地面（じめん①）〔名詞〕	地面、土地	N2
Track 126 地元（じもと③）〔名詞〕	當地、本地	N1
若干（じゃっかん⓪）〔名詞〕	若干、少許	N1
邪魔（じゃま⓪）〔名詞〕	妨礙	N4
砂利（じゃり⓪）〔名詞〕	砂礫、碎石子	N1
ジャンパー（じゃんぱー①）〔名詞〕	運動服、夾克	N1
ジャンボ（じゃんぼ①）〔名詞〕	巨大	N1
ジャンル（じゃんる①）〔名詞〕	種類、部類、風格	N1
自由（じゆう②）〔名詞〕	自由	N4
住（じゅう①）〔名詞〕	居住、住處	N1

從業員（じゅうぎょういん③）〔名詞〕	員工、職員	N3
Track 127 住所（じゅうしょ①）〔名詞〕	住址	N4
十字路（じゅうじろ③）〔名詞〕	十字路、歧路	N1
住宅（じゅうたく⓪）〔名詞〕	住宅	N2
住民（じゅうみん⓪）〔名詞〕	住民、居民	N2
従来（じゅうらい①）〔名詞〕	既往	N1
重量（じゅうりょう③）〔名詞〕	重量	N2
授業（じゅぎょう①）〔名詞〕	授課、課堂	N4
塾（じゅく①）〔名詞〕	補習班	N1
寿命（じゅみょう⓪）〔名詞〕	壽命、物品的耐用期限	N2
樹木（じゅもく①）〔名詞〕	樹木	N1
Track 128 循環（じゅんかん⓪）〔名詞〕	循環	N2
準急（じゅんきゅう⓪）〔名詞〕	準快車、快速列車	N1
順調（じゅんちょう⓪）〔名詞〕	順利	N2
順番（じゅんばん⓪）〔名詞〕	順序、次序、先後、輪班、依序	N2

名詞

あ行
か行
さ行
た行
な行
は行
ま行
や行
ら行
わ行

準備（じゅんび1）〔名詞〕	準備	N4
情（じょう0）〔名詞〕	情、情感、同情	N1
上位（じょうい1）〔名詞〕	上位	N1
蒸気（じょうき1）〔名詞〕	蒸氣、水蒸氣	N2
状況（じょうきょう0）〔名詞〕	情況、狀況、環境	N2
上空（じょうくう0）〔名詞〕	高空、天空	N1
Track 129 条件（じょうけん3）〔名詞〕	條件	N2
上司（じょうし1）〔名詞〕	上司	N3
乗車券（じょうしゃけん3）〔名詞〕	車票	N3
情勢（じょうせい0）〔名詞〕	形勢	N1

上達（じょうたつ⓪）〔名詞〕	進步、上進、上達	N2
情緒（じょうちょ①）〔名詞〕	情趣、情緒、風趣	N1
情熱（じょうねつ⓪）〔名詞〕	熱情、激情	N1
蒸発（じょうはつ⓪）〔名詞〕	蒸發、汽化、失蹤	N2
情報（じょうほう⓪）〔名詞〕	情報、消息	N2
条約（じょうやく⓪）〔名詞〕	條約	N1
Track 130 女史（じょし①）〔名詞〕	女士、女史	N1
助詞（じょし⓪）〔名詞〕	（文法）助詞	N3
女性（じょせい⓪）〔名詞〕	女性	N4
助動詞（じょどうし②）〔名詞〕	（文法）助動詞	N1
陣（じん①）〔名詞〕	陣勢、陣地	N1
人格（じんかく⓪）〔名詞〕	人格	N1
人口（じんこう⓪）〔名詞〕	人口	N4
人材（じんざい⓪）〔名詞〕	人才	N1
人事課（じんじか④）〔名詞〕	人事課	N2

神社（じんじゃ①）〔名詞〕	神社	N4
Track 131 人生（じんせい①）〔名詞〕	人生、人的一生	N2
人体（じんたい①）〔名詞〕	人體、人的身體	N1
人文科学（じんぶんかがく⑤）〔名詞〕	人文科學	N1
人望（じんぼう⓪）〔名詞〕	眾望、聲望	N2
人民（じんみん③）〔名詞〕	人民	N1
人名（じんめい⓪）〔名詞〕	人命	N2
人類学（じんるいがく③）〔名詞〕	人類學	N1
粋（すい①）〔名詞〕	精華	N1
水泳（すいえい⓪）〔名詞〕	游泳	N3
水源（すいげん⓪）〔名詞〕	水源	N1
Track 132 水田（すいでん⓪）〔名詞〕	水田	N1
水平（すいへい⓪）〔名詞〕	水平、平坦	N2
水曜日（すいようび③）〔名詞〕	星期三、禮拜三	N5
スーツ（すーつ①）〔名詞〕	西裝	N5

スーツケース（すーつけーす④）〔名詞〕	行李箱	N4
数詞（すうし⓪）〔名詞〕	數詞	N3
スープ（すーぷ①）〔名詞〕	湯	N4
数名（すうめい⓪〔名詞〕	幾個人	N3
スカート（すかーと②）〔名詞〕	裙子	N5
姿（すがた①）〔名詞〕	姿態、風度、舉止、裝扮、身影、面貌	N3
Track 133 透き間（すきま⓪）〔名詞〕	縫、間隙、空暇	N2
進み（すすみ⓪）〔名詞〕	前進、進展、進步	N1
勧め（すすめ⓪）〔名詞〕	勸告、鼓勵、推薦	N3
裾（すそ⓪）〔名詞〕	下襬、下襟、山腳	N3
スタジオ（すたじお⓪）〔名詞〕	工作室、攝影棚	N3
スチーム（すちーむ②）〔名詞〕	蒸氣	N1
ストーブ（すとーぶ②）〔名詞〕	火爐	N5
ストレス（すとれす②）〔名詞〕	壓力	N2
ストロー（すとろー②）〔名詞〕	吸管	N3

名詞

あ行 か行 さ行 た行 な行 は行 ま行 や行 ら行 わ行

スプーン（すぷーん②）〔名詞〕	湯匙、匙子	N5
Track 134 スプリング（すぷりんぐ③）〔名詞〕	春天、彈簧	N1
スペース（すぺーす②）〔名詞〕	空間、宇宙、空間、空白	N3
スポーツ（すぽーつ②）〔名詞〕	運動、體育	N5
スポーツカー（すぽーつかー④）〔名詞〕	跑車	N3
隅（すみ①）〔名詞〕	角落	N4
スラックス（すらっくす②）〔名詞〕	運動褲、女褲	N1
スリッパ（すりっぱ①）〔名詞〕	拖鞋	N4
擦れ違い（すれちがい⓪）〔名詞〕	交錯、錯過去	N1
ずぶ濡れ（ずぶぬれ⓪）〔名詞〕	全身溼透	N1
ズボン（ずぼん②）〔名詞〕	褲子、長褲	N5
Track 135 ずれ（ずれ②）〔名詞〕	（意見等）不一致、分歧	N1
背（せ⓪）〔名詞〕	身高	N5
成果（せいか①）〔名詞〕	成果、成績	N3
性格（せいかく⓪）〔名詞〕	性情、性格、性質、特性	N2

生活（せいかつ⓪）〔名詞〕	生活	N4
世紀（せいき①）〔名詞〕	世紀、時代	N2
正規（せいき①）〔名詞〕	正規、正式	N1
正義（せいぎ①）〔名詞〕	正義	N1
請求（せいきゅう⓪）〔名詞〕	請求、要求、索取	N2
生計（せいけい⓪）〔名詞〕	謀生、生活	N1
Track 136 政権（せいけん⓪）〔名詞〕	政權、參政權	N1
精巧（せいこう⓪）〔名詞〕	精巧、精密	N1
成功（せいこう⓪）〔名詞〕	成功、成就	N2
星座（せいざ⓪）〔名詞〕	星座	N3
生産（せいさん⓪）〔名詞〕	生產、製造	N2
精神（せいしん①）〔名詞〕	精神	N2
生死（せいし①）〔名詞〕	生死	N1
政治（せいじ⓪）〔名詞〕	政治	N2
青春（せいしゅん⓪）〔名詞〕	春季、青春歲月	N3

名詞

あ行 か行 さ行 た行 な行 は行 ま行 や行 ら行 わ行

聖書（せいしょ①）〔名詞〕	聖經、聖典	N1
Track 137 製造（せいぞう⓪）〔名詞〕	製造、生產	N2
清濁（せいだく①）〔名詞〕	清濁、正邪、善惡	N1
成長（せいちょう⓪）〔名詞〕	成長、成熟	N2
製鉄（せいてつ⓪）〔名詞〕	煉鐵	N1
晴天（せいてん⓪）〔名詞〕	晴天	N1
生徒（せいと①）〔名詞〕	國中或高中學生	N4
成年（せいねん⓪）〔名詞〕	成年	N3
生年月日（せいねんがっぴ⑤）〔名詞〕	生年月日	N3
性能（せいのう⓪）〔名詞〕	性能、效能	N2
政府（せいふ①）〔名詞〕	政府	N2
Track 138 制服（せいふく⓪）〔名詞〕	制服	N1
性別（せいべつ⓪）〔名詞〕	性別	N2
製法（せいほう⓪）〔名詞〕	製法、做法	N1
姓名（せいめい①）〔名詞〕	姓名	N1

生命（せいめい①）〔名詞〕	生命	N2
整理（せいり①）〔名詞〕	整理、整頓、清理	N2
生理（せいり①）〔名詞〕	生理、月經	N1
勢力（せいりょく①）〔名詞〕	勢力、權勢、實力	N1
セーター（せーたー①）〔名詞〕	毛衣	N5
セール（せーる①）〔名詞〕	拍賣、大減價	N4
Track 139 倅（せがれ⓪）〔名詞〕	犬子（謙虛用語）	N1
席（せき①）〔名詞〕	座位	N4
咳（せき②）〔名詞〕	咳	N3
責任（せきにん⓪）〔名詞〕	責任	N2

名詞

あ行 か行 さ行 た行 な行 は行 ま行 や行 ら行 わ行

責務（せきむ①）〔名詞〕	職責、任務	N1
セクション（せくしょん①）〔名詞〕	部分、區劃、區域	N1
世辞（せじ⓪）〔名詞〕	奉承、恭維	N3
世帯（せたい②）〔名詞〕	家庭、戶	N2
世代（せだい①）〔名詞〕	世代、一代	N3
節（せつ①）〔名詞〕	時候、季節、（文章等中的）一節	N1
Track 140 セックス（せっくす①）〔名詞〕	性、性別、性交	N1
設計（せっけい⓪）〔名詞〕	設計、規劃	N2
石鹸（せっけん⓪）〔名詞〕	肥皂	N5
接触（せっしょく⓪）〔名詞〕	接觸、來往、交際	N2
接続詞（せつぞくし④）〔名詞〕	接續詞	N1
背広（せびろ⓪）〔名詞〕	西裝	N5
セレモニー（せれもにー①）〔名詞〕	典禮、儀式	N1
世論（せろん①）〔名詞〕	世論	N1
世話（せわ②）〔名詞〕	照顧	N4

先（せん①）〔名詞〕	領先、在前、以前	N1
Track 141 纖維（せんい①）〔名詞〕	纖維	N1
先月（せんげつ①）〔名詞〕	上個月	N5
専攻（せんこう⓪）〔名詞〕	專攻、專門研究	N2
戦災（せんさい⓪）〔名詞〕	戰爭、災害、戰禍	N1
選手（せんしゅ①）〔名詞〕	選手、運動員	N3
先週（せんしゅう⓪）〔名詞〕	上星期	N5
戦術（せんじゅつ⓪）〔名詞〕	戰術、策略、方法	N1
センス（せんす①）〔名詞〕	感覺、判斷力	N1
先生（せんせい③）〔名詞〕	老師	N5
戦争（せんそう⓪）〔名詞〕	戰爭	N2
Track 142 先代（せんだい⓪）〔名詞〕	上一代、以前的主人	N1
洗濯（せんたく⓪）〔名詞〕	洗衣服、洗濯	N2
先だって（せんだって⓪）〔名詞〕	前幾天、以前	N1
先輩（せんぱい⓪）〔名詞〕	前輩、學長、學姐	N4

船舶（せんぱく①）〔名詞〕	船舶、船隻	N1
専門（せんもん⓪）〔名詞〕	專門	N4
戦力（せんりょく①）〔名詞〕	戰鬥力	N1
税金（ぜいきん⓪）〔名詞〕	稅款、稅金	N2
税務署（ぜいむしょ③）〔名詞〕	稅捐處	N1
絶対（ぜったい⓪）〔名詞〕	絕對	N2
絶版（ぜっぱん⓪）〔名詞〕	絕版	N1
ゼリー（ぜりー①）〔名詞〕	果凍、膠狀物、果醬	N1
全国（ぜんこく①）〔名詞〕	全國	N2
全盛（ぜんせい①）〔名詞〕	全盛、極盛	N1
全体（ぜんたい⓪）〔名詞〕	全身、全體、整體、整個	N2
前提（ぜんてい⓪）〔名詞〕	前提、前提條件	N1
前途（ぜんと①）〔名詞〕	前途、將來、去路	N1
全部（ぜんぶ①）〔名詞〕	全部	N2
善良（ぜんりょう⓪）〔名詞〕	善良	N1

Track 143

前例（ぜんれい⓪）〔名詞〕	前例、慣例、前面舉的例子	N1
Track 144 相（そう①）〔名詞〕	外表、看相、互相	N1
僧（そう①）〔名詞〕	僧侶、出家人	N1
総会（そうかい⓪）〔名詞〕	總會、全體大會	N1
早急（そうきゅう⓪）〔名詞〕	迅速、趕快	N1
操作（そうさ①）〔名詞〕	操作、操縱	N2
掃除（そうじ⓪）〔名詞〕	掃除、清除	N2
創造（そうぞう⓪）〔名詞〕	想像	N2
相対（そうたい⓪）〔名詞〕	對面、相對	N1
相談（そうだん⓪）〔名詞〕	商量	N4
相場（そうば⓪）〔名詞〕	行情、投資、買賣、老規矩	N1
Track 145 ソース（そーす①）〔名詞〕	醬汁、醬料	N5
側面（そくめん⓪）〔名詞〕	側面、旁邊	N1
底（そこ⓪）〔名詞〕	底部、底面、底層、深處	N2
そこ（そこ⓪）〔名詞〕	那裡 註：指示代名詞	N5

其処ら（そこら②）〔名詞〕	那一帶、普通、大約 註：指示代名詞	N1
素材（そざい⓪）〔名詞〕	素材、原材料、題材	N1
訴訟（そしょう⓪）〔名詞〕	訴訟、起訴	N1
そちら（そちら⓪）〔名詞〕	那邊 註：指示代名詞	N5
卒業式（そつぎょうしき③）〔名詞〕	畢業典禮	N4
ソックス（そっくす①）〔名詞〕	短襪	N1
Track 146 そっち（そっち③）〔名詞〕	那裡、你那兒 註：指示代名詞	N5
外方（そっぽ①）〔名詞〕	外邊、別處	N1
外（そと①）〔名詞〕	外面	N5
傍（そば①）〔名詞〕	旁邊、附近	N5

祖父（そふ①）〔名詞〕	爺爺、外公、祖父	N4
ソフト（そふと①）〔名詞〕	柔軟、柔和	N1
祖母（そぼ①）〔名詞〕	奶奶、外婆、祖母	N4
空（そら①）〔名詞〕	天空	N4
橇（そり①）〔名詞〕	雪橇	N1
それ（それ⓪）〔名詞〕	那個 註：指示代名詞	N5
Track 147 損害（そんがい⓪）〔名詞〕	損害、損傷、損失	N2
尊敬（そんけい⓪）〔名詞〕	尊敬、恭敬	N3
存在（そんざい⓪）〔名詞〕	存在	N3
尊重（そんちょう⓪）〔名詞〕	尊重、重視	N2
像（ぞう①）〔名詞〕	形象、影像	N1
増加（ぞうか⓪）〔名詞〕	増加	N2
雑木（ぞうき⓪）〔名詞〕	雜樹	N1
蔵相（ぞうしょう⓪）〔名詞〕	財政部長	N1

た行

名詞

Track 148 タイ（たい①）〔名詞〕	泰國	N5
退院（たいいん⓪）〔名詞〕	出院	N4
大概（たいがい⓪）〔名詞〕	大概、大略、大部分	N1
体格（たいかく⓪）〔名詞〕	體格、（詩的）風格	N1
大金（たいきん⓪）〔名詞〕	巨款	N1
対策（たいさく⓪）〔名詞〕	對策、對付的方法	N2
大使館（たいしかん③）〔名詞〕	大使館	N4
大衆（たいしゅう⓪）〔名詞〕	大眾、群眾	N1
態勢（たいせい⓪）〔名詞〕	姿態、樣子	N1
体積（たいせき①）〔名詞〕	體積	N2
Track 149 態度（たいど①）〔名詞〕	態度、舉止、舉動	N2
対等（たいとう⓪）〔名詞〕	對等、平等	N1
タイトル（たいとる①）〔名詞〕	題目、職稱	N1
タイピスト（たいぴすと③）〔名詞〕	打字員	N3

タイプ（たいぷ①）〔名詞〕	類型	N4
台風（たいふう③）〔名詞〕	颱風	N4
大変（たいへん⓪）〔名詞〕	不容易、大事件、非常	N4
タイマー（たいまー①）〔名詞〕	碼表、計時器	N3
タイミング（たいみんぐ⓪）〔名詞〕	時機	N1
Track 150 タイム（たいむ①）〔名詞〕	時間	N1
太陽（たいよう①）〔名詞〕	太陽	N2
大陸（たいりく①）〔名詞〕	大陸	N2
体力（たいりょく①）〔名詞〕	體力	N3
タイル（たいる①）〔名詞〕	瓷磚	N3
焚火（たきび⓪）〔名詞〕	爐火、（用火）燒落葉	N1
タクシー（たくしー①）〔名詞〕	計程車	N4
巧み（たくみ⓪）〔名詞〕	技巧、詭計、巧妙	N1
丈（たけ②）〔名詞〕	身高、高度、尺寸	N1
足算（たしざん②）〔名詞〕	加法	N1

Track 151

多数決（たすうけつ②）〔名詞〕	多數決定	N1
助け（たすけ③）〔名詞〕	幫助、救助	N3
戦い（たたかい⓪）〔名詞〕	戰爭、戰鬥	N2
畳（たたみ⓪）〔名詞〕	榻榻米	N4
盾（たて①）〔名詞〕	盾、後盾	N1
縦（たて①）〔名詞〕	縱	N3
建前（たてまえ③）〔名詞〕	基本的主意、方針、主張	N1
建物（たてもの②）〔名詞〕	建築物	N4
他動詞（たどうし②）〔名詞〕	他動詞	N3
例え（たとえ②）〔名詞〕	比喻、例子	N3

Track 152

種（たね①）〔名詞〕	種子	N2
楽しみ（たのしみ③）〔名詞〕	期待、快樂、樂趣	N4
束（たば①）〔名詞〕	把、捆	N2
タバコ（たばこ⓪）〔名詞〕	菸草、菸	N5
他聞（たぶん⓪）〔名詞〕	被人聽見	N1

食べ物（たべもの③）〔名詞〕	食物	N5
他方（たほう②）〔名詞〕	另一方面	N1
卵（たまご②）〔名詞〕	雞蛋、蛋	N5
溜まり（たまり⓪）〔名詞〕	積存、休息室	N1
弛み（たるみ⓪）〔名詞〕	鬆弛、鬆懈	N1
Track 153 タレント（たれんと⓪）〔名詞〕	藝人	N3
タワー（たわー①）〔名詞〕	塔	N3
単一（たんいつ⓪）〔名詞〕	單一、單獨、單純	N1
短歌（たんか①）〔名詞〕	短歌	N1
担架（たんか①）〔名詞〕	擔架	N1
短気（たんき①）〔名詞〕	沒耐性、性急	N1
誕生日（たんじょうび③）〔名詞〕	生日	N4
炭素（たんそ①）〔名詞〕	碳	N1
短大（たんだい⓪）〔名詞〕	短期大學	N3
単調（たんちょう⓪）〔名詞〕	單調、無變化	N1

名詞

あ行 か行 さ行 **た行** な行 は行 ま行 や行 ら行 わ行

Track 154	担当（たんとう⓪）〔名詞〕	承擔、擔當	N2
	単独（たんどく⓪）〔名詞〕	單獨、行動	N1
	短波（たんぱ①）〔名詞〕	短波	N1
	蛋白質（たんぱくしつ④）〔名詞〕	蛋白質	N1
	大学（だいがく⓪）〔名詞〕	大學	N5
	大学院（だいがくいん④）〔名詞〕	研究所	N4
	大成功（だいせいこう③）〔名詞〕	非常成功	N2
	台所（だいどころ⓪）〔名詞〕	廚房	N4
	台無（だいなし⓪）〔名詞〕	弄壞、毀損、糟蹋	N1
	代表（だいひょう⓪）〔名詞〕	代表	N2
	大部分（だいぶぶん③）〔名詞〕	大部分	N3
Track 155	大便（だいべん③）〔名詞〕	大便、糞便	N3
	台本（だいほん⓪）〔名詞〕	腳本、劇本	N1
	打撃（だげき⓪）〔名詞〕	打擊、衝擊	N1
	駄作（ださく⓪）〔名詞〕	拙劣的作品	N1

ダブル（だぶる①）〔名詞〕	二倍、（一張大床）雙人房	N3
誰（だれ①）〔名詞〕	誰 註：不定人稱代名詞	N5
誰か（だれか①）〔名詞〕	誰、某人	N5
男性（だんせい⓪）〔名詞〕	男性	N4
団体（だんたい⓪）〔名詞〕	團體、集體	N2
旦那（だんな⓪）〔名詞〕	主人、老公、先生	N1
Track 156 ダンプ（だんぷ①）〔名詞〕	傾卸車	N1
弾力（だんりょく⓪）〔名詞〕	彈力	N1
断面（だんめん③）〔名詞〕	斷面、剖面、側面	N1
暖房（だんぼう⓪）〔名詞〕	暖氣	N4

名詞

あ行
か行
さ行
た行
な行
は行
ま行
や行
ら行
わ行

血（ち⓪）〔名詞〕	血	N4
治安（ちあん⓪）〔名詞〕	治安	N1
地域（ちいき①）〔名詞〕	地區、區域、地帶	N2
知恵（ちえ②）〔名詞〕	智慧、智力、主意	N2
チーズ（ちーず①）〔名詞〕	起司	N4
チームワーク（ちーむわーく④）〔名詞〕	團隊精神	N1
Track 157 近く（ちかく②）〔名詞〕	附近	N4
地下鉄（ちかてつ⓪）〔名詞〕	地下鐵	N4
力（ちから③）〔名詞〕	力氣	N4
地球（ちきゅう⓪）〔名詞〕	地球	N2
遅刻（ちこく⓪）〔名詞〕	遲到	N2
畜産（ちくさん⓪）〔名詞〕	家畜、畜產	N1
畜生（ちくしょう③）〔名詞〕	牲畜、畜生（罵人）	N1
地形（ちけい⓪）〔名詞〕	地形、地勢	N1
地図（ちず①）〔名詞〕	地圖	N4

知性（ちせい①）〔名詞〕	理智、才能	N1
Track 158 地帯（ちたい①）〔名詞〕	地帶、地域	N2
乳（ちち②）〔名詞〕	奶水、乳房	N1
父（ちち②）〔名詞〕	父親	N5
父親（ちちおや⓪）〔名詞〕	父親	N4
秩序（ちつじょ②）〔名詞〕	秩序、次序	N1
チャイム（ちゃいむ①）〔名詞〕	門鈴	N3
茶色（ちゃいろ⓪）〔名詞〕	咖啡色、茶色	N4
茶の間（ちゃのま⓪）〔名詞〕	起居室、茶室	N3
茶の湯（ちゃのゆ⓪）〔名詞〕	茶道	N1
茶碗（ちゃわん⓪）〔名詞〕	茶碗、飯碗	N4
Track 159 チャンネル（ちゃんねる①）〔名詞〕	頻道	N1
注意（ちゅうい①）〔名詞〕	注意	N4
中学校（ちゅうがっこう③）〔名詞〕	國中、中學	N4
中止（ちゅうし⓪）〔名詞〕	中止、中途停止	N2

名詞

あ行 か行 さ行 **た行** な行 は行 ま行 や行 ら行 わ行

忠実（ちゅうじつ⓪）〔名詞〕	忠實、忠誠	N1
注射（ちゅうしゃ⓪）〔名詞〕	注射	N4
駐車場（ちゅうしゃじょう⓪）〔名詞〕	停車場	N4
中心（ちゅうしん⓪）〔名詞〕	中心、重心、要點、內心	N2
中枢（ちゅうすう⓪）〔名詞〕	中樞、中心	N1
中性（ちゅうせい⓪）〔名詞〕	中性	N2
Track 160 抽選（ちゅうせん⓪）〔名詞〕	抽籤	N1
中腹（ちゅうふく⓪）〔名詞〕	半山腰	N1
注目（ちゅうもく⓪）〔名詞〕	注目、注視	N4
腸（ちょう①）〔名詞〕	腸、腸子	N1
蝶（ちょう①）〔名詞〕	蝴蝶	N1
超過（ちょうか⓪）〔名詞〕	超過、超額	N2
聴覚（ちょうかく①）〔名詞〕	聽覺	N1
長官（ちょうかん⓪）〔名詞〕	長官	N1
長期（ちょうき①）〔名詞〕	長期	N2

調査（ちょうさ①）〔名詞〕	調查	N2
Track 161 長所（ちょうしょ①）〔名詞〕	長處、優點	N2
頂上（ちょうじょう③）〔名詞〕	山頂、頂峰、頂點	N2
聴診器（ちょうしんき③）〔名詞〕	聽診器	N1
調節（ちょうせつ⓪）〔名詞〕	調解、調整	N2
頂戴（ちょうだい⓪）〔名詞〕	領受、接受	N2
頂点（ちょうてん①）〔名詞〕	頂點、頂峰、極點	N2
長男（ちょうなん①）〔名詞〕	長子	N2
長編（ちょうへん⓪）〔名詞〕	長篇、長篇小說	N1
貯金（ちょきん⓪）〔名詞〕	存錢	N2
著者（ちょしゃ①）〔名詞〕	作者	N2
Track 162 著書（ちょしょ①）〔名詞〕	著書、著作	N1
塵（ちり⓪）〔名詞〕	灰塵、垃圾、污點	N1
地理（ちり①）〔名詞〕	地理、地方情形	N2
塵取（ちりとり③）〔名詞〕	畚斗	N1

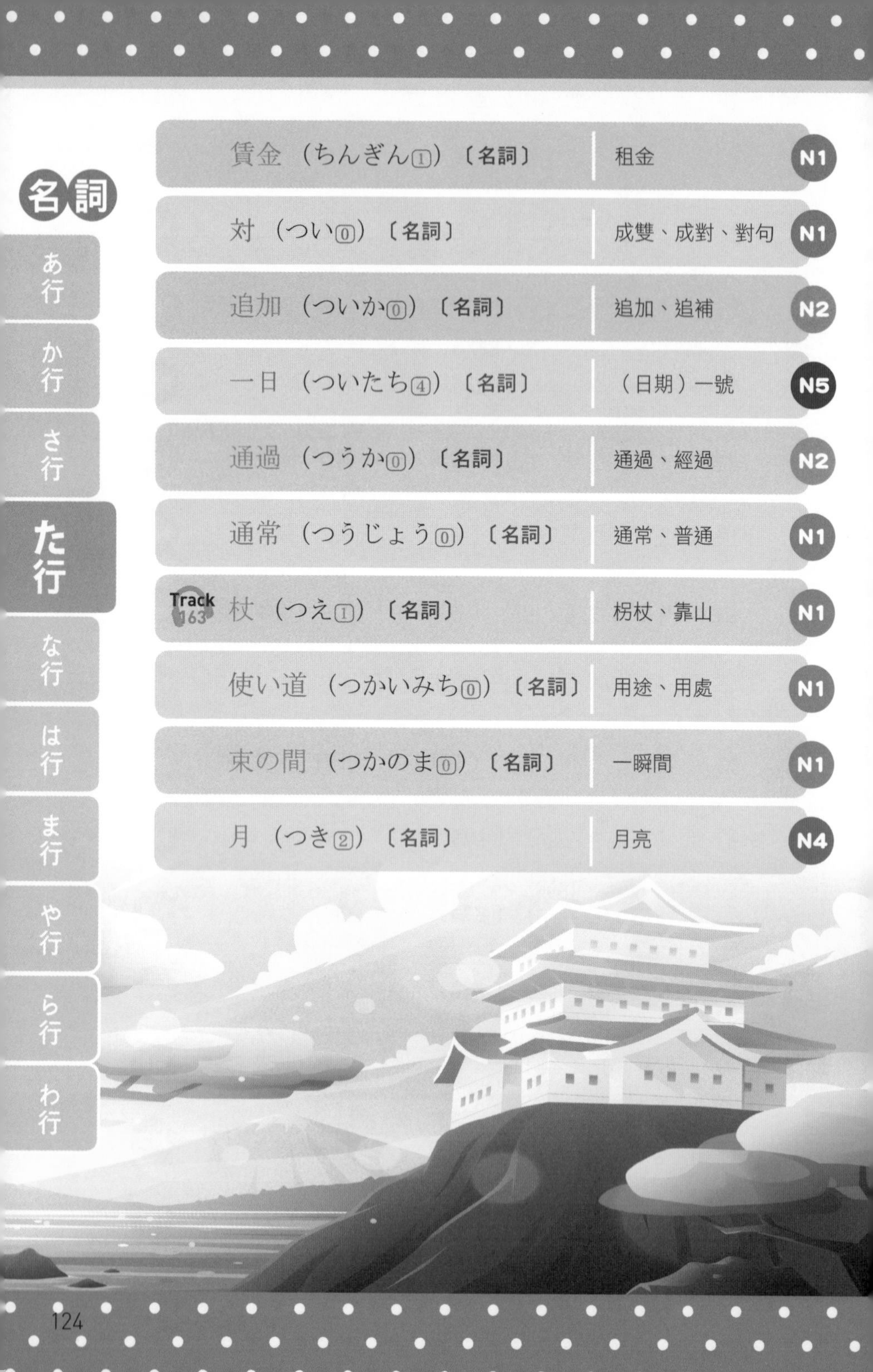

名詞

あ行 か行 さ行 た行 な行 は行 ま行 や行 ら行 わ行

賃金（ちんぎん①）〔名詞〕	租金	N1
対（つい⓪）〔名詞〕	成雙、成對、對句	N1
追加（ついか⓪）〔名詞〕	追加、追補	N2
一日（ついたち④）〔名詞〕	（日期）一號	N5
通過（つうか⓪）〔名詞〕	通過、經過	N2
通常（つうじょう⓪）〔名詞〕	通常、普通	N1
Track 163 杖（つえ①）〔名詞〕	柺杖、靠山	N1
使い道（つかいみち⓪）〔名詞〕	用途、用處	N1
束の間（つかのま⓪）〔名詞〕	一瞬間	N1
月（つき②）〔名詞〕	月亮	N4

次（つぎ②）〔名詞〕	下一個	N4
月並み（つきなみ⓪）〔名詞〕	平凡、平庸、每月、每月的例會	N1
継ぎ目（つぎめ⓪）〔名詞〕	接頭、接口	N1
机（つくえ⓪）〔名詞〕	書桌、桌子	N5
作り（つくり③）〔名詞〕	構造、製造	N1
都合（つごう⓪）〔名詞〕	關係、理由、情況、方便、湊巧、安排	N2
Track 164 都合（つごう⓪）〔名詞〕	理由、情況	N4
辻褄（つじつま⓪）〔名詞〕	邏輯、條理、道理	N1
筒（つつ⓪）〔名詞〕	筒管	N1
勤め先（つとめさき⓪）〔名詞〕	工作地點	N3
津波（つなみ⓪）〔名詞〕	海嘯	N3
角（つの②）〔名詞〕	角、犄角	N1
唾（つば①）〔名詞〕	唾液、口水	N3
呟き（つぶやき⓪）〔名詞〕	牢騷、自言自語的聲音	N1
壷（つぼ⓪）〔名詞〕	罐、壺、要點	N1

名詞

あ行 か行 さ行 た行 な行 は行 ま行 や行 ら行 わ行

蕾（つぼみ③）〔名詞〕	花蕾、花苞	N1
Track 165 罪（つみ①）〔名詞〕	惡行、罪行、罪過	N2
つもり（つもり⓪）〔名詞〕	打算、意圖	N4
露（つゆ①）〔名詞〕	露水、淚	N1
梅雨（つゆ⓪）〔名詞〕	梅雨	N3
釣鐘（つりがね⓪）〔名詞〕	吊鐘	N1
吊革（つりかわ⓪）〔名詞〕	吊環、吊帶	N3
手（て①）〔名詞〕	手、手段	N5
手当（てあて①）〔名詞〕	醫療、治療、準備、津貼	N3
定期（ていき①）〔名詞〕	定期	N2
体裁（ていさい⓪）〔名詞〕	外表、外貌、體裁、體面	N1
Track 166 停車（ていしゃ⓪）〔名詞〕	停車	N2
定食（ていしょく⓪）〔名詞〕	套餐	N3
邸宅（ていたく⓪）〔名詞〕	宅邸、公館	N1
ティッシュペーパー（てぃっしゅぺーぱー④）〔名詞〕	面紙	N3

丁寧（ていねい①）〔名詞〕	禮貌、鄭重	N4
定年（ていねん⓪）〔名詞〕	退休年齡	N3
堤防（ていぼう⓪）〔名詞〕	堤防	N1
テープ（てーぷ①）〔名詞〕	錄音帶、帶子	N5
テーブル（てーぶる⓪）〔名詞〕	桌子	N5
テープレコーダー（てーぷれこーだー⑤）〔名詞〕	錄音機	N5
Track 167 手遅れ（ておくれ②）〔名詞〕	為時已晚、耽誤	N1
手掛かり（てがかり②）〔名詞〕	線索	N1
手数（てかず①）〔名詞〕	手續、麻煩	N1
手紙（てがみ⓪）〔名詞〕	信	N5
テキスト（てきすと①）〔名詞〕	教科書	N4
適性（てきせい⓪）〔名詞〕	適合性質、性格	N1
手際（てぎわ⓪）〔名詞〕	手法、技巧、本領	N1
手品（てじな①）〔名詞〕	戲法、魔術、欺騙、手法、詭計	N2
手順（てじゅん⓪）〔名詞〕	工作的次序、步驟	N1

名詞

あ行 か行 さ行 **た行** な行 は行 ま行 や行 ら行 わ行

手錠（てじょう⓪）〔名詞〕	手銬	N1
Track 168 手数（てすう②）〔名詞〕	費事、麻煩	N3
テスト（てすと①）〔名詞〕	考試、測試	N5
手近（てぢか⓪）〔名詞〕	手邊、身邊、常見	N1
手帳（てちょう⓪）〔名詞〕	筆記本、手冊	N2
鉄鋼（てっこう⓪）〔名詞〕	鋼鐵	N1
てっぺん（てっぺん③）〔名詞〕	頭頂	N1
鉄棒（てつぼう⓪）〔名詞〕	鐵棒、鐵棍、（體育）單槓	N1
テニス（てにす①）〔名詞〕	網球	N5
テニスコート（てにすこーと④）〔名詞〕	網球場	N4
手筈（てはず①）〔名詞〕	程序、事前的準備	N1
Track 169 手袋（てぶくろ②）〔名詞〕	手套	N4
手本（てほん②）〔名詞〕	字帖、模範、樣本	N1
手間（てま②）〔名詞〕	勞力、工夫、人手	N2
手回し（てまわし②）〔名詞〕	用手搖、準備安排	N1

手元（てもと③）〔名詞〕	手邊、手法、技巧	N1
寺（てら②）〔名詞〕	寺院、佛寺	N4
テレックス（てれっくす②）〔名詞〕	電報、電傳	N1
テレビ（てれび①）〔名詞〕	電視	N5
天（てん①）〔名詞〕	天、天空、天國	N1
店員（てんいん⓪）〔名詞〕	店員	N4
Track 170 天下（てんか①）〔名詞〕	天底下、全國世間	N1
点火（てんか⓪）〔名詞〕	點火	N1
天気（てんき①）〔名詞〕	天氣	N5
天気予報（てんきよほう④）〔名詞〕	天氣預報	N4
天国（てんごく①）〔名詞〕	天國、天堂	N1
天才（てんさい⓪）〔名詞〕	天才	N1
天災（てんさい⓪）〔名詞〕	天災、自然災害	N1
点線（てんせん⓪）〔名詞〕	點線、虛線	N1
天体（てんたい⓪）〔名詞〕	天象	N1

名詞

あ行
か行
さ行
た行
な行
は行
ま行
や行
ら行
わ行

天地（てんち①）〔名詞〕	天和地、宇宙、上下	N1
Track 171 展望（てんぼう⓪）〔名詞〕	眺望、展望	N2
展覧会（てんらんかい③）〔名詞〕	展覽會	N4
データ（でーた①）〔名詞〕	論據、資料、數據	N1
出来物（できもの③）〔名詞〕	疙瘩、腫塊	N1
出口（でぐち①）〔名詞〕	出口	N4
デコレーション（でこれーしょん③）〔名詞〕	裝潢、裝飾	N3
でこぼこ（でこぼこ⓪）〔名詞〕	凹凸不平、不平均	N2
デザート（でざーと②）〔名詞〕	西餐餐後點心	N5
デッキ（でっき①）〔名詞〕	甲板、艙面	N4
デッサン（でっさん①）〔名詞〕	草圖、素描	N1
Track 172 出直し（でなおし⓪）〔名詞〕	回去再來、重出來	N1
デパート（でぱーと②）〔名詞〕	百貨公司	N5
デモンストレーション（でもんすとれーしょん⑥）〔名詞〕	示威活動、公開表演	N1
田園（でんえん⓪）〔名詞〕	田園、田地	N1

電気（でんき①）〔名詞〕	電燈	N5
伝記（でんき⓪）〔名詞〕	傳、傳記	N2
電源（でんげん③）〔名詞〕	電力資源、電源	N3
伝言（でんごん⓪）〔名詞〕	口信、帶口信	N3
電車（でんしゃ⓪）〔名詞〕	電車	N5
伝説（でんせつ⓪）〔名詞〕	傳說、口傳	N1
Track 173 電話（でんわ⓪）〔名詞〕	電話	N5
電報（でんぽう⓪）〔名詞〕	電報	N4
電灯（でんとう⓪）〔名詞〕	電燈	N4
戸（と⓪）〔名詞〕	門、房門	N5

名詞

あ行
か行
さ行
た行
な行
は行
ま行
や行
ら行
わ行

トイレ（といれ①）〔名詞〕	洗手間、廁所	N5
棟（とう①）〔名詞〕	（建築物等）棟、大型建築物	N1
当～（とう～①）〔名詞〕	該（人、物等）	N1
陶器（とうき①）〔名詞〕	陶器、瓷器	N1
等級（とうきゅう⓪）〔名詞〕	等級、等位	N1
父さん（とうさん①）〔名詞〕	爸爸、父親	N5
Track 174 東南（とうなん⓪）〔名詞〕	東南	N4
当人（とうにん①）〔名詞〕	當事人、本人	N1
十（とお①）〔名詞〕	十、十歲	N5
十日（とおか⓪）〔名詞〕	十號（日期）、十天	N5
トーン（とーん①）〔名詞〕	色調、音調	N1
特技（とくぎ①）〔名詞〕	特殊、技能	N3
特産（とくさん⓪）〔名詞〕	特產、土產	N3
特集（とくしゅう⓪）〔名詞〕	特輯	N1
得点（とくてん⓪）〔名詞〕	得分	N1

時計（とけい⓪）〔名詞〕	鐘錶	N5
Track 175 床屋（とこや⓪）〔名詞〕	理髮廳	N4
所（ところ⓪）〔名詞〕	地方、部分	N5
登山（とざん①）〔名詞〕	登山	N2
年（とし②）〔名詞〕	年、歲	N5
都市（とし①）〔名詞〕	都市	N4
年頃（としごろ⓪）〔名詞〕	大致的年齡、妙齡	N1
途上（とじょう⓪）〔名詞〕	路上、途中	N1
図書館（としょかん②）〔名詞〕	圖書館	N4
土地（とち⓪）〔名詞〕	工地、地皮	N2
途中（とちゅう⓪）〔名詞〕	途中、路上、中途	N2
Track 176 特急（とっきゅう⓪）〔名詞〕	特快車	N4
特許（とっきょ①）〔名詞〕	專利	N1
特権（とっけん⓪）〔名詞〕	特權	N1
届け（とどけ③）〔名詞〕	申報、申請	N1

名詞

あ行 か行 さ行 **た行** な行 は行 ま行 や行 ら行 わ行

隣（となり⓪）〔名詞〕	鄰居、鄰近	N5
殿様（とのさま⓪）〔名詞〕	老爺、大人	N1
扉（とびら⓪）〔名詞〕	門、門扇	N1
友達（ともだち⓪）〔名詞〕	朋友	N5
トラブル（とらぶる②）〔名詞〕	糾紛、麻煩、故障	N3
トランジスター（とらんじすたー④）〔名詞〕	電晶體	N1
Track 177 鳥（とり⓪）〔名詞〕	鳥	N5
鳥居（とりい⓪）〔名詞〕	日本神社入口的牌坊	N1
鶏肉（とりにく⓪）〔名詞〕	雞肉	N5
土（ど①）〔名詞〕	（國）土	N1
ドア（どあ①）〔名詞〕	門	N5
胴（どう①）〔名詞〕	身體、鎧甲、中間部分	N1
同級（どうきゅう⓪）〔名詞〕	同等級、同年級	N1
動機（どうき⓪）〔名詞〕	動機	N1
道具（どうぐ③）〔名詞〕	道具	N4

動向（どうこう⓪）〔名詞〕｜動向、趨勢｜N1

Track 178
動作（どうさ①）〔名詞〕｜動作、運作｜N2

同士（どうし①）〔名詞〕｜伙伴、同類｜N1

同志（どうし①）〔名詞〕｜同志、同夥、伙伴｜N1

同時（どうじ⓪）〔名詞〕｜同時｜N2

道場（どうじょう①）〔名詞〕｜道場、練武場｜N1

同等（どうとう⓪）〔名詞〕｜同等、相等、等價｜N1

動物（どうぶつ⓪）〔名詞〕｜動物｜N5

同僚（どうりょう⓪）〔名詞〕｜同僚、同事｜N2

独自（どくじ①）〔名詞〕｜獨自、獨特｜N1

読者（どくしゃ①）〔名詞〕｜讀者｜N1

Track 179
読書（どくしょ⓪）〔名詞〕｜讀書｜N2

独立（どくりつ⓪）〔名詞〕｜獨立｜N2

どこ（どこ①）〔名詞〕｜哪裡 註：不定指示代名詞｜N5

土台（どだい⓪）〔名詞〕｜土台、地基、基礎｜N1

どちら（どちら①）〔名詞〕	哪邊、哪位 註：不定指示代名詞	N5
どっち（どっち①）〔名詞〕	哪邊、哪一個（口語） 註：不定指示代名詞	N5
土手（どて⓪）〔名詞〕	河堤	N1
どなた（どなた①）〔名詞〕	哪位（だれ的敬語） 註：不定人稱代名詞	N5
土俵（どひょう⓪）〔名詞〕	土袋子、 （相撲）比賽場	N1
溝（どぶ⓪）〔名詞〕	水溝、深坑	N1
Track 180 土木（どぼく①）〔名詞〕	土木、土木工程	N1
土曜日（どようび②）〔名詞〕	星期六、禮拜六	N5
ドライ（どらい②）〔名詞〕	乾燥、 （處事）理智	N1
ドライクリーニング （どらいくりーにんぐ⑤）〔名詞〕	乾洗	N3

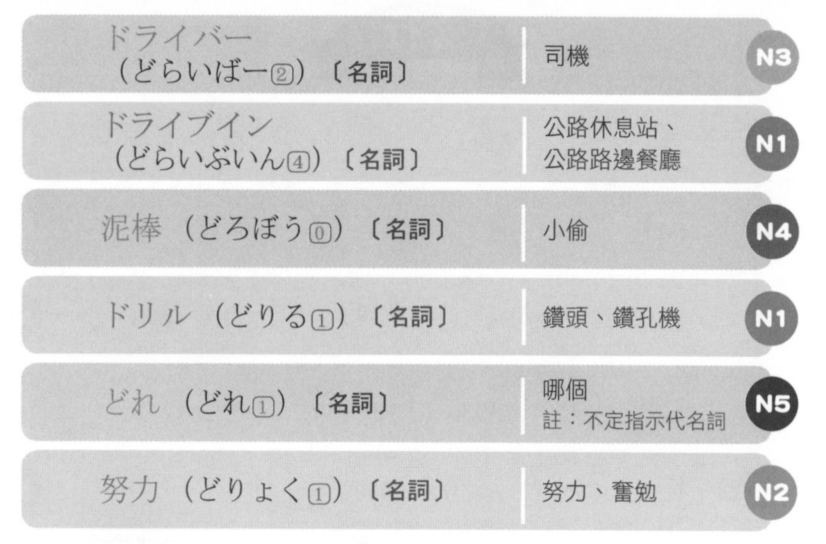

ドライバー（どらいばー②）〔名詞〕	司機	N3
ドライブイン（どらいぶいん④）〔名詞〕	公路休息站、公路路邊餐廳	N1
泥棒（どろぼう⓪）〔名詞〕	小偷	N4
ドリル（どりる①）〔名詞〕	鑽頭、鑽孔機	N1
どれ（どれ①）〔名詞〕	哪個 註：不定指示代名詞	N5
努力（どりょく①）〔名詞〕	努力、奮勉	N2

な行

名詞

Track 181 菜（な①）〔名詞〕	蔬菜、青菜	N2
内科（ないか⓪）〔名詞〕	內科	N3
内閣（ないかく①）〔名詞〕	內閣、政府	N1
内緒（ないしょ③）〔名詞〕	祕密	N3
内心（ないしん⓪）〔名詞〕	內心、心中	N1
内臓（ないぞう⓪）〔名詞〕	內臟	N1
ナイター（ないたー①）〔名詞〕	夜間棒球賽	N1
ナイフ（ないふ①）〔名詞〕	刀子	N5
内部（ないぶ①）〔名詞〕	內部、內情	N1
内乱（ないらん⓪）〔名詞〕	內亂、叛亂	N1
Track 182 内陸（ないりく⓪）〔名詞〕	內陸、內地	N1
苗（なえ①）〔名詞〕	苗、秧子、稻秧	N1
中（なか①）〔名詞〕	裡面	N5
流し（ながし③）〔名詞〕	流、流理台	N1

渚（なぎさ⓪）〔名詞〕	水濱、岸邊	N1
仲人（なこうど②）〔名詞〕	媒人、月下老人	N1
名残（なごり③）〔名詞〕	殘餘、遺跡	N1
情け（なさけ①）〔名詞〕	同情、人情、愛情	N1
雪崩（なだれ⓪）〔名詞〕	雪崩、傾斜	N1
夏（なつ②）〔名詞〕	夏天	N4
Track 183 納得（なっとく⓪）〔名詞〕	理解、同意	N2
夏休み（なつやすみ③）〔名詞〕	暑假	N5
七つ（ななつ②）〔名詞〕	七、七歲	N5
何（なに①）〔名詞〕	什麼、怎麼 註：不定稱代名詞	N5
七日（なのか⓪）〔名詞〕	七號（日期）、七天	N5
ナプキン（なぷきん①）〔名詞〕	餐巾	N1
名札（なふだ⓪）〔名詞〕	姓名牌、名牌	N1
名前（なまえ⓪）〔名詞〕	名字	N4
生身（なまみ ②）〔名詞〕	活人、活生生	N1

鉛（なまり⓪）〔名詞〕	鉛	N1
Track 184 並み（なみ⓪）〔名詞〕	普通、一般	N3
波（なみ②）〔名詞〕	波浪	N4
涙（なみだ①）〔名詞〕	眼淚	N2
悩み（なやみ③）〔名詞〕	煩惱、苦惱、病	N3
慣れ（なれ②）〔名詞〕	習慣、熟悉	N1
難（なん①）〔名詞〕	困難、災難、責難	N1
荷（に①）〔名詞〕	行李、負擔	N1
匂い（におい②）〔名詞〕	味道	N4
面皰（にきび①）〔名詞〕	青春痘、粉刺	N1
肉（にく②）〔名詞〕	肉	N5
Track 185 憎しみ（にくしみ⓪）〔名詞〕	憎恨、憎惡	N1
肉親（にくしん⓪）〔名詞〕	親生骨肉、親人	N1
西（にし⓪）〔名詞〕	西邊	N4
西日（にしび⓪）〔名詞〕	太陽西下、夕陽	N1

贋物（にせもの⓪）〔名詞〕	假冒的東西	N1
日常（にちじょう⓪）〔名詞〕	日常、平常	N2
日夜（にちや①）〔名詞〕	日夜、總是、每天	N1
日曜日（にちようび③）〔名詞〕	星期天、禮拜天	N5
日記（にっき⓪）〔名詞〕	日記	N4
荷物（にもつ①）〔名詞〕	行李	N4
Track 186 ニュアンス（にゅあんす①）〔名詞〕	語氣、神韻	N1
入院（にゅういん⓪）〔名詞〕	住院	N4
入学（にゅうがく⓪）〔名詞〕	入學	N4
入社（にゅうしゃ⓪）〔名詞〕	入公司、進入公司工作	N2
ニュース（にゅーす①）〔名詞〕	新聞、消息	N4
尿（にょう①）〔名詞〕	尿、小便	N1
庭（にわ⓪）〔名詞〕	庭院	N5
人形（にんぎょう⓪）〔名詞〕	娃娃	N4
人情（にんじょう①）〔名詞〕	人情味、同情心	N1

名詞

あ行 か行 さ行 た行 **な行** は行 ま行 や行 ら行 わ行

任務（にんむ①）〔名詞〕	任務、職責	N1
Track 187 主（ぬし①）〔名詞〕	（一家人的）主人、物主、丈夫	N3
盗み（ぬすみ③）〔名詞〕	偷盜、盜竊	N1
沼（ぬま②）〔名詞〕	池沼、沼澤	N1
根（ね①）〔名詞〕	根	N4
音（ね⓪）〔名詞〕	聲音、音響	N1
根（ね①）〔名詞〕	根、根源	N2
音色（ねいろ⓪）〔名詞〕	音色	N1
ネガ（ねが①）〔名詞〕	軟片、底片	N1
根方（ねかた③）〔名詞〕	（樹）根、底下	N2
ネクタイ（ねくたい①）〔名詞〕	領帶	N5
Track 188 猫（ねこ①）〔名詞〕	貓	N5
ねじまわし（ねじまわし③）〔名詞〕	螺絲起子	N1
値段（ねだん⓪）〔名詞〕	價格	N4
熱（ねつ②）〔名詞〕	發燒、熱度	N4

熱意（ねつい①）〔名詞〕	熱情、熱忱	N1
熱演（ねつえん⓪）〔名詞〕	熱心表演	N2
ネックレス（ねっくれす①）〔名詞〕	項鍊	N4
熱心（ねっしん①）〔名詞〕	熱心	N4
熱帯（ねったい⓪）〔名詞〕	熱帶	N2
熱湯（ねっとう⓪）〔名詞〕	熱水、開水	N1
Track 189 熱量（ねつりょう②）〔名詞〕	熱量	N1
粘り（ねばり③）〔名詞〕	黏性、堅韌、頑強	N1
根回し（ねまわし②）〔名詞〕	砍掉一部分樹根、事先協調	N1
念（ねん⓪）〔名詞〕	念頭、宿願	N1

名詞

あ行 か行 さ行 た行 **な行** は行 ま行 や行 ら行 わ行

年賀（ねんが①）〔名詞〕	賀年、拜年	N1
年賀状（ねんがじょう③）〔名詞〕	賀年卡	N3
年鑑（ねんかん⓪）〔名詞〕	年鑑	N1
年号（ねんごう③）〔名詞〕	年號	N1
年長（ねんちょう⓪）〔名詞〕	年長、年歲大	N1
燃料（ねんりょう③）〔名詞〕	燃料	N1
Track 190 年輪（ねんりん⓪）〔名詞〕	年輪	N1
脳（のう①）〔名詞〕	腦部	N3
農業（のうぎょう①）〔名詞〕	農業	N4
農耕（のうこう⓪）〔名詞〕	農耕、耕作	N1
農作物（のうさくぶつ④）〔名詞〕	農作物	N2
農場（のうじょう⓪）〔名詞〕	農場	N1
農地（のうち①）〔名詞〕	農地、農耕	N1
濃度（のうど①）〔名詞〕	濃度	N2
軒並み（のきなみ⓪）〔名詞〕	成排的屋簷	N1

喉（のど①）〔名詞〕	喉嚨	N4
Track 191 飲み物（のみもの③）〔名詞〕	飲料	N4
乗り物（のりもの⓪）〔名詞〕	交通工具	N4

◆LINE的常見貼圖用語：

マジ？	真的嗎？
へえ～～～	什麼～～～！
まさか！	不會吧！
うそ！	真的假的！
そのとおりだ！	沒錯！
大好き（だいすき）！	超愛！
いやだ！	不要！
なぜ？	為何？
ちゃんと説明（せつめい）して！	你給我好好説明喔！
また連絡（れんらく）するね。	我再跟你聯絡喔。

は行

名詞

あ行 か行 さ行 た行 な行 **は行** ま行 や行 ら行 わ行

Track 192

刃（は①）〔名詞〕	刀刃	N1
葉（は⓪）〔名詞〕	葉子	N2
歯（は①）〔名詞〕	牙齒	N5
肺（はい⓪）〔名詞〕	肺	N1
敗（はい①）〔名詞〕	失敗	N1
ハイキング（はいきんぐ①）〔名詞〕	郊遊	N4
配偶者（はいぐうしゃ③）〔名詞〕	配偶、夫妻當中的一方	N1
拝啓（はいけい①）〔名詞〕	敬啟者（書信用語）	N1
背景（はいけい⓪）〔名詞〕	背景、布景	N1
拝見（はいけん⓪）〔名詞〕	（謙讓語）拜讀	N4

Track 193

背後（はいご①）〔名詞〕	背後、暗地	N1
灰皿（はいざら⓪）〔名詞〕	菸灰缸	N5
配布（はいふ⓪）〔名詞〕	散發	N2
はがき（はがき⓪）〔名詞〕	明信片	N5

計り（はかり⓪）〔名詞〕	秤、量、計量	N2
拍手（はくしゅ①）〔名詞〕	拍手	N2
箱（はこ⓪）〔名詞〕	箱子、盒子	N5
橋（はし②）〔名詞〕	橋	N5
箸（はし①）〔名詞〕	筷子	N5
端（はし⓪）〔名詞〕	端、頭、邊緣、開端	N2
Track 194 恥（はじ②）〔名詞〕	羞恥、丟臉	N1
はず（はず⓪）〔名詞〕	應該、理當如此、當然	N4
裸足（はだし⓪）〔名詞〕	赤腳	N1
二十歳（はたち①）〔名詞〕	二十歲	N5
蜂蜜（はちみつ⓪）〔名詞〕	蜂蜜	N3
発音（はつおん⓪）〔名詞〕	發音	N4
二十日（はつか⓪）〔名詞〕	二十號（日期）、二十天	N5
発刊（はっかん⓪）〔名詞〕	出版、發行	N2
発行（はっこう⓪）〔名詞〕	發行	N2

名詞

あ行 か行 さ行 た行 な行 **は行** ま行 や行 ら行 わ行

発達（はったつ⓪）〔名詞〕	發達、擴大	N2
Track 195 発展（はってん⓪）〔名詞〕	發展	N2
発売（はつばい⓪）〔名詞〕	發售、發賣	N2
初耳（はつみみ⓪）〔名詞〕	初聞、初次聽到	N3
果て（はて②）〔名詞〕	邊際、止境、結果	N1
鼻（はな⓪）〔名詞〕	鼻子	N5
花（はな②）〔名詞〕	花	N5
話（はなし③）〔名詞〕	話、談話	N4
花弁（はなびら③）〔名詞〕	花瓣	N1
花見（はなみ③）〔名詞〕	賞花	N4
母（はは①）〔名詞〕	母親	N5
Track 196 母親（ははおや⓪）〔名詞〕	母親、媽媽	N4
浜（はま②）〔名詞〕	海濱、河岸	N1
浜辺（はまべ⓪）〔名詞〕	海濱、湖濱	N1
破片（はへん⓪）〔名詞〕	破片	N2

流行り（はやり③）〔名詞〕	流行、時髦	N2
腹（はら②）〔名詞〕	腹、肚子	N2
原っぱ（はらっぱ①）〔名詞〕	雜草叢生的曠野、空地	N1
張り紙（はりがみ⓪）〔名詞〕	貼紙、廣告	N1
春（はる①）〔名詞〕	春天	N4
晴れ（はれ②）〔名詞〕	晴天	N5
Track 197 班（はん①）〔名詞〕	班、組、集團	N1
判（はん①）〔名詞〕	判斷、圖章	N1
版（はん①）〔名詞〕	版本、版面	N1
反映（はんえい⓪）〔名詞〕	反射、反映	N2
版画（はんが⓪）〔名詞〕	版畫、木版畫	N1
ハンガー（はんがー①）〔名詞〕	衣架	N1
ハンカチ（はんかち③）〔名詞〕	手帕	N4
反感（はんかん⓪）〔名詞〕	反感	N1
反響（はんきょう⓪）〔名詞〕	反應	N1

反対（はんたい⓪）〔名詞〕	相反、反對	N4
Track 198 犯人（はんにん①）〔名詞〕	犯人	N2
半分（はんぶん③）〔名詞〕	一半	N4
販売（はんばい⓪）〔名詞〕	販賣、出售	N2
バー（ばー①）〔名詞〕	小酒吧、棒棍	N1
場合（ばあい⓪）〔名詞〕	場合、狀況、情形	N4
倍（ばい⓪）〔名詞〕	倍	N4
黴菌（ばいきん⓪）〔名詞〕	細菌	N3
売店（ばいてん⓪）〔名詞〕	小商店	N4
倍率（ばいりつ⓪）〔名詞〕	倍率、放大或縮小倍數	N1

爆弾（ばくだん⓪）〔名詞〕	炸彈	N1
Track 199 爆発（ばくはつ⓪）〔名詞〕	爆炸、爆發	N2
場所（ばしょ⓪）〔名詞〕	場所	N4
バス（ばす①）〔名詞〕	浴室	N1
バス（ばす①）〔名詞〕	公車	N5
バター（ばたー①）〔名詞〕	奶油	N4
罰（ばつ①）〔名詞〕	罰、處罰	N1
バッジ（ばっじ①）〔名詞〕	徽章	N1
バッテリー（ばってりー⓪）〔名詞〕	電池、蓄電池	N3
バット（ばっと①）〔名詞〕	球棒	N1
バナナ（ばなな①）〔名詞〕	香蕉	N4
Track 200 バレーボール（ばれーぼーる④）〔名詞〕	排球	N4
晩（ばん⓪）〔名詞〕	晚上	N5
番号（ばんごう③）〔名詞〕	號碼	N5
晩ご飯（ばんごはん③）〔名詞〕	晚飯	N5

名詞

あ行 か行 さ行 た行 な行 **は行** ま行 や行 ら行 わ行

番組（ばんぐみ⓪）〔名詞〕	節目	N4
番地（ばんち⓪）〔名詞〕	門牌號、地址	N2
万人（ばんにん⓪）〔名詞〕	萬人、眾人	N1
晩年（ばんねん⓪）〔名詞〕	晚年、暮年	N1
万能（ばんのう⓪）〔名詞〕	萬能、全才	N1
パーティー（ぱーてぃー①）〔名詞〕	派對	N4
Track 201 パート（ぱーと①）〔名詞〕	部分零工、計時工	N3
パジャマ（ぱじゃま①）〔名詞〕	睡衣	N1
パソコン（ぱそこん⓪）〔名詞〕	電腦	N5
パチンコ（ぱちんこ⓪）〔名詞〕	柏青哥	N4
パトカー（ぱとかー②）〔名詞〕	警車	N1
パン（ぱん①）〔名詞〕	麵包	N5
パンク（ぱんく⓪）〔名詞〕	爆胎、破胎	N1
碑（ひ⓪）〔名詞〕	碑	N1
被（ひ⓪）〔名詞〕	（後接名詞）被～	N1

日（ひ⓪）〔名詞〕	陽光、太陽	N4
Track 202 被害（ひがい①）〔名詞〕	損失、被害	N2
控え室（ひかえしつ③）〔名詞〕	休憩室	N1
東（ひがし⓪）〔名詞〕	東邊	N4
光（ひかり③）〔名詞〕	光、光線、光澤、光榮、光輝	N2
引き出し（ひきだし⓪）〔名詞〕	抽屜	N4
鬚（ひげ⓪）〔名詞〕	鬍子、鬍鬚	N4
非行（ひこう⓪）〔名詞〕	不正當行為	N1
飛行機（ひこうき②）〔名詞〕	飛機	N5
日頃（ひごろ⓪）〔名詞〕	平常、平時、平日	N3
久しぶり（ひさしぶり⓪）〔名詞〕	隔了好久	N4
Track 203 悲惨（ひさん⓪）〔名詞〕	悲慘、悽慘	N1
比重（ひじゅう⓪）〔名詞〕	比重、比例	N1
秘書（ひしょ②）〔名詞〕	秘書	N1
非常（ひじょう⓪）〔名詞〕	緊急、緊迫	N2

名詞

あ行 か行 さ行 た行 な行 **は行** ま行 や行 ら行 わ行

左（ひだり⓪）〔名詞〕	左邊	N5
左利き（ひだりきき⓪）〔名詞〕	左撇子	N1
筆跡（ひっせき⓪）〔名詞〕	筆跡	N2
必然（ひつぜん⓪）〔名詞〕	必然	N1
否定（ひてい⓪）〔名詞〕	否定	N2
人（ひと⓪）〔名詞〕	人、人類	N5
Track 204 一息（ひといき②）〔名詞〕	一口氣、喘口氣、一把勁	N1
人影（ひとかげ⓪）〔名詞〕	人影	N1
人柄（ひとがら⓪）〔名詞〕	人品、人格	N1
一頃（ひところ②）〔名詞〕	前些日子、曾有一時	N1
人質（ひとじち⓪）〔名詞〕	人質	N1
一筋（ひとすじ②）〔名詞〕	一條、一根	N1
一つ（ひとつ②）〔名詞〕	一個、一歲	N5
一月（ひとつき⓪）〔名詞〕	一個月	N5
一目（ひとめ②）〔名詞〕	看一眼、一眼看到	N1

一人（ひとり②）〔名詞〕	一個人	N5
Track 205 日取り（ひどり⓪）〔名詞〕	規定的日期、日程	N1
雛（ひな①）〔名詞〕	雛鳥、古裝偶人	N1
日向（ひなた⓪）〔名詞〕	向陽處	N1
雛祭り（ひなまつり③）〔名詞〕	女兒節、偶人節	N3
皮肉（ひにく⓪）〔名詞〕	皮與肉、表面的、膚淺的、挖苦、奚落	N2
日の丸（ひのまる⓪）〔名詞〕	紅圓形、日本國旗	N1
火花（ひばな①）〔名詞〕	火星、火花	N1
批判（ひはん⓪）〔名詞〕	批評、批判	N2
批評（ひひょう⓪）〔名詞〕	評價、評論	N2
皮膚（ひふ①）〔名詞〕	皮膚	N2
Track 206 ひま（ひま⓪）〔名詞〕	空閒	N5
悲鳴（ひめい⓪）〔名詞〕	悲鳴、哀鳴、驚叫	N1
百科事典（ひゃっかじてん④）〔名詞〕	百科辭典	N1
費用（ひよう①）〔名詞〕	費用	N2

名詞

あ行
か行
さ行
た行
な行
は行
ま行
や行
ら行
わ行

票（ひょう⓪）〔名詞〕	票、票選	N1
評価（ひょうか①）〔名詞〕	評價、估價	N2
標語（ひょうご⓪）〔名詞〕	標語	N1
表現（ひょうげん③）〔名詞〕	表現、表達	N2
評判（ひょうばん⓪）〔名詞〕	評價、名聲、聞名、傳聞、風評、風聞	N2
表面（ひょうめん③）〔名詞〕	表面	N2
Track 207 平仮名（ひらがな③）〔名詞〕	平假名	N5
比率（ひりつ⓪）〔名詞〕	比率、比	N3
肥料（ひりょう①）〔名詞〕	肥料	N1
昼（ひる②）〔名詞〕	白天、中午、午飯	N5
昼ご飯（ひるごはん③）〔名詞〕	午飯	N5
昼間（ひるま③）〔名詞〕	白天	N4
昼飯（ひるめし⓪）〔名詞〕	午飯	N1
広場（ひろば①）〔名詞〕	廣場	N4
品質（ひんしつ⓪）〔名詞〕	品質	N3

貧弱（ひんじゃく[0]）〔名詞〕	軟弱、瘦弱、貧乏	N1
品種（ひんしゅ[0]）〔名詞〕	品種	N1
ヒント（ひんと[1]）〔名詞〕	暗示、啟示	N1
美（び[1]）〔名詞〕	美	N1
ビザ（びざ[1]）〔名詞〕	簽證	N4
ビジネス（びじねす[1]）〔名詞〕	商業生意	N1
美術（びじゅつ[1]）〔名詞〕	美術	N4
美術館（びじゅつかん[3]）〔名詞〕	美術館	N4
病院（びょういん[0]）〔名詞〕	醫院	N5
病気（びょうき[0]）〔名詞〕	疾病、毛病	N5

Track 208

名詞

あ行 か行 さ行 た行 な行 **は行** ま行 や行 ら行 わ行

平等（びょうどう⓪）〔名詞〕	平等	N2
Track 209 びら（びら⓪）〔名詞〕	廣告、傳單	N1
びり（びり①）〔名詞〕	最後、倒數第一名	N1
微量（びりょう⓪）〔名詞〕	微量、少量	N1
ビル（びる①）〔名詞〕	大樓	N4
ピンポン（ぴんぽん①）〔名詞〕	乒乓球	N4
ファイト（ふぁいと①）〔名詞〕	戰鬥、戰鬥精神	N3
ファン（ふぁん①）〔名詞〕	電扇、影歌迷	N3
不意（ふい⓪）〔名詞〕	意外、突然	N1
フィルター（ふぃるたー①）〔名詞〕	過濾網、濾光器	N1
フィルム（ふぃるむ①）〔名詞〕	底片	N5
Track 210 封（ふう①）〔名詞〕	封口、封條	N1
風景（ふうけい①）〔名詞〕	風景	N2
風車（ふうしゃ①）〔名詞〕	風車	N1
風習（ふうしゅう⓪）〔名詞〕	風俗、習慣	N1

風俗（ふうぞく①）〔名詞〕 風俗 N1

風土（ふうど①）〔名詞〕 風土、水土 N1

封筒（ふうとう⓪）〔名詞〕 信封 N4

フェリー（ふぇりー①）〔名詞〕 渡船 N1

フォーク（ふぉーく①）〔名詞〕 叉子 N4

フォーム（ふぉーむ①）〔名詞〕 形式、姿勢、月台 N1

Track 211

不可欠（ふかけつ②）〔名詞〕 不可缺、必須 N1

不規則（ふきそく②）〔名詞〕 不規則、凌亂 N2

普及（ふきゅう⓪）〔名詞〕 普及 N2

不況（ふきょう⓪）〔名詞〕 蕭條、不景氣 N2

布巾（ふきん②）〔名詞〕 抹布 N3

福（ふく②）〔名詞〕 福、幸福、幸運 N1

服（ふく②）〔名詞〕 衣服 N5

複合（ふくごう⓪）〔名詞〕 複合、合成 N1

複雑（ふくざつ⓪）〔名詞〕 複雜 N4

	福祉（ふくし②）〔名詞〕	福祉、福利	N1
Track 212	復習（ふくしゅう⓪）〔名詞〕	復習	N4
	服装（ふくそう⓪）〔名詞〕	服裝	N2
	覆面（ふくめん⓪）〔名詞〕	蒙上臉、不出面	N1
	袋（ふくろ③）〔名詞〕	袋子	N4
	富豪（ふごう⓪）〔名詞〕	富豪、百萬富翁	N1
	負債（ふさい⓪）〔名詞〕	負債、欠債	N1
	不在（ふざい⓪）〔名詞〕	不在、不在家	N1
	不順（ふじゅん⓪）〔名詞〕	不順、異常、不服從	N1
	不審（ふしん⓪）〔名詞〕	懷疑、可疑	N1
	不振（ふしん⓪）〔名詞〕	蕭條	N1
Track 213	不信（ふしん⓪）〔名詞〕	不誠實、不守信用	N1
	ふすま（ふすま⓪）〔名詞〕	隔扇、拉門	N2
	不足（ふそく⓪）〔名詞〕	缺少、不足、不滿	N2
	札（ふだ⓪）〔名詞〕	牌子、告示牌、紙牌	N1

二つ（ふたつ③）〔名詞〕	兩個、二歲	N5
二人（ふたり③）〔名詞〕	兩個人	N5
縁（ふち②）〔名詞〕	邊緣	N2
不調（ふちょう⓪）〔名詞〕	（談判等）破裂、不順利	N1
普通（ふつう⓪）〔名詞〕	普通	N4
二日（ふつか⓪）〔名詞〕	二號（日期）、兩天	N5
Track 214 復興（ふっこう⓪）〔名詞〕	復興、恢復原狀	N1
不動産（ふどうさん②）〔名詞〕	不動產	N1
布団（ふとん⓪）〔名詞〕	棉被、被子	N4
不評（ふひょう⓪）〔名詞〕	聲譽不佳、名譽壞	N1
不服（ふふく⓪）〔名詞〕	不服、抗議	N1
普遍（ふへん⓪）〔名詞〕	普遍	N1
不満（ふまん⓪）〔名詞〕	不滿、不滿意	N2
不明（ふめい⓪）〔名詞〕	不清楚、盲目	N1
冬（ふゆ②）〔名詞〕	冬天	N4

名詞

あ行
か行
さ行
た行
な行
は行
ま行
や行
ら行
わ行

振り（ふり②）〔名詞〕	擺動、樣子、假裝	N1
Track 215 振り出し（ふりだし⓪）〔名詞〕	出發點、開始	N1
不良（ふりょう⓪）〔名詞〕	不良、流氓	N3
浮力（ふりょく①）〔名詞〕	浮力	N1
風呂（ふろ②）〔名詞〕	浴池、浴室	N5
付録（ふろく⓪）〔名詞〕	附錄、臨時增刊	N3
フロント（ふろんと⓪）〔名詞〕	前面、服務台	N3
粉末（ふんまつ⓪）〔名詞〕	粉末	N1
ブーツ（ぶーつ①）〔名詞〕	長筒鞋、馬靴	N1
ブーム（ぶーむ①）〔名詞〕	突然出現的景氣、熱潮	N1

部下（ぶか①）〔名詞〕	部下、部屬	N1
Track 216 ブザー（ぶざー①）〔名詞〕	蜂鳴器	N1
無事（ぶじ⓪）〔名詞〕	平安、安全	N2
豚（ぶた⓪）〔名詞〕	豬	N5
豚肉（ぶたにく⓪）〔名詞〕	豬肉	N5
物議（ぶつぎ①）〔名詞〕	群眾的批評	N1
物資（ぶっし①）〔名詞〕	物資、物品	N2
仏像（ぶつぞう⓪）〔名詞〕	佛像	N3
物体（ぶったい⓪）〔名詞〕	物體、物質	N1
無難（ぶなん⓪）〔名詞〕	無災、無難、無可非議	N1
部品（ぶひん⓪）〔名詞〕	小東西、零件	N2
Track 217 部門（ぶもん①）〔名詞〕	部門、部類方面	N3
ブラウス（ぶらうす②）〔名詞〕	女生的襯衫	N5
武力（ぶりょく①）〔名詞〕	武力、兵力	N1
ブルー（ぶるー②）〔名詞〕	青、藍色、情緒低落	N1

無礼（ぶれい①）〔名詞〕	沒禮貌	N1
ブレーキ（ぶれーき②）〔名詞〕	煞車	N3
文化（ぶんか①）〔名詞〕	文化	N4
文学（ぶんがく①）〔名詞〕	文學	N4
文化財（ぶんかざい③）〔名詞〕	文物、文化資產	N1
文語（ぶんご⓪）〔名詞〕	文言、文章、語言	N1
Track 218 分野（ぶんや①）〔名詞〕	領域、範圍、範疇	N2
文章（ぶんしょう①）〔名詞〕	文章	N5
分母（ぶんぼ①）〔名詞〕	分母	N1
文法（ぶんぽう⓪）〔名詞〕	文法	N4
分子（ぶんし①）〔名詞〕	分子	N1
プール（ぷーる①）〔名詞〕	游泳池	N4
プリント（ぷりんと⓪）〔名詞〕	列印、講義紙張	N3
プレゼント（ぷれぜんと②）〔名詞〕	禮物	N4
兵器（へいき①）〔名詞〕	兵器、武器	N1

平気（へいき⓪）〔名詞〕	不在乎、鎮靜	N2
Track 219 平行（へいこう⓪）〔名詞〕	平行、並行	N2
兵士（へいし①）〔名詞〕	兵士、戰士	N1
平常（へいじょう⓪）〔名詞〕	平常、普通	N1
平方（へいほう⓪）〔名詞〕	平方	N1
部屋（へや②）〔名詞〕	房間、屋子	N5
縁（へり②）〔名詞〕	邊緣、鑲邊	N1
辺（へん⓪）〔名詞〕	邊、附近	N5
変化（へんか①）〔名詞〕	變化、改變	N2
偏見（へんけん⓪）〔名詞〕	偏見	N1
返事（へんじ③）〔名詞〕	回答、答覆	N4
Track 220 ベース（べーす①）〔名詞〕	基礎、根據地	N1
ベスト（べすと①）〔名詞〕	最好、全力	N3
ベストセラー（べすとせらー④）〔名詞〕	最暢銷書	N3
ベッド（べっど①）〔名詞〕	床舖	N4

名詞

あ行 か行 さ行 た行 な行 **は行** ま行 や行 ら行 わ行

ベトナム（べとなむ⓪）〔名詞〕	越南	N4
便宜（べんぎ①）〔名詞〕	方便、權宜	N1
ベル（べる①）〔名詞〕	門鈴、鐘	N4
ペア（ぺあ①）〔名詞〕	一雙、一對	N1
ペット（ぺっと①）〔名詞〕	寵物	N4
ペン（ぺん①）〔名詞〕	筆	N4
Track 221 方（ほう①）〔名詞〕	方向、方面	N5
法案（ほうあん⓪）〔名詞〕	法案、法律、草案	N1
法学（ほうがく⓪）〔名詞〕	法學、法律學	N1
封建（ほうけん⓪）〔名詞〕	封建	N1
豊作（ほうさく⓪）〔名詞〕	豐收	N1
方策（ほうさく⓪）〔名詞〕	方法、對策	N1
方式（ほうしき⓪）〔名詞〕	方式、手續	N3
放射能（ほうしゃのう③）〔名詞〕	放射線	N1
報酬（ほうしゅう⓪）〔名詞〕	報酬、收益	N1

放送（ほうそう0）〔名詞〕	廣播	N4
Track 222 放送局（ほうそうきょく3）〔名詞〕	廣播電台	N2
包帯（ほうたい0）〔名詞〕	繃帶、紗布	N2
法廷（ほうてい0）〔名詞〕	法庭	N1
褒美（ほうび0）〔名詞〕	褒獎、獎賞	N1
豊富（ほうふ0）〔名詞〕	豐富	N2
方法（ほうほう0）〔名詞〕	方法、辦法、手段	N2
法律（ほうりつ0）〔名詞〕	法律	N2
ホース（ほーす1）〔名詞〕	膠皮管、水管	N1
ホール（ほーる1）〔名詞〕	大廳、會場	N3
他（ほか0）〔名詞〕	另外、除～之外	N5
Track 223 捕鯨（ほげい0）〔名詞〕	補鯨魚	N1
保険（ほけん0）〔名詞〕	保險、保證	N1
保護（ほご1）〔名詞〕	保護	N2
干物（ほしもの3）〔名詞〕	曬乾物、晾曬的衣服	N1

名詞

あ行 か行 さ行 た行 な行 **は行** ま行 や行 ら行 わ行

保存（ほぞん⓪）〔名詞〕	保存	N2
北海道（ほっかいどう③）〔名詞〕	北海道	N4
発作（ほっさ⓪）〔名詞〕	發作	N1
ほっぺた（ほっぺた③）〔名詞〕	面頰、臉蛋	N3
ホテル（ほてる①）〔名詞〕	旅館	N4
辺（ほとり⓪）〔名詞〕	邊畔、旁邊	N1
Track 224 骨（ほね②）〔名詞〕	骨頭	N2
捕虜（ほりょ①）〔名詞〕	俘虜	N1
本（ほん①）〔名詞〕	書	N5
本格（ほんかく⓪）〔名詞〕	正式	N1
本館（ほんかん⓪）〔名詞〕	主要的樓房、此樓	N3
本気（ほんき⓪）〔名詞〕	真的、認真	N3
本国（ほんごく①）〔名詞〕	本國、祖國、故鄉	N1
本質（ほんしつ⓪）〔名詞〕	本質	N1
本棚（ほんだな①）〔名詞〕	書架	N5

本音（ほんね⓪）〔名詞〕	真正面色、真心話	N1
本能（ほんのう①）〔名詞〕	本能	N1
本場（ほんば⓪）〔名詞〕	正宗產地、發源地	N1
本文（ほんぶん①）〔名詞〕	本文、正文	N3
本名（ほんみょう①）〔名詞〕	本名、真名	N1
本物（ほんもの⓪）〔名詞〕	真品、真貨、正規、專門、道地	N2
翻訳（ほんやく⓪）〔名詞〕	翻譯	N4
帽子（ぼうし⓪）〔名詞〕	帽子	N5
貿易（ぼうえき⓪）〔名詞〕	貿易	N4
紡績（ぼうせき⓪）〔名詞〕	紡織、紡紗	N1

Track 225

名詞

あ行 か行 さ行 た行 な行 **は行** ま行 や行 ら行 わ行

冒頭（ぼうとう⓪）〔名詞〕	前言、開頭	N1
Track 226 暴動（ぼうどう⓪）〔名詞〕	暴動	N1
暴風（ぼうふう③）〔名詞〕	暴風	N1
暴力（ぼうりょく①）〔名詞〕	暴力、武力	N1
ボールペン（ぼーるぺん⓪）〔名詞〕	原子筆	N5
僕（ぼく①）〔名詞〕	（男人自稱）我	N4
牧師（ぼくし①）〔名詞〕	牧師	N3
母校（ぼこう①）〔名詞〕	母校	N3
母国（ぼこく①）〔名詞〕	祖國	N1
募集（ぼしゅう⓪）〔名詞〕	募集、招收	N2
ボタン（ぼたん⓪）〔名詞〕	鈕扣	N4
Track 227 墓地（ぼち①）〔名詞〕	墓地、墳地	N1
ボルト（ぼると⓪）〔名詞〕	螺絲釘	N1
ポイント（ぽいんと⓪）〔名詞〕	重點、地點、得分	N1
ポーズ（ぽーず①）〔名詞〕	姿勢、擺樣子	N3

ポケット（ぽけっと②）〔名詞〕	口袋	N4
ポジション（ぽじしょん②）〔名詞〕	地位、職位	N1
ポスト（ぽすと①）〔名詞〕	郵筒、信箱	N5
ポット（ぽっと①）〔名詞〕	壺、熱水瓶	N3
ポンプ（ぽんぷ①）〔名詞〕	幫浦	N1

ノート

不熟的單字，可以記在這裡喔！

ま行

名詞

あ行 か行 さ行 た行 な行 は行 **ま行** や行 ら行 わ行

Track 228

毎朝（まいあさ①）〔名詞〕	每天早上	N5
毎週（まいしゅう⓪）〔名詞〕	每週	N5
毎月（まいつき⓪）〔名詞〕	每個月	N5
毎年（まいとし⓪）〔名詞〕	每年	N5
毎日（まいにち①）〔名詞〕	每天	N5
毎年（まいねん⓪）〔名詞〕	每年	N5
毎晩（まいばん①）〔名詞〕	每個晚上	N5
真上（まうえ③）〔名詞〕	正上方、頭頂上	N3
前（まえ①）〔名詞〕	前面、以前	N5
膜（まく②）〔名詞〕	膜、薄膜	N1

Track 229

真心（まごころ②）〔名詞〕	真心、誠心	N1
誠（まこと⓪）〔名詞〕	真實、真誠	N1
摩擦（まさつ⓪）〔名詞〕	摩擦、不合、意見分歧、傾軋	N2
真下（ました③）〔名詞〕	正下方、正下面	N1

麻酔（ますい⓪）〔名詞〕	麻醉	N1
マスコミ（ますこみ⓪）〔名詞〕	媒體	N3
股（また②）〔名詞〕	股	N1
町（まち②）〔名詞〕	城鎮、街道	N4
末（まつ①）〔名詞〕	末底	N1
末期（まっき①）〔名詞〕	末期、最後的時期	N1
Track 230 真っ先（まっさき③）〔名詞〕	最先、首先、最前面	N2
マッチ（まっち①）〔名詞〕	火柴、配合、相襯	N4
真っ二つ（まっぷたつ③）〔名詞〕	兩半	N1
的（まと⓪）〔名詞〕	靶子、目標、對象	N1
窓（まど①）〔名詞〕	窗戶	N5
纏まり（まとまり⓪）〔名詞〕	解決、統一	N1
招き（まねき③）〔名詞〕	招待、邀請	N1
豆（まめ②）〔名詞〕	豆子	N3
守り（まもり③）〔名詞〕	守衛、戒備	N2

名詞

あ行 か行 さ行 た行 な行 は行 **ま行** や行 ら行 わ行

眉（まゆ①）〔名詞〕	眉毛、眼眉	N3
Track 231 鞠（まり②）〔名詞〕	（皮革、布等做的）球	N1
周り（まわり⓪）〔名詞〕	周圍	N4
万一（まんいち①）〔名詞〕	萬分之一、萬一、意外	N2
漫画（まんが⓪）〔名詞〕	漫畫	N4
満月（まんげつ①）〔名詞〕	滿月、圓月	N3
満場（まんじょう⓪）〔名詞〕	全場、滿場	N1
満足（まんぞく①）〔名詞〕	完全、滿足、滿意	N3
真ん中（まんなか⓪）〔名詞〕	正中央	N4
満点（まんてん③）〔名詞〕	滿分、最好、令人滿意	N3
真前（まんまえ③）〔名詞〕	正前方	N1
Track 232 万年筆（まんねんひつ③）〔名詞〕	鋼筆	N5
味（み⓪）〔名詞〕	味道	N1
見合（みあい⓪）〔名詞〕	相親	N1
未開（みかい⓪）〔名詞〕	不開化、未開墾	N1

味覚（みかく0）〔名詞〕	味覺	N1
見掛け（みかけ0）〔名詞〕	外貌、外觀、外表	N2
見かけだおし（みかけだおし4）〔名詞〕	虛有其表	N2
見方（みかた3）〔名詞〕	看法、樣子	N2
幹（みき1）〔名詞〕	樹幹、事物的主要部分	N1
右（みぎ0）〔名詞〕	右邊	N5
Track 233 見込み（みこみ0）〔名詞〕	希望、可能性、預料	N2
未婚（みこん0）〔名詞〕	未婚	N2
未熟（みじゅく0）〔名詞〕	不成熟、不熟練	N1
微塵（みじん0）〔名詞〕	微塵	N1
ミス（みす1）〔名詞〕	小姐、姑娘	N3
水（みず0）〔名詞〕	水	N5
水色（みずいろ0）〔名詞〕	水藍色、淡藍色	N4
湖（みずうみ3）〔名詞〕	湖	N2
水気（みずけ0）〔名詞〕	水分	N1

名詞

あ行 か行 さ行 た行 な行 は行 ま行 や行 ら行 わ行

ミスプリント（みすぷりんと④）〔名詞〕	印刷錯誤	N3
Track 234 店（みせ②）〔名詞〕	店、商店	N5
ミセス（みせす①）〔名詞〕	女士、太太、已婚婦女	N3
見せ物（みせもの③）〔名詞〕	雜耍、被眾人耍弄的對象	N1
溝（みぞ⓪）〔名詞〕	水溝、分歧	N1
見出し（みだし⓪）〔名詞〕	標題、索引	N2
道（みち⓪）〔名詞〕	道路	N4
未知（みち①）〔名詞〕	未知	N1
身近（みぢか⓪）〔名詞〕	切身、身邊、身旁	N3
三日（みっか⓪）〔名詞〕	三號（日期）、三天	N5
三つ（みっつ③）〔名詞〕	三個、三歲	N5
密度（みつど①）〔名詞〕	密度	N1
Track 235 見積（みつもり⓪）〔名詞〕	估計、估量	N1
未定（みてい⓪）〔名詞〕	未定、未決定	N1
見通し（みとおし⓪）〔名詞〕	一直看下去、預料	N1

緑（みどり①）〔名詞〕	綠色、綠意	N4
見直し（みなおし⓪）〔名詞〕	重看一次	N2
皆さん（みなさん②）〔名詞〕	大家、 各位的客氣用語	N5
港（みなと⓪）〔名詞〕	港口	N4
南（みなみ⓪）〔名詞〕	南邊	N4
源（みなもと⓪）〔名詞〕	水源、根源	N1
身なり（みなり①）〔名詞〕	裝束、打扮	N1
Track 236 峰（みね②）〔名詞〕	山峰、刀背	N1
身の上（みのうえ⓪）〔名詞〕	境遇、身世、命運	N1
身の回り（みのまわり⓪）〔名詞〕	身邊事物、 日常生活	N3

実り（みのり⓪）〔名詞〕	結實、成果	N2
見晴らし（みはらし⓪）〔名詞〕	眺望、遠望	N1
身振り（みぶり①）〔名詞〕	（表示意志、感情的）姿態、（身體的）動作	N1
見本（みほん⓪）〔名詞〕	樣品、貨樣、例子、範本	N2
見舞い（みまい⓪）〔名詞〕	探望、慰問、挨（打）、遭遇（不幸）	N2
耳（みみ②）〔名詞〕	耳朵	N5
都（みやこ⓪）〔名詞〕	中心都市、京城	N4
Track 237 脈（みゃく②）〔名詞〕	脈、脈搏	N1
ミュージック（みゅーじっく①）〔名詞〕	音樂、樂曲	N1
未練（みれん①）〔名詞〕	不熟練、依戀	N1
民宿（みんしゅく⓪）〔名詞〕	民宿	N3
民族（みんぞく①）〔名詞〕	民族	N1
民俗（みんぞく①）〔名詞〕	民俗、民間風俗	N1
皆（みんな③）〔名詞〕	大家、各位	N5
六日（むいか⓪）〔名詞〕	六號（日期）、六天	N5

	無意味（むいみ②）〔名詞〕	無意義、沒價值	N1
	ムード（むーど①）〔名詞〕	氣氛、情趣	N3
Track 238	昔（むかし⓪）〔名詞〕	從前、早年、往昔	N2
	向き（むき①）〔名詞〕	方向、方位、適合	N2
	無口（むくち①）〔名詞〕	沉默寡言	N1
	無限（むげん⓪）〔名詞〕	無限、無邊、無止境	N2
	婿（むこ①）〔名詞〕	女婿	N1
	無効（むこう⓪）〔名詞〕	無效	N1
	向こう（むこう②）〔名詞〕	對面	N4
	無言（むごん⓪）〔名詞〕	無言、沉默	N1
	虫（むし⓪）〔名詞〕	蟲、害蟲	N4
	息子（むすこ⓪）〔名詞〕	兒子	N4
Track 239	結び（むすび⓪）〔名詞〕	末尾、終結、連結、結合	N1
	娘（むすめ③）〔名詞〕	女兒	N4
	無線（むせん⓪）〔名詞〕	無線、不用電線	N1

名詞

あ行 か行 さ行 た行 な行 は行 **ま行** や行 ら行 わ行

無断（むだん⓪）〔名詞〕	擅自	N1
無知（むち①）〔名詞〕	沒知識、愚笨	N1
夢中（むちゅう⓪）〔名詞〕	夢中、睡夢裡、熱衷	N2
六つ（むっつ③）〔名詞〕	六個、六歲	N5
無念（むねん①）〔名詞〕	悔恨、遺憾	N1
無能（むのう⓪）〔名詞〕	無能、無才	N1
無用（むよう⓪）〔名詞〕	不起作用、沒必要、無事	N1
Track 240 斑（むら⓪）〔名詞〕	有斑點、不齊	N1
村（むら②）〔名詞〕	村落、村莊	N4
無理（むり①）〔名詞〕	勉強	N4
目（め①）〔名詞〕	眼睛、視力	N5
名産（めいさん⓪）〔名詞〕	名產	N3
名称（めいしょう⓪）〔名詞〕	名稱	N1
明白（めいはく⓪）〔名詞〕	明白、明顯	N1
名簿（めいぼ⓪）〔名詞〕	名簿、名冊	N1

名誉（めいよ①）〔名詞〕	名譽、榮譽	N1
明瞭（めいりょう⓪）〔名詞〕	明白、明瞭	N1
Track 241 明朗（めいろう⓪）〔名詞〕	明朗、光明正大	N1
メーカー（めーかー①）〔名詞〕	製造商	N3
メートル（めーとる⓪）〔名詞〕	公尺	N4
目方（めかた⓪）〔名詞〕	重量、分量	N1
眼鏡（めがね①）〔名詞〕	眼鏡	N5
恵み（めぐみ⓪）〔名詞〕	恩惠、恩澤	N3
目付き（めつき①）〔名詞〕	眼神	N1
メッセージ（めっせーじ①）〔名詞〕	通訊、口信	N1
メディア（めでぃあ①）〔名詞〕	手段、媒體	N3
目処（めど①）〔名詞〕	目標、頭緒	N1
Track 242 目まい（めまい②）〔名詞〕	暈眩	N3
目盛（めもり⓪）〔名詞〕	度數、刻度	N1
メロディー（めろでぃー①）〔名詞〕	旋律、美麗的音樂	N1

名詞

あ行
か行
さ行
た行
な行
は行
ま行
や行
ら行
わ行

免許（めんきょ①）〔名詞〕	許可、批准	N2
面目（めんぼく⓪）〔名詞〕	臉面、面目、樣子	N1
申込（もうしこみ⓪）〔名詞〕	提議、申請、預約	N3
申し出（もうしで⓪）〔名詞〕	要求、聲明	N1
申し分（もうしぶん⓪）〔名詞〕	缺點、意見	N1
盲点（もうてん①）〔名詞〕	盲點、暗點	N1
目的（もくてき⓪）〔名詞〕	目的	N2
Track 243 目標（もくひょう⓪）〔名詞〕	目標、目的	N2
木曜日（もくようび③）〔名詞〕	星期四、禮拜四	N5
目録（もくろく⓪）〔名詞〕	目次、目錄	N1

目論見（もくろみ⓪）〔名詞〕	計畫、意圖、企圖	N1
模型（もけい⓪）〔名詞〕	模型	N1
目下（もっか①）〔名詞〕	當前、目前	N1
モニター（もにたー①）〔名詞〕	監視器、監聽器	N3
物（もの②）〔名詞〕	物品、事情、道理	N3
物（もの②）〔名詞〕	東西、物品	N5
Track 244 物置（ものおき③）〔名詞〕	倉庫、小屋	N2
模範（もはん⓪）〔名詞〕	模範、榜樣	N1
木綿（もめん⓪）〔名詞〕	棉花	N4
股（もも①）〔名詞〕	股、大腿	N1
門（もん①）〔名詞〕	門口、門	N5
問題（もんだい⓪）〔名詞〕	問題、事件	N5

名詞

あ行 か行 さ行 た行 な行 は行 ま行 や行 ら行 わ行

や行

Track 245

矢（や①）〔名詞〕	箭	N1
八百屋（やおや⓪）〔名詞〕	蔬菜店	N5
野外（やがい①）〔名詞〕	野外、郊外	N1
野球（やきゅう⓪）〔名詞〕	棒球	N4
薬（やく①）〔名詞〕	藥	N3
夜具（やぐ①）〔名詞〕	寢具、臥具	N1
役職（やくしょく⓪）〔名詞〕	官職、職務	N1
約束（やくそく⓪）〔名詞〕	約定、約會	N2
約束（やくそく⓪）〔名詞〕	約定	N4
役人（やくにん⓪）〔名詞〕	公務員、官員	N2

Track 246

役場（やくば③）〔名詞〕	區、鄉公所、辦事處	N1
役割（やくわり③）〔名詞〕	任務、職責、角色	N3
火傷（やけど⓪）〔名詞〕	燙傷、燒傷	N2
野菜（やさい⓪）〔名詞〕	蔬菜	N4

屋敷（やしき③）〔名詞〕	宅地、宅邸	N1
野心（やしん①）〔名詞〕	野心、雄心	N1
安売り（やすうり⓪）〔名詞〕	賤賣、大減價	N4
休み（やすみ③）〔名詞〕	休息、休假	N5
奴（やつ①）〔名詞〕	傢伙、那小子	N1
八つ（やっつ③）〔名詞〕	八個、八歲	N5
Track 247 野党（やとう①）〔名詞〕	在野黨	N1
山（やま②）〔名詞〕	山	N4
山道（やまみち②）〔名詞〕	山路	N4
闇（やみ②）〔名詞〕	黑暗、黑市、辨別不清	N1
ヤング（やんぐ①）〔名詞〕	年輕人、年青一代	N3
油（ゆ⓪）〔名詞〕	油	N1
優（ゆう①）〔名詞〕	優秀、十足	N1
優位（ゆうい①）〔名詞〕	優勢、優越地位	N1
憂鬱（ゆううつ⓪）〔名詞〕	憂鬱、愁悶	N1

名詞

あ行
か行
さ行
た行
な行
は行
ま行
や行
ら行
わ行

夕方（ゆうがた⓪）〔名詞〕	傍晚	N4
Track 248 勇敢（ゆうかん⓪）〔名詞〕	勇敢	N1
有機（ゆうき①）〔名詞〕	有機、有生命力	N1
夕暮（ゆうぐれ⓪）〔名詞〕	黃昏、傍晚	N1
優勝（ゆうしょう⓪）〔名詞〕	優勝、得勝	N2
優勢（ゆうせい⓪）〔名詞〕	優勢	N1
夕飯（ゆうはん⓪）〔名詞〕	晚飯	N4
優美（ゆうび①）〔名詞〕	優美	N1
郵便局（ゆうびんきょく③）〔名詞〕	郵局	N5
昨夜（ゆうべ③）〔名詞〕	昨晚、昨天夜裡	N5
夕べ（ゆうべ③）〔名詞〕	傍晚、晚會	N5
Track 249 夕焼け（ゆうやけ⓪）〔名詞〕	晚霞	N1
有利（ゆうり①）〔名詞〕	有利、有益、方便	N2
有力（ゆうりょく⓪）〔名詞〕	有效力、有希望	N1
幽霊（ゆうれい①）〔名詞〕	幽靈、亡魂	N1

浴衣（ゆかた⓪）〔名詞〕	沐浴後夏天穿的布製單和服	N3
雪（ゆき②）〔名詞〕	雪、雪白	N5
輸出（ゆしゅつ⓪）〔名詞〕	外銷、出口	N4
輸送（ゆそう⓪）〔名詞〕	輸送、運送	N2
油断（ゆだん⓪）〔名詞〕	疏忽、大意	N2
ユニフォーム（ゆにふぉーむ③）〔名詞〕	制服、運動服	N1
Track 250 輸入（ゆにゅう⓪）〔名詞〕	進口	N4
指（ゆび②）〔名詞〕	手指	N3
弓（ゆみ②）〔名詞〕	弓、弓形物	N1
夢（ゆめ②）〔名詞〕	夢、夢想	N4
世（よ①）〔名詞〕	世界、一生、時代	N3
洋（よう①）〔名詞〕	海洋、西洋	N1
用意（ようい①）〔名詞〕	準備	N3
要因（よういん⓪）〔名詞〕	主要原因	N1
溶液（ようえき①）〔名詞〕	溶液	N1

名詞

あ行
か行
さ行
た行
な行
は行
ま行
や行
ら行
わ行

八日（ようか⓪）〔名詞〕 | 八號（日期）、八天 | N5

Track 251 用件（ようけん③）〔名詞〕 | 事情 | N3

用紙（ようし⓪）〔名詞〕 | 規定用紙 | N3

要旨（ようし①）〔名詞〕 | 要旨、概要、主旨 | N2

幼児（ようじ①）〔名詞〕 | 幼兒、幼童 | N2

様式（ようしき⓪）〔名詞〕 | 樣式、格式、類型 | N1

用心（ようじん①）〔名詞〕 | 小心、注意、謹慎、留神、提防 | N2

様子（ようす⓪）〔名詞〕 | 情況、狀態、容貌、樣子 | N2

様相（ようそう⓪）〔名詞〕 | 樣子、情況、模樣 | N1

用品（ようひん⓪）〔名詞〕 | 用品、用具 | N3

洋風（ようふう⓪）〔名詞〕 | 西式、西洋風格 | N3

Track 252 洋服（ようふく⓪）〔名詞〕 | 西服 | N5

用法（ようほう⓪）〔名詞〕 | 用法 | N1

要領（ようりょう③）〔名詞〕 | 要點、要領、要訣 | N2

余暇（よか①）〔名詞〕 | 閒暇 | N1

余興（よきょう⓪）〔名詞〕	餘興節目	N1
欲（よく②）〔名詞〕	慾望、貪心	N3
浴室（よくしつ⓪）〔名詞〕	浴室	N1
欲望（よくぼう⓪）〔名詞〕	慾望、欲求	N1
横（よこ⓪）〔名詞〕	横、旁邊	N5
横綱（よこづな⓪）〔名詞〕	（相撲）横綱、首屈一指	N1
Track 253 汚れ（よごれ⓪）〔名詞〕	污穢、污物	N3
予算（よさん⓪）〔名詞〕	預先、算定、預算	N2
善し悪し（よしあし①）〔名詞〕	善惡、好壞、有利有弊	N1
予測（よそく⓪）〔名詞〕	預測	N2

名詞

あ行 か行 さ行 た行 な行 は行 ま行 や行 ら行 わ行

余地（よち①）〔名詞〕	容地、餘地	N1
四日（よっか⓪）〔名詞〕	四號（日期）、四天	N5
四つ（よっつ③）〔名詞〕	四個、四歲	N5
与党（よとう①）〔名詞〕	執政黨	N1
予定（よてい⓪）〔名詞〕	預定、安排	N4
夜中（よなか③）〔名詞〕	半夜	N2
Track 254 夜更け（よふけ③）〔名詞〕	深夜、深更半夜	N1
予報（よほう⓪）〔名詞〕	預報	N2
予約（よやく⓪）〔名詞〕	預約	N4
寄り合い（よりあい⓪）〔名詞〕	聚會、集會	N1
夜（よる①）〔名詞〕	夜、夜晚	N5
輿論（よろん①）〔名詞〕	輿論	N1

ら行

Track 255 来月（らいげつ[1]）〔名詞〕	下月、下個月	N5
来週（らいしゅう[0]）〔名詞〕	下週	N5
ライス（らいす[1]）〔名詞〕	飯	N1
来年（らいねん[0]）〔名詞〕	明年	N5
酪農（らくのう[0]）〔名詞〕	酪農	N1
ラジオ（らじお[1]）〔名詞〕	收音機	N5
ラジカセ（らじかせ[0]）〔名詞〕	收錄音機	N5
ラベル（らべる[1]）〔名詞〕	標籤、籤條	N3
ランプ（らんぷ[1]）〔名詞〕	燈、煤油燈、電燈	N1
理解（りかい[1]）〔名詞〕	瞭解、理解、領會、明白事理	N2
Track 256 理屈（りくつ[0]）〔名詞〕	理由、道理、歪理、藉口	N1
利子（りし[1]）〔名詞〕	利息	N3
利潤（りじゅん[0]）〔名詞〕	利潤、紅利	N1
理性（りせい[1]）〔名詞〕	理性	N3

名詞

利息（りそく⓪）〔名詞〕	利息	N1
立体（りったい⓪）〔名詞〕	立體	N1
立方（りっぽう⓪）〔名詞〕	立方	N1
立法（りっぽう⓪）〔名詞〕	立法	N1
利点（りてん⓪）〔名詞〕	優點、長處	N1
略語（りゃくご⓪）〔名詞〕	略語、簡語	N3
Track 257 略奪（りゃくだつ⓪）〔名詞〕	掠奪、搶奪	N1
理由（りゆう⓪）〔名詞〕	理由	N4
留学（りゅうがく⓪）〔名詞〕	留學	N2
留学生（りゅうがくせい③）〔名詞〕	留學生	N5
流行（りゅうこう⓪）〔名詞〕	流行	N3
利用（りよう⓪）〔名詞〕	利用	N3
領域（りょういき⓪）〔名詞〕	領域	N1
領海（りょうかい⓪）〔名詞〕	領海	N1
両極（りょうきょく⓪）〔名詞〕	兩極、南北極	N1

良好（りょうこう⓪）〔名詞〕	良好、優秀	N1
Track 258 両国（りょうこく①）〔名詞〕	兩國	N2
良識（りょうしき⓪）〔名詞〕	正確見識	N1
良質（りょうしつ⓪）〔名詞〕	品質良好、上等	N1
領収書（りょうしゅうしょ⓪）〔名詞〕	收據	N3
良心（りょうしん①）〔名詞〕	良心	N1
両親（りょうしん①）〔名詞〕	雙親	N4
領地（りょうち①）〔名詞〕	領土	N1
領土（りょうど①）〔名詞〕	領土	N1
料理（りょうり①）〔名詞〕	料理、做菜、烹調	N4
旅客（りょかく⓪）〔名詞〕	旅客	N3
Track 259 旅館（りょかん⓪）〔名詞〕	旅館	N4
旅券（りょけん⓪）〔名詞〕	護照	N3
旅行（りょこう⓪）〔名詞〕	旅行	N4
履歴（りれき⓪）〔名詞〕	履歴、經歴	N3

理論（りろん①）〔名詞〕	理論、論爭	N1
林業（りんぎょう①）〔名詞〕	林業	N1
ルール（るーる①）〔名詞〕	規章、章程	N3
留守（るす①）〔名詞〕	外出、不在家	N3
留守番（るすばん⓪）〔名詞〕	看家	N4
例外（れいがい⓪）〔名詞〕	例外	N2
Track 260 冷酷（れいこく⓪）〔名詞〕	冷酷、無情	N1
冷蔵庫（れいぞうこ③）〔名詞〕	冰箱	N4
零度（れいど①）〔名詞〕	零度、冰點	N2
冷凍（れいとう⓪）〔名詞〕	冷凍	N2
冷房（れいぼう⓪）〔名詞〕	冷氣	N4
レース（れーす①）〔名詞〕	競賽、競選	N1
歴史（れきし⓪）〔名詞〕	歴史	N4
レギュラー（れぎゅらー①）〔名詞〕	正式成員、正規兵、規則	N1
レコード（れこーど②）〔名詞〕	唱片	N5

レストラン（れすとらん①）〔名詞〕	餐廳	N4
Track 261 レッスン（れっすん①）〔名詞〕	一課、課程、學習	N3
列島（れっとう⓪）〔名詞〕	列島	N2
レディー（れでぃー①）〔名詞〕	貴婦人、淑女、婦女	N1
レバー（ればー①）〔名詞〕	操縱桿	N3
恋愛（れんあい⓪）〔名詞〕	戀愛	N4
連休（れんきゅう⓪）〔名詞〕	連假	N4
練習（れんしゅう⓪）〔名詞〕	練習	N4
レンジ（れんじ①）〔名詞〕	範圍	N1
連日（れんじつ⓪）〔名詞〕	連日、接連幾天	N1
連続（れんぞく⓪）〔名詞〕	連續	N2
Track 262 レンタカー（れんたかー③）〔名詞〕	出租汽車	N3
連中（れんちゅう⓪）〔名詞〕	伙伴、一群人、成員們	N1
レントゲン（れんとげん⓪）〔名詞〕	X光線	N1
連邦（れんぽう⓪）〔名詞〕	聯邦	N1

名詞

あ行
か行
さ行
た行
な行
は行
ま行
ま行
ら行
わ行

連盟（れんめい⓪）〔名詞〕	聯盟	N1
連絡（れんらく⓪）〔名詞〕	連絡	N4
廊下（ろうか⓪）〔名詞〕	走廊	N5
老人（ろうじん③）〔名詞〕	老人	N3
労働（ろうどう⓪）〔名詞〕	勞動	N2
労力（ろうりょく①）〔名詞〕	勞力、費力	N1
Track 263 ロープ（ろーぷ①）〔名詞〕	繩索	N1
ロープウェイ（ろーぷうぇい⑤）〔名詞〕	纜車	N3
論文（ろんぶん⓪）〔名詞〕	論文	N2

わ行

Track 264 ワイシャツ（わいしゃつ⓪）〔名詞〕	男生的襯衫	N5
わき（わき②）〔名詞〕	腋下、別處、近處	N2
枠（わく②）〔名詞〕	框、範圍、邊線	N1
惑星（わくせい⓪）〔名詞〕	行星	N1
訳（わけ①）〔名詞〕	意思、內容、理由、道理	N4
技（わざ②）〔名詞〕	技術、本領、招數	N1
忘れ物（わすれもの⓪）〔名詞〕	忘記帶的東西、忘記拿	N4
私（わたくし⓪）〔名詞〕	我（較正式的講法，用於正式場合）	N5
私（わたし⓪）〔名詞〕	我	N5
渡り鳥（わたりどり③）〔名詞〕	候鳥	N3
Track 265 ワット（わっと①）〔名詞〕	瓦、瓦特	N1
詫び（わび⓪）〔名詞〕	賠不是	N3
和風（わふう⓪）〔名詞〕	日式風格	N1
和文（わぶん⓪）〔名詞〕	日語文章、日文	N1

單字	中文	級數
藁（わら①）〔名詞〕	稻草、麥稈	N1
割り（わり⓪）〔名詞〕	比例、得失	N1
割合（わりあい⓪）〔名詞〕	比率、比例	N2
割高（わりだか⓪）〔名詞〕	與品質份量比較起來價值貴	N2
割引（わりびき⓪）〔名詞〕	打折	N2
割り増し（わりまし⓪）〔名詞〕	加價	N2
Track 266 悪者（わるもの⓪）〔名詞〕	壞人、壞傢伙	N1
我（われ①）〔名詞〕	我、自己	N1

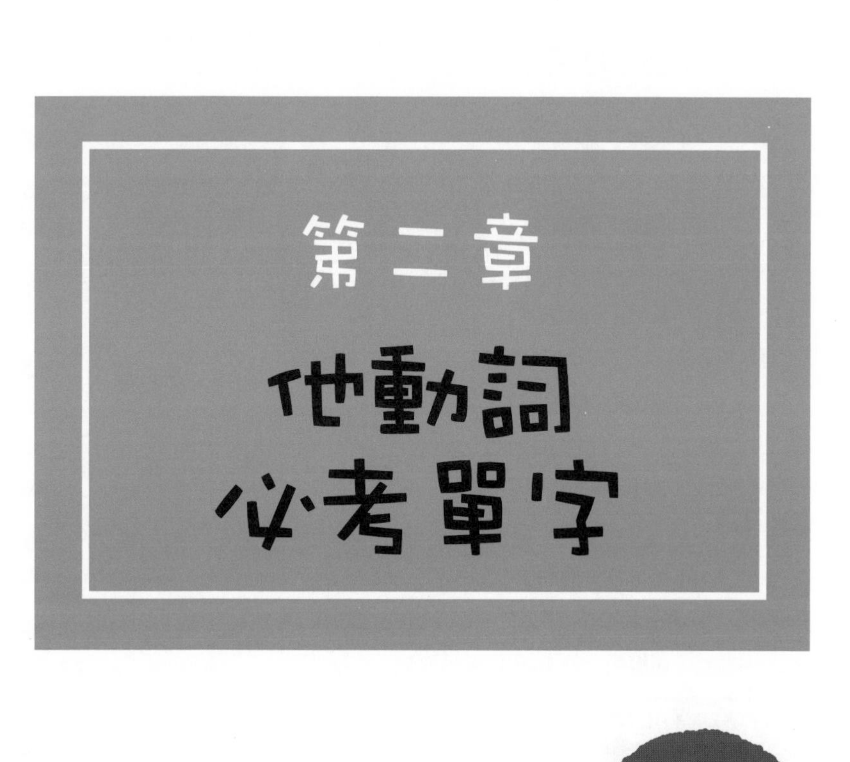

第二章
他動詞必考單字

あ行

單字	中文	級數
Track 267 開ける（あける⓪）〔第II類、他動詞〕	開、打開	N5
あげる（あげる⓪）〔第II類、他動詞〕	給、給予	N4
挙げる（あげる⓪）〔第II類、他動詞〕	舉、舉行	N5
欺く（あざむく③）〔第I類、他動詞〕	欺騙	N1
嘲笑う（あざわらう④）〔第I類、他動詞〕	嘲笑、冷笑	N1
預ける（あずける③）〔第II類、他動詞〕	寄存	N3
与える（あたえる⓪）〔第II類、他動詞〕	給予、使蒙受	N3
扱う（あつかう⓪）〔第I類、他動詞〕	對待、處理、操縱	N2
斡旋する（あっせんする⓪）〔第III類、他動詞〕	幫助、居中調節、介紹	N1
圧倒する（あっとうする⓪）〔第III類、他動詞〕	壓倒、勝過、超過	N1
Track 268 圧迫する（あっぱくする⓪）〔第III類、他動詞〕	壓迫	N1
集める（あつめる③）〔第II類、他動詞〕	集合、集中	N4
アップする（あっぷする①）〔第III類、他動詞〕	提高、增高	N1
誂える（あつらえる④）〔第II類、他動詞〕	訂做、訂購、叫（菜）	N1

当てはめる（あてはめる④）〔第II類、他動詞〕	適用、套用	N2
当てる（あてる⓪）〔第II類、他動詞〕	碰、撞、放、猜	N2
あびる（あびる⓪）〔第II類、他動詞〕	淋、浴	N5
過つ（あやまつ③）〔第I類、他動詞〕	弄錯、犯錯	N2
謝る（あやまる③）〔第I類、他動詞〕	道歉、賠不是	N4
洗う（あらう⓪）〔第I類、他動詞〕	洗滌	N4
Track 269 争う（あらそう③）〔第I類、他動詞〕	爭論、競爭	N3
操る（あやつる③）〔第I類、他動詞〕	掌握、操縱	N1
危ぶむ（あやぶむ③）〔第I類、他動詞〕	擔心、令人擔憂	N1
改める（あらためる④）〔第II類、他動詞〕	改變、改正、鄭重	N2
暗殺する（あんさつする⓪）〔第III類、他動詞〕	暗殺、行刺	N1
暗算する（あんざんする⓪）〔第III類、他動詞〕	心算	N1
暗示する（あんじする⓪）〔第III類、他動詞〕	暗示、示意、提示	N1
案じる（あんじる⓪）〔第II類、他動詞〕	擔心、想辦法	N1
言う（いう⓪）〔第I類、他動詞〕	說、講	N5

育成する（いくせいする⓪）〔第III類、他動詞〕	培養、扶植	N1
Track 270 委託する（いたくする⓪）〔第III類、他動詞〕	委託	N1
苛める（いじめる⓪）〔第II類、他動詞〕	欺侮、糟蹋	N2
弄る（いじる②）〔第I類、他動詞〕	玩弄、擺弄	N1
抱く（いだく②）〔第I類、他動詞〕	抱、懷有、環抱	N2
致す（いたす②）〔第I類、他動詞〕	【する】的謙讓語；做	N4
頂く（いただく⓪）〔第I類、他動詞〕	【食べる／飲む／もらう】的謙讓語；吃、喝、收到	N4
一目する（いちもくする⓪）〔第III類、他動詞〕	一看	N1
一見する（いっけんする⓪）〔第III類、他動詞〕	看一次、一　、初看	N1
祈る（いのる②）〔第I類、他動詞〕	祈禱	N4
嫌がる（いやがる③）〔第I類、他動詞〕	厭惡、討厭	N4
Track 271 入れる（いれる⓪）〔第II類、他動詞〕	放進、加進、包括、泡茶	N4
植える（うえる⓪）〔第II類、他動詞〕	種植	N4
伺う（うかがう⓪）〔第I類、他動詞〕	【尋ねる】的謙讓語；請教、打聽、拜訪	N4
受け止める（うけとめる④）〔第II類、他動詞〕	接住、接受、阻止	N1

受ける（うける②）〔第II類、他動詞〕	接受	N4
薄める（うすめる⓪）〔第II類、他動詞〕	沖淡、稀釋	N2
歌う（うたう⓪）〔第I類、他動詞〕	唱、唱歌	N5
疑う（うたがう⓪）〔第I類、他動詞〕	懷疑、猜測	N3
打ち明ける（うちあける⓪）〔第II類、他動詞〕	坦白說出、談心、說亮話	N2
打ち切る（うちきる③）〔第I類、他動詞〕	停止、結束	N2
Track 272 打つ（うつ①）〔第I類、他動詞〕	打、敲、拍	N4
写す（うつす②）〔第I類、他動詞〕	抄、描寫、拍照	N4
映す（うつす②）〔第I類、他動詞〕	映、照	N4
移す（うつす②）〔第I類、他動詞〕	移、搬	N4
促す（うながす③）〔第I類、他動詞〕	催促、促使	N2
裏切る（うらぎる③）〔第I類、他動詞〕	背叛、辜負、違背	N2
恨む（うらむ②）〔第I類、他動詞〕	恨、怨	N2
売る（うる⓪）〔第I類、他動詞〕	販賣	N4
運営する（うんえいする⓪）〔第III類、他動詞〕	經營、管理	N1

他動詞

あ行　か行　さ行　た行　な行　は行　ま行　や行　ら行　わ行

運送する（うんそうする⓪）〔第III類、他動詞〕	運送、搬運	N3
Track 273 運搬する（うんぱんする⓪）〔第III類、他動詞〕	搬運、運輸	N1
運用する（うんようする⓪）〔第III類、他動詞〕	運用、活用	N1
映写する（えいしゃする⓪）〔第III類、他動詞〕	放映（影片等）	N1
閲覧する（えつらんする⓪）〔第III類、他動詞〕	閱覽、查閱	N1
選ぶ（えらぶ②）〔第I類、他動詞〕	選擇	N4
選ぶ（えらぶ②）〔第I類、他動詞〕	選擇、編輯	N2
得る（える①）〔第II類、他動詞〕	得到、獲得	N2
演出する（えんしゅつする⓪）〔第III類、他動詞〕	演出、上演	N1
演じる（えんじる⓪）〔第II類、他動詞〕	表演、扮演	N1
追い込む（おいこむ③）〔第I類、他動詞〕	使陷入～、將～趕進～	N1
Track 274 追う（おう⓪）〔第I類、他動詞〕	追、驅趕	N2
オープンする（おーぷんする①）〔第III類、他動詞〕	開放、公開	N1
補う（おぎなう③）〔第I類、他動詞〕	補償、補充	N2
置く（おく⓪）〔第I類、他動詞〕	放置	N4

送る（おくる⓪）〔第I類、他動詞〕	送、贈送	N4
起こす（おこす②）〔第I類、他動詞〕	引起	N4
行う（おこなう⓪）〔第I類、他動詞〕	舉行、舉辦	N4
抑える（おさえる③）〔第II類、他動詞〕	壓、控制、扣住	N2
収める（おさめる③）〔第II類、他動詞〕	獲得、收容、收下、接受	N2
教える（おしえる⓪）〔第II類、他動詞〕	教授、指導	N5
Track 275 押し切る（おしきる③）〔第I類、他動詞〕	排除、不顧、切斷	N1
押す（おす⓪）〔第I類、他動詞〕	按、推	N5
推す（おす⓪）〔第I類、他動詞〕	推進、推薦、推測	N2
おっしゃる（おっしゃる③）〔第I類、他動詞〕	【言う】的敬語；說	N4

他動詞

あ行 か行 さ行 た行 な行 は行 ま行 や行 ら行 わ行

落す（おとす②）〔第I類、他動詞〕	扔下、弄掉、使落下	N4
覚える（おぼえる③）〔第II類、他動詞〕	記憶	N4
おまけする（おまけする⓪）〔第III類、他動詞〕	減價、贈送、附加	N1
思い出す（おもいだす④）〔第I類、他動詞〕	想起	N4
重んじる（おもんじる④）〔第II類、他動詞〕	重視、注重、（古）敬重	N1
折る（おる①）〔第I類、他動詞〕	折、疊、折斷	N2
負んぶする（おんぶする①）〔第III類、他動詞〕	背、依靠別人	N1

◆常見的副詞、接續詞

とても	非常～
よく	經常～
あまり	不太～（後接否定）
ぜんぜん	完全不～（後接否定）
それとも	或者～
でも	可是
どうも	總覺得～
たぶん	大概～（推量）
もしかしたら	搞不好～
おそらく	恐怕～
だいたい	大致上～
すこし	一些些
ちょっと	稍微～、一點點

か行

Track 276 改悪する（かいあくする⓪）〔第Ⅲ類、他動詞〕	改壞了	N1
改革する（かいかくする⓪）〔第Ⅲ類、他動詞〕	改革、革新	N1
介護する（かいごする①）〔第Ⅲ類、他動詞〕	照顧病人或老人	N3
開催する（かいさいする⓪）〔第Ⅲ類、他動詞〕	開會、召開、舉辦	N1
回収する（かいしゅうする⓪）〔第Ⅲ類、他動詞〕	回收、收回	N3
改修する（かいしゅうする⓪）〔第Ⅲ類、他動詞〕	修理、修訂	N1
解除する（かいじょする①）〔第Ⅲ類、他動詞〕	解除、廢除	N1
回送する（かいそうする⓪）〔第Ⅲ類、他動詞〕	空車調回、轉送	N3
開拓する（かいたくする⓪）〔第Ⅲ類、他動詞〕	開墾、開闢	N1
改定する（かいていする⓪）〔第Ⅲ類、他動詞〕	重訂	N1
Track 277 改訂する（かいていする⓪）〔第Ⅲ類、他動詞〕	修訂	N2
開発する（かいはつする⓪）〔第Ⅲ類、他動詞〕	開發、發展	N1
介抱する（かいほうする①）〔第Ⅲ類、他動詞〕	護理	N1
解剖する（かいぼうする⓪）〔第Ⅲ類、他動詞〕	解剖、分析	N1

他動詞

あ行 か行 さ行 た行 な行 は行 ま行 や行 ら行 わ行

回覧する（かいらんする⓪）〔第III類、他動詞〕	傳閱、巡視	N3
改良する（かいりょうする⓪）〔第III類、他動詞〕	改良、改善	N1
買う（かう⓪）〔第I類、他動詞〕	買	N5
返す（かえす①）〔第I類、他動詞〕	歸還	N4
返す（かえす①）〔第I類、他動詞〕	還、歸還、退回、報答	N2
省みる（かえりみる④）〔第II類、他動詞〕	反省、自省	N1
顧みる（かえりみる④）〔第II類、他動詞〕	回頭看、回顧、關心、擔心	N2
抱える（かかえる⓪）〔第II類、他動詞〕	用兩手抱住、承擔、僱用	N2
かきまわす（かきまわす⓪）〔第I類、他動詞〕	攪和（湯）、弄亂	N1
書く（かく①）〔第I類、他動詞〕	寫、畫	N5
確信する（かくしんする⓪）〔第III類、他動詞〕	確信、堅信	N3
革新する（かくしんする⓪）〔第III類、他動詞〕	革新	N1
獲得する（かくとくする⓪）〔第III類、他動詞〕	獲得、取得、爭得	N1
確保する（かくほする①）〔第III類、他動詞〕	牢牢保住、確保	N1
かける（かける②）〔第II類、他動詞〕	打（電話）、坐	N5

Track 278

加工する（かこうする⓪）〔第III類、他動詞〕	加工	N1
Track 279 囲む（かこむ⓪）〔第I類、他動詞〕	圍繞、圍著	N2
重ねる（かさねる⓪）〔第II類、他動詞〕	堆積、重疊、反覆	N2
飾る（かざる⓪）〔第I類、他動詞〕	裝飾	N4
かじる（かじる②）〔第I類、他動詞〕	一點一點地咬、一知半解、咬一口	N2
貸す（かす⓪）〔第I類、他動詞〕	借出	N4
掠る（かする②）〔第I類、他動詞〕	掠過、擦過	N1
片付ける（かたづける④）〔第II類、他動詞〕	整理、收拾	N4
傾ける（かたむける④）〔第II類、他動詞〕	使～傾斜、傾注	N2
合唱する（がっしょうする⓪）〔第III類、他動詞〕	合唱	N1
カットする（かっとする①）〔第III類、他動詞〕	切、刪除	N3
Track 280 兼ねる（かねる②）〔第II類、他動詞〕	兼帶、兼二種以上職務、兼職、顧忌	N2
かぶる（かぶる②）〔第I類、他動詞〕	戴上	N5
構える（かまえる③）〔第II類、他動詞〕	修建、假造、採取～姿態	N2
加味する（かみする①）〔第III類、他動詞〕	調味、添加	N1

他動詞

あ行 か行 さ行 た行 な行 は行 ま行 や行 ら行 わ行

噛む（かむ①）〔第I類、他動詞〕	咬、咀嚼	N4
借りる（かりる⓪）〔第II類、他動詞〕	借入	N4
可愛がる（かわいがる④）〔第I類、他動詞〕	愛惜、愛護	N2
乾かす（かわかす③）〔第I類、他動詞〕	使乾燥	N2
灌漑する（かんがいする⓪）〔第III類、他動詞〕	灌溉	N1
刊行する（かんこうする⓪）〔第III類、他動詞〕	刊行、出版發行	N1
勧告する（かんこくする⓪）〔第III類、他動詞〕	勸告、說服	N1
看護する（かんごする①）〔第III類、他動詞〕	護理	N1
換算する（かんさんする⓪）〔第III類、他動詞〕	換算、折合	N1
監視する（かんしする⓪）〔第III類、他動詞〕	監視	N2
勘弁する（かんべんする①）〔第III類、他動詞〕	饒恕、明辨是非	N1
勧誘する（かんゆうする⓪）〔第III類、他動詞〕	勸誘、邀請	N3
慣用する（かんようする⓪）〔第III類、他動詞〕	慣用	N3
観覧する（かんらんする⓪）〔第III類、他動詞〕	觀覽、參觀	N2
害する（がいする③）〔第III類、他動詞〕	有害、傷害、危害、妨礙	N1

Track 281

Track 282 概説する（がいせつする⓪）〔第III類、他動詞〕	概說、概述	N1
ガイドする（がいどする①）〔第III類、他動詞〕	導遊、指南、引導	N3
企画する（きかくする⓪）〔第III類、他動詞〕	規劃、企劃	N1
聞く／聴く（きく⓪）〔第I類、他動詞〕	聽、打聽	N5
棄権する（きけんする⓪）〔第III類、他動詞〕	棄權	N1
記載する（きさいする⓪）〔第III類、他動詞〕	刊載、寫上	N2
記述する（きじゅつする①）〔第III類、他動詞〕	描述、記述、闡明	N2
規制する（きせいする⓪）〔第III類、他動詞〕	規定、限制	N1
寄贈する（きぞうする⓪）〔第III類、他動詞〕	捐贈、贈送	N1
規定する（きていする⓪）〔第III類、他動詞〕	規定	N3
Track 283 決める（きめる⓪）〔第II類、他動詞〕	決定	N4
脚色する（きゃくしょくする⓪）〔第III類、他動詞〕	（小說等）改編成電影或戲劇	N1
キャッチする（きゃっちする①）〔第III類、他動詞〕	抓住	N2
救援する（きゅうえんする⓪）〔第III類、他動詞〕	救援、救濟	N2
救済する（きゅうさいする⓪）〔第III類、他動詞〕	救濟	N2

他動詞

あ行 か行 さ行 た行 な行 は行 ま行 や行 ら行 わ行

協議する（きょうぎする①）〔第III類、他動詞〕	協議、協商	N1
教訓する（きょうくんする⓪）〔第III類、他動詞〕	教訓、規戒	N1
強行する（きょうこうする⓪）〔第III類、他動詞〕	強行、硬幹	N2
享受する（きょうじゅする①）〔第III類、他動詞〕	享受、享有	N1
強制する（きょうせいする⓪）〔第III類、他動詞〕	強制、強迫	N2
Track 284 協定する（きょうていする⓪）〔第III類、他動詞〕	協定	N1
脅迫する（きょうはくする⓪）〔第III類、他動詞〕	強迫、逼迫	N1
局限する（きょくげんする⓪）〔第III類、他動詞〕	侷限、限定	N1
拒絶する（きょぜつする⓪）〔第III類、他動詞〕	拒絕	N1
拒否する（きょひする①）〔第III類、他動詞〕	拒絕、否決	N1
許容する（きょようする⓪）〔第III類、他動詞〕	容許、寬容	N1
切り替える（きりかえる④）〔第II類、他動詞〕	轉換、改換、變換	N1
着る（きる⓪）〔第II類、他動詞〕	穿	N5
切る（きる①）〔第I類、他動詞〕	剪、切	N5
禁じる（きんじる⓪）〔第II類、他動詞〕	禁止～	N1

Track 285

議決する（ぎけつする⓪） 〔第III類、他動詞〕	議決、表決	N1
偽造する（ぎぞうする⓪） 〔第III類、他動詞〕	偽造、假造	N1
吟味する（ぎんみする①） 〔第III類する、他動詞〕	仔細體會、考慮	N1
配る（くばる②） 〔第I類、他動詞〕	分發、分配、分給	N2
崩す（くずす②） 〔第I類、他動詞〕	拆毀、粉碎、打亂、摧毀、找零	N2
下さる（くださる③） 〔第I類、他動詞〕	【くれる】的敬語；給、贈	N4
覆す（くつがえす③） 〔第I類、他動詞〕	弄翻、打倒	N1
組み合わせる（くみあわせる⑤） 〔第II類、他動詞〕	搭配、配合	N1
組み立てる（くみたてる④） 〔第II類、他動詞〕	組織、安裝、裝配	N3

他動詞

あ行 か行 さ行 た行 な行 は行 ま行 や行 ら行 わ行

悔やむ（くやむ②）〔第I類、他動詞〕	後悔	N2
Track 286 比べる（くらべる⓪）〔第II類、他動詞〕	比較	N4
繰り返す（くりかえす③）〔第I類、他動詞〕	反覆、重覆	N2
くるむ（くるむ②）〔第I類、他動詞〕	包、裹	N2
くれる（くれる⓪）〔第II類、他動詞〕	給予	N4
加える（くわえる⓪）〔第II類、他動詞〕	加、添加、附加	N2
警戒する（けいかいする⓪）〔第III類、他動詞〕	警戒、預防	N1
軽減する（けいげんする⓪）〔第III類、他動詞〕	減輕	N1
掲載する（けいさいする⓪）〔第III類、他動詞〕	刊登、刊載	N1
形成する（けいせいする⓪）〔第III類、他動詞〕	形成	N3
軽蔑する（けいべつする⓪）〔第III類、他動詞〕	輕視、看不起	N1
Track 287 消す（けす⓪）〔第I類、他動詞〕	關閉器械	N5
削る（けずる⓪）〔第I類、他動詞〕	削、刮、刪去、削減	N2
決算する（けっさんする①）〔第III類、他動詞〕	結算、清帳	N3
結成する（けっせいする⓪）〔第III類、他動詞〕	結成、組成	N1

蹴飛ばす（けとばす⓪）〔第I類、他動詞〕	將～猛踢開、踢高	N1
貶す（けなす⓪）〔第I類、他動詞〕	貶低、誹謗	N1
兼業する（けんぎょうする⓪）〔第III類、他動詞〕	兼營、兼業	N1
倹約する（けんやくする⓪）〔第III類、他動詞〕	節省、節約	N1
兼用する（けんようする⓪）〔第III類、他動詞〕	兼用、兩用	N1
激励する（げきれいする⓪）〔第III類、他動詞〕	激勵、鼓勵	N1
Track 288 現像する（げんぞうする⓪）〔第III類、他動詞〕	顯影、顯像	N1
減点する（げんてんする⓪）〔第III類、他動詞〕	扣分	N1
限定する（げんていする⓪）〔第III類、他動詞〕	限定、限制	N3
後悔する（こうかいする①）〔第III類、他動詞〕	後悔	N3
公開する（こうかいする⓪）〔第III類、他動詞〕	公開、開放	N3
耕作する（こうさくする⓪）〔第III類、他動詞〕	耕種	N1
口述する（こうじゅつする⓪）〔第III類、他動詞〕	講述	N1
控除する（こうじょする①）〔第III類、他動詞〕	扣除	N1
構想する（こうそうする⓪）〔第III類、他動詞〕	（計畫等）設想、（作品）構思	N1

他動詞

あ行
か行
さ行
た行
な行
は行
ま行
や行
ら行
わ行

拘束する（こうそくする⓪）
〔第III類、他動詞〕
約束、束縛
N1

Track 289
購読する（こうどくする⓪）
〔第III類、他動詞〕
訂閱、購閱
N1

購入する（こうにゅうする⓪）
〔第III類、他動詞〕
購入、買進
N3

公認する（こうにんする⓪）
〔第III類、他動詞〕
公認、國家機關等正式承認
N1

交付する（こうふする①）
〔第III類、他動詞〕
交付、交給
N1

公募する（こうぼする①）
〔第III類、他動詞〕
公開招聘、募集
N1

小売りする（こうりする⓪）
〔第III類、他動詞〕
零售、小賣
N1

心掛ける（こころがける⑤）
〔第II類、他動詞〕
留心、留意、記在心裡
N2

試みる（こころみる④）
〔第II類、他動詞〕
嘗試～
N1

擦る（こする②）
〔第I類、他動詞〕
摩擦、搓、揉
N2

誇張する（こちょうする⓪）
〔第III類、他動詞〕
誇張、誇大
N1

Track 290
断る（ことわる③）
〔第I類、他動詞〕
謝 、拒
N2

好む（このむ②）
〔第I類、他動詞〕
愛好、喜歡、希望
N2

コピーする（こぴーする①）
〔第III類、他動詞〕
影印、複印
N5

雇用する（こようする⓪）
〔第III類、他動詞〕
雇用、就業
N1

凝らす（こらす②）〔第I類、他動詞〕	使～集中、使～凝固	N1
殺す（ころす⓪）〔第I類、他動詞〕	殺死、弄死、浪費	N2
壊す（こわす②）〔第I類、他動詞〕	損壞、弄壞、破壞	N4
コントロールする（こんとろーるする④）〔第III類、他動詞〕	支配、控制	N3
護衛する（ごえいする⓪）〔第III類、他動詞〕	護衛、保衛	N1
誤魔化す（ごまかす③）〔第I類、他動詞〕	打馬虎眼、作假、敷衍	N1

他動詞

あ行 か行 さ行 た行 な行 は行 ま行 や行 ら行 わ行

さ行

Track 291

採掘する（さいくつする⓪）〔第III類、他動詞〕	採掘、開採	N1
再建する（さいけんする⓪）〔第III類、他動詞〕	重新建築、重新建設	N1
採集する（さいしゅうする⓪）〔第III類、他動詞〕	採集、搜集	N1
採択する（さいたくする⓪）〔第III類、他動詞〕	選定、通過	N1
栽培する（さいばいする⓪）〔第III類、他動詞〕	栽培、種植	N2
再発する（さいはつする⓪）〔第III類、他動詞〕	復發	N1
採用する（さいようする⓪）〔第III類、他動詞〕	採用（意見）、錄用（人員）	N2
遮る（さえぎる③）〔第I類、他動詞〕	遮擋、遮掩	N1
探す（さがす⓪）〔第I類、他動詞〕	找、尋找	N4
削減する（さくげんする⓪）〔第III類、他動詞〕	削減	N1

Track 292

避ける（さける②）〔第II類、他動詞〕	避、迴避	N2
下げる（さげる②）〔第II類、他動詞〕	降低、懸、提取、發放	N2
支える（ささえる⓪）〔第II類、他動詞〕	支撐、維持	N2
差し上げる（さしあげる⓪）〔第II類、他動詞〕	【あげる】的敬語	N4

刺す（さす①）
〔第I類、他動詞〕
螫、叮、咬、刺傷（心、胸）
N2

差す（さす①）
〔第I類、他動詞〕
撐
N5

摩る（さする⓪）
〔第I類、他動詞〕
摩擦
N1

察する（さっする⓪）
〔第III類、他動詞〕
推測、判斷
N1

妨げる（さまたげる④）
〔第II類、他動詞〕
妨礙、阻撓
N2

去る（さる①）
〔第I類、他動詞〕
去除、疏遠
N4

Track 293

産出する（さんしゅつする⓪）
〔第III類、他動詞〕
生產、出產
N2

参照する（さんしょうする⓪）
〔第III類、他動詞〕
參照、參考
N3

賛美する（さんびする①）
〔第III類、他動詞〕
讚美、讚揚
N1

仕上げる（しあげる⓪）
〔第III類、他動詞〕
做完、完成、做出的成果
N1

飼育する（しいくする⓪）
〔第III類、他動詞〕
飼養
N1

強いる（しいる②）
〔第II類、他動詞〕
強迫
N1

仕入れる（しいれる③）
〔第II類、他動詞〕
採購、進貨
N1

仕掛ける（しかける③）
〔第II類、他動詞〕
主動做～、開始做～、挑釁
N1

叱る（しかる⓪）
〔第I類、他動詞〕
責罵
N4

他動詞

あ行 か行 さ行 た行 な行 は行 ま行 や行 ら行 わ行

指揮する（しきする②）〔第III類、他動詞〕	指揮	N1
Track 294 思考する（しこうする⓪）〔第III類、他動詞〕	思考、思維	N2
視察する（しさつする⓪）〔第III類、他動詞〕	視察、考察	N1
支持する（しじする①）〔第III類、他動詞〕	支持、贊成	N3
刺繍する（ししゅうする⓪）〔第III類、他動詞〕	刺繡	N1
下調べする（したしらべする③）〔第III類、他動詞〕	預先調查、預習	N1
下取りする（したどりする⓪）〔第III類、他動詞〕	折價貼換新物	N1
嫉妬する（しっとする⓪）〔第III類、他動詞〕	妒忌	N3
指摘する（してきする⓪）〔第III類、他動詞〕	指出、指摘	N1
凌ぐ（しのぐ②）〔第I類、他動詞〕	忍耐、克服、超過	N1
縛る（しばる②）〔第I類、他動詞〕	捆、綁	N2
Track 295 志望する（しぼうする⓪）〔第III類、他動詞〕	志願、希望	N1
始末する（しまつする①）〔第III類、他動詞〕	處理、收拾、應付	N2
占める（しめる②）〔第II類、他動詞〕	佔有、佔領	N4
閉める（しめる②）〔第II類、他動詞〕	關閉	N5

締める（しめる②）〔第II類、他動詞〕	勒緊、繫上、關閉	N4
謝絶する（しゃぜつする⓪）〔第III類、他動詞〕	謝絕、拒絕	N1
しゃぶる（しゃぶる⓪）〔第I類、他動詞〕	吸吮	N2
集計する（しゅうけいする⓪）〔第III類、他動詞〕	合計、總計	N1
襲撃する（しゅうげきする⓪）〔第III類、他動詞〕	襲擊	N1
収集する（しゅうしゅうする⓪）〔第III類、他動詞〕	收集、蒐集	N3
Track 296 修飾する（しゅうしょくする⓪）〔第III類、他動詞〕	修飾、裝飾、（文法）修飾	N1
収容する（しゅうようする⓪）〔第III類、他動詞〕	收容、容納、拘留	N1
修了する（しゅうりょうする⓪）〔第III類、他動詞〕	學完（一定的課程）	N3
祝賀する（しゅくがする⓪）〔第III類、他動詞〕	祝賀、慶祝	N3
主催する（しゅさいする⓪）〔第III類、他動詞〕	主辦、舉辦	N2
守備する（しゅびする①）〔第III類、他動詞〕	守備、守衛	N1
私用する（しようする⓪）〔第III類、他動詞〕	私用	N2
消去する（しょうきょする①）〔第III類、他動詞〕	消失、消去、塗掉	N1
照合する（しょうごうする⓪）〔第III類、他動詞〕	對照、核對	N1

あ行
か行
さ行
た行
な行
は行
ま行
や行
ら行
わ行

称する（しょうする③）〔第III類、他動詞〕	叫做～、號稱	N1
Track 297 承諾する（しょうだくする⓪）〔第III類、他動詞〕	承諾、應允	N1
象徴する（しょうちょうする⓪）〔第III類、他動詞〕	象徵	N3
奨励する（しょうれいする⓪）〔第III類、他動詞〕	獎勵、鼓勵	N1
所持する（しょじする①）〔第III類、他動詞〕	所持、所有、攜帶	N2
処置する（しょちする①）〔第III類、他動詞〕	處理、處置	N1
処罰する（しょばつする①）〔第III類、他動詞〕	處罰、懲罰	N2
処分する（しょぶんする①）〔第III類、他動詞〕	處理、處置、處分、處罰	N1
所有する（しょゆうする⓪）〔第III類、他動詞〕	所有	N1
知らせる（しらせる⓪）〔第II類、他動詞〕	知道、知會	N4

調べる（しらべる③）〔第II類、他動詞〕	調查、得知	N4
Track 298 知る（しる⓪）〔第I類、他動詞〕	知道、認識	N5
指令する（しれいする⓪）〔第III類、他動詞〕	指令、命令	N1
審議する（しんぎする①）〔第III類、他動詞〕	審議	N1
申告する（しんこくする⓪）〔第III類、他動詞〕	申報	N3
審査する（しんさする①）〔第III類、他動詞〕	審查	N1
新築する（しんちくする⓪）〔第III類、他動詞〕	新建、新蓋	N1
進呈する（しんていする⓪）〔第III類、他動詞〕	贈送、奉送	N1
信任する（しんにんする⓪）〔第III類、他動詞〕	信任	N1
診療する（しんりょうする⓪）〔第III類、他動詞〕	診療、診察、治療	N1
辞職する（じしょくする⓪）〔第III類、他動詞〕	辭職	N1
Track 299 辞退する（じたいする①）〔第III類、他動詞〕	辭退、謝絕	N1
実践する（じっせんする⓪）〔第III類、他動詞〕	實踐	N1
上演する（じょうえんする⓪）〔第III類、他動詞〕	上演	N1
蒸留する（じょうりゅうする⓪）〔第III類、他動詞〕	蒸餾	N1

他動詞

あ行 か行 **さ行** た行 な行 は行 ま行 や行 ら行 わ行

除外する（じょがいする⓪）〔第III類、他動詞〕	除外、不在此例	N1
推進する（すいしんする⓪）〔第III類、他動詞〕	推進、推動	N1
水洗する（すいせんする⓪）〔第III類、他動詞〕	水洗、用水沖洗	N1
吹奏する（すいそうする⓪）〔第III類、他動詞〕	吹奏	N2
推測する（すいそくする⓪）〔第III類、他動詞〕	推測、猜測	N1
推理する（すいりする①）〔第III類、他動詞〕	推理	N1
Track 300 崇拝する（すうはいする⓪）〔第III類、他動詞〕	崇拜、信仰	N1
制裁する（せいさいする⓪）〔第III類、他動詞〕	制裁、懲治	N1
精算する（せいさんする⓪）〔第III類、他動詞〕	結算、清理財產、結束	N1
制する（せいする③）〔第III類、他動詞〕	制止、控制	N1
制定する（せいていする⓪）〔第III類、他動詞〕	制定	N1
征服する（せいふくする⓪）〔第III類、他動詞〕	征服、克服、戰勝	N1
制約する（せいやくする⓪）〔第III類、他動詞〕	制約	N1
背負う（せおう②）〔第I類、他動詞〕	背、擔負	N2
急かす（せかす②）〔第I類、他動詞〕	催促	N1

切開する（せっかいする①）〔第III類、他動詞〕	切開、開刀	N1
Track 301 設置する（せっちする⓪）〔第III類、他動詞〕	設置、安置、設立	N2
折衷する（せっちゅうする⓪）〔第III類、他動詞〕	折中	N1
設定する（せっていする⓪）〔第III類、他動詞〕	制定、設置	N1
説得する（せっとくする⓪）〔第III類、他動詞〕	説服、勸導	N3
設立する（せつりつする⓪）〔第III類、他動詞〕	設立、成立	N1
責める（せめる②）〔第II類、他動詞〕	責備、逼迫、催促、追究	N2
選挙する（せんきょする①）〔第III類、他動詞〕	選舉、推選	N1
宣言する（せんげんする③）〔第III類、他動詞〕	宣言、宣布	N1
選考する（せんこうする⓪）〔第III類、他動詞〕	選拔	N2
専修する（せんしゅうする⓪）〔第III類、他動詞〕	主修、專攻	N1
Track 302 専用する（せんようする⓪）〔第III類、他動詞〕	專用、專門使用	N3
占領する（せんりょうする⓪）〔第III類、他動詞〕	佔領、佔據	N1
是正する（ぜせいする⓪）〔第III類、他動詞〕	糾正、訂正	N1
創刊する（そうかんする⓪）〔第III類、他動詞〕	創刊	N2

他動詞

あ行 か行 さ行 た行 な行 は行 ま行 や行 ら行 わ行

総合する（そうごうする⓪）〔第III類、他動詞〕	綜合、總合	N1
捜索する（そうさくする⓪）〔第III類、他動詞〕	尋找、搜索	N1
捜査する（そうさする①）〔第III類、他動詞〕	查訪、搜查（犯人等）	N1
掃除する（そうじする⓪）〔第III類、他動詞〕	打掃、掃除	N5
操縦する（そうじゅうする⓪）〔第III類、他動詞〕	操縱、駕馭	N2
装飾する（そうしょくする⓪）〔第III類、他動詞〕	裝飾	N1
Track 303 創造する（そうぞうする⓪）〔第III類、他動詞〕	創造	N3
装備する（そうびする①）〔第III類、他動詞〕	裝備、配備	N1
創立する（そうりつする⓪）〔第III類、他動詞〕	創立、創建、創辦	N1
促進する（そくしんする⓪）〔第III類、他動詞〕	促進	N1
束縛する（そくばくする⓪）〔第III類、他動詞〕	束縛、限制	N1
損なう（そこなう③）〔第I類、他動詞〕	損害、弄傷、（情緒）損害	N2
阻止する（そしする①）〔第III類、他動詞〕	阻止、擋住	N1
育てる（そだてる③）〔第II類、他動詞〕	培育、撫養	N4
供える（そなえる③）〔第II類、他動詞〕	上供、進貢、供奉	N2

備える／具える（そなえる③）
〔第II類、他動詞〕
準備、備置、具備
N2

Track 304
揃える（そろえる③）
〔第II類、他動詞〕
聚集、湊齊、
備齊、使～一致
N2

増強する（ぞうきょうする⓪）
〔第III類、他動詞〕
增強、加強
N1

た行

他動詞

Track 305	待遇する（たいぐうする⓪）〔第Ⅲ類、他動詞〕	對待、接待	N1
	体験する（たいけんする⓪）〔第Ⅲ類、他動詞〕	體驗、體會	N3
	退治する（たいじする⓪）〔第Ⅲ類、他動詞〕	打退、消滅、治療	N1
	滞納する（たいのうする⓪）〔第Ⅲ類、他動詞〕	滯納、拖欠	N1
	対比する（たいひする⓪）〔第Ⅲ類、他動詞〕	對比、對照	N3
	待望する（たいぼうする⓪）〔第Ⅲ類、他動詞〕	期待、渴望	N1
	倒す（たおす②）〔第Ⅰ類、他動詞〕	弄倒、推翻	N4
	耕す（たがやす③）〔第Ⅰ類、他動詞〕	耕作	N2
	炊く（たく⓪）〔第Ⅰ類、他動詞〕	煮、燒	N3
	蓄える（たくわえる④）〔第Ⅱ類、他動詞〕	積蓄、儲存、留、養	N2
Track 306	確かめる（たしかめる④）〔第Ⅱ類、他動詞〕	弄清、確認	N2
	足す（たす⓪）〔第Ⅰ類、他動詞〕	加、增加	N4
	尋ねる（たずねる③）〔第Ⅱ類、他動詞〕	問、打聽、尋找、找、訪問	N2
	尋ねる（たずねる③）〔第Ⅱ類、他動詞〕	問、打聽、訪問	N4

達成する（たっせいする⓪）
〔第III類、他動詞〕 | 達成、完成 | N1

建てる（たてる②）
〔第II類、他動詞〕 | 蓋、建造、建築 | N4

例える（たとえる③）
〔第II類、他動詞〕 | 比喻、比方、比擬 | N2

頼む（たのむ②）
〔第I類、他動詞〕 | 拜託、請求 | N4

束ねる（たばねる③）
〔第II類、他動詞〕 | 捆、紮、治理 | N2

食べる（たべる②）
〔第II類、他動詞〕 | 吃、生活 | N5

Track 307

溜める（ためる⓪）
〔第II類、他動詞〕 | 積、蓄、積存 | N2

保つ（たもつ②）
〔第I類、他動詞〕 | 保持、維持 | N1

垂らす（たらす②）
〔第I類、他動詞〕 | 垂、流、滴 | N2

探検する（たんけんする⓪）
〔第III類、他動詞〕 | 探險、探查 | N1

短縮する（たんしゅくする⓪）
〔第III類、他動詞〕 | 縮短、縮減 | N1

題する（だいする③）
〔第III類、他動詞〕 | 命題、題字、題詞 | N1

代弁する（だいべんする⓪）
〔第III類、他動詞〕 | 替人辯解、代言 | N1

代用する（だいようする⓪）
〔第III類、他動詞〕 | 代用 | N1

打開する（だかいする⓪）
〔第III類、他動詞〕 | 打開、解決 | N1

他動詞

あ行 か行 さ行 **た行** な行 は行 ま行 や行 ら行 わ行

抱く（だく⓪）〔第I類、他動詞〕	懷著、懷抱	N2
Track 308 出す（だす①）〔第I類、他動詞〕	寄出、露出	N5
抱っこする（だっこする①）〔第III類、他動詞〕	抱	N1
断言する（だんげんする③）〔第III類、他動詞〕	斷言、斷定、肯定	N1
蓄積する（ちくせきする⓪）〔第III類、他動詞〕	積蓄、儲備	N1
ちやほやする（ちやほやする①）〔第III類、他動詞〕	溺愛、奉承	N1
中継する（ちゅうけいする⓪）〔第III類、他動詞〕	轉播	N3
忠告する（ちゅうこくする⓪）〔第III類、他動詞〕	忠告、勸告	N3
中傷する（ちゅうしょうする⓪）〔第III類、他動詞〕	重傷、誹謗	N1
中断する（ちゅうだんする⓪）〔第III類、他動詞〕	中斷、中輟	N3
調印する（ちょういんする⓪）〔第III類、他動詞〕	簽字、簽署	N1
Track 309 聴講する（ちょうこうする⓪）〔第III類、他動詞〕	聽講、聽課	N1
徴収する（ちょうしゅうする⓪）〔第III類、他動詞〕	徵收、收費	N1
調停する（ちょうていする⓪）〔第III類、他動詞〕	調停	N1
調理する（ちょうりする①）〔第III類、他動詞〕	烹調、調理、整理	N1

貯蓄する（ちょちくする0）〔第III類、他動詞〕	儲蓄、積蓄	N1
直感する（ちょっかんする0）〔第III類、他動詞〕	直接觀察到、直覺	N1
治療する（ちりょうする0）〔第III類、他動詞〕	治療、醫治	N1
陳列する（ちんれつする0）〔第III類、他動詞〕	陳列	N1
追及する（ついきゅうする0）〔第III類、他動詞〕	追上、追究	N3
追跡する（ついせきする0）〔第III類、他動詞〕	追蹤、追緝	N1
Track 310 追放する（ついほうする0）〔第III類、他動詞〕	流逐、流放、開除	N1
費やす（ついやす3）〔第I類、他動詞〕	用掉、耗費、花費	N2
痛感する（つうかんする0）〔第III類、他動詞〕	深切地感受到	N1
使いこなす（つかいこなす5）〔第I類、他動詞〕	運用自如、熟練、充分發揮	N2
使う（つかう0）〔第I類、他動詞〕	使用、花	N5
捕まえる（つかまえる0）〔第II類、他動詞〕	逮捕、捉到	N4
掴む（つかむ2）〔第I類、他動詞〕	抓、掌握	N2
作る（つくる2）〔第I類、他動詞〕	做、製	N5
付ける（つける2）〔第II類、他動詞〕	附加、添加、抹上、安裝	N4

他動詞

あ行
か行
さ行
た行
な行
は行
ま行
や行
ら行
わ行

漬ける（つける⓪）〔第II類、他動詞〕	浸泡、醃漬	N4
Track 311 伝える（つたえる⓪）〔第II類、他動詞〕	傳、傳達、傳授	N2
続ける（つづける⓪）〔第II類、他動詞〕	繼續	N4
続ける（つづける⓪）〔第II類、他動詞〕	持續、繼續、連在一起	N2
包む（つつむ②）〔第I類、他動詞〕	包圍、包上	N4
務める（つとめる③）〔第II類、他動詞〕	擔任、完成	N2
瞑る（つぶる⓪）〔第I類、他動詞〕	閉眼、假裝沒看見	N2
詰める（つめる②）〔第II類、他動詞〕	塞滿、填滿	N2
釣る（つる⓪）〔第I類、他動詞〕	釣、引誘	N4
連れる（つれる⓪）〔第II類、他動詞〕	帶、帶領、跟隨	N4
定義する（ていぎする①）〔第III類、他動詞〕	定義	N1
Track 312 提供する（ていきょうする⓪）〔第III類、他動詞〕	提供、供給	N1
提示する（ていじする⓪）〔第III類、他動詞〕	提示、出示	N2
訂正する（ていせいする⓪）〔第III類、他動詞〕	訂正	N2
手伝う（てつだう③）〔第I類、他動詞〕	幫助、幫忙	N4

手引きする（てびきする①）〔第Ⅲ類、他動詞〕	用手拉、引入、入門	N1
点検する（てんけんする⓪）〔第Ⅲ類、他動詞〕	檢查	N1
展示する（てんじする⓪）〔第Ⅲ類、他動詞〕	展示、陳列	N2
展望する（てんぼうする⓪）〔第Ⅲ類、他動詞〕	展望、眺望	N2
伝達する（でんたつする⓪）〔第Ⅲ類、他動詞〕	傳達、轉達	N1
問い合わせる（といあわせる⑤）〔第Ⅱ類、他動詞〕	照會、詢會、打聽	N2
Track 313 統合する（とうごうする⓪）〔第Ⅲ類、他動詞〕	統一、集中	N1
投資する（とうしする⓪）〔第Ⅲ類、他動詞〕	投資	N3
統制する（とうせいする⓪）〔第Ⅲ類、他動詞〕	統歸、控制能力、統管	N1
統率する（とうそつする⓪）〔第Ⅲ類、他動詞〕	統率	N1
統治する（とうちする①）〔第Ⅲ類、他動詞〕	統治	N1

他動詞

あ行 か行 さ行 た行 な行 は行 ま行 や行 ら行 わ行

投入する（とうにゅうする⓪）〔第III類、他動詞〕｜投入、投進｜N1

登録する（とうろくする⓪）〔第III類、他動詞〕｜登錄、註冊｜N3

とがめる（とがめる③）〔第II類、他動詞〕｜責備、盤問｜N2

解く（とく①）〔第I類、他動詞〕｜拆開、解開｜N2

特派する（とくはする①）〔第III類、他動詞〕｜特派、特別派遣｜N1

Track 314

遂げる（とげる⓪）〔第II類、他動詞〕｜達到、實現｜N1

閉じる（とじる②）〔第II類、他動詞〕｜關閉、結束、合上｜N2

突破する（とっぱする⓪）〔第III類、他動詞〕｜突破、超過｜N1

届ける（とどける③）〔第II類、他動詞〕｜收到、送達、呈報｜N4

整える（ととのえる④）〔第II類、他動詞〕｜整理、整頓｜N1

止める（とどめる③）〔第II類、他動詞〕｜阻擋｜N2

唱える（となえる③）〔第II類、他動詞〕｜提倡、主張、唸經｜N1

止める（とめる⓪）〔第II類、他動詞〕｜停、關上｜N4

泊める（とめる⓪）〔第II類、他動詞〕｜留宿、住宿｜N4

捕らえる（とらえる③）〔第II類、他動詞〕｜逮住、擒住、捉住｜N2

Track 315

取り上げる（とりあげる⓪）〔第II類、他動詞〕 被採納、被接受 N2

取り扱う（とりあつかう⓪）〔第I類、他動詞〕 處理、辦理、對待 N1

取り入れる（とりいれる④）〔第II類、他動詞〕 收穫、採用、收起 N2

取り替える（とりかえる⓪）〔第II類、他動詞〕 換、更換、替換 N4

取り締まる（とりしまる⓪）〔第I類、他動詞〕 管理、取締、監督 N1

取り除く（とりのぞく⓪）〔第I類、他動詞〕 去除、消除、解除 N2

取引する（とりひきする②）〔第III類、他動詞〕 交易、貿易 N3

取り止める（とりやめる⓪）〔第II類、他動詞〕 停止、中止、取消 N2

取る（とる①）〔第I類、他動詞〕 拿、取、花費、除掉 N4

撮る（とる①）〔第I類、他動詞〕 照相、攝影 N5

Track 316

動員する（どういんする⓪）〔第III類、他動詞〕 動員、調動 N1

導入する（どうにゅうする⓪）〔第III類、他動詞〕 引進、引入 N3

独創する（どくそうする⓪）〔第III類、他動詞〕 獨創 N1

独占する（どくせんする⓪）〔第III類、他動詞〕 獨占 N3

同封する（どうふうする⓪）〔第III類、他動詞〕 隨信附寄 N3

な行

他動詞

Track 317	直す（なおす②）〔第I類、他動詞〕	訂正、修改	N4
	流す（ながす②）〔第I類、他動詞〕	沖走、使流走、傳播、散佈	N3
	眺める（ながめる③）〔第II類、他動詞〕	遠望、注意看、盯著看	N3
	無くす（なくす⓪）〔第I類、他動詞〕	失去	N4
	投げ出す（なげだす⓪）〔第I類、他動詞〕	拋出、甩出、豁出去	N1
	投げる（なげる②）〔第II類、他動詞〕	拋投、丟	N4
	なじる（なじる②）〔第I類、他動詞〕	責備	N1
	撫でる（なでる②）〔第II類、他動詞〕	撫摸、摸弄	N2
	舐める（なめる②）〔第II類、他動詞〕	體驗、輕視、欺負、舔	N1
	習う（ならう②）〔第I類、他動詞〕	學習	N4
Track 318	並べる（ならべる⓪）〔第II類、他動詞〕	並列、排列	N4
	握る（にぎる⓪）〔第I類、他動詞〕	握住、捏（飯糰）、掌握（權力）	N2
	担う（になう②）〔第I類、他動詞〕	肩負責任	N1
	入手する（にゅうしゅする⓪）〔第III類、他動詞〕	得到、到手	N1

睨む（にらむ②）〔第I類、他動詞〕	瞪、盯、凝視、預測	N2
煮る（にる⓪）〔第II類、他動詞〕	煮、燉、熬	N3
認識する（にんしきする⓪）〔第III類、他動詞〕	認識、理解	N1
任命する（にんめいする⓪）〔第III類、他動詞〕	認命	N1
抜く（ぬく⓪）〔第I類、他動詞〕	拔出、去掉、穿透	N2
脱ぐ（ぬぐ①）〔第I類、他動詞〕	脫掉	N4
Track 319 盗む（ぬすむ②）〔第I類、他動詞〕	偷竊	N4
濡らす（ぬらす⓪）〔第I類、他動詞〕	弄濕	N2
塗る（ぬる⓪）〔第I類、他動詞〕	塗、抹	N4
妬む（ねたむ②）〔第I類、他動詞〕	嫉妒	N1
ねだる（ねだる②）〔第I類、他動詞〕	強求	N1
値引きする（ねびきする⓪）〔第III類、他動詞〕	打折、減價	N1
狙う（ねらう⓪）〔第I類、他動詞〕	瞄準、窺伺、把～做目標	N2
納入する（のうにゅうする⓪）〔第III類、他動詞〕	繳納、交納	N1
逃す（のがす②）〔第I類、他動詞〕	錯過、放過	N3

他動詞

残す（のこす②）〔第I類、他動詞〕	殘留、留下	N4
Track 320 乗せる（のせる⓪）〔第II類、他動詞〕	搭乘、乘載	N4
覗く（のぞく⓪）〔第I類、他動詞〕	窺視、偷看、露出	N3
除く（のぞく⓪）〔第I類、他動詞〕	除去、除外	N2
望む（のぞむ⓪）〔第I類、他動詞〕	希望、眺望	N1
乗っ取る（のっとる③）〔第I類、他動詞〕	攻佔、侵佔	N1
述べる（のべる②）〔第II類、他動詞〕	敘述說明、發表	N3
延べる（のべる②）〔第II類、他動詞〕	伸、拉長、展開	N2
飲む（のむ①）〔第I類、他動詞〕	喝	N5
乗り越す（のりこす③）〔第I類、他動詞〕	坐過站	N2

は行

Track 321 把握する（はあくする⓪）〔第Ⅲ類、他動詞〕	掌握、充分理解	N3
廃棄する（はいきする①）〔第Ⅲ類、他動詞〕	廢棄	N1
配給する（はいきゅうする⓪）〔第Ⅲ類、他動詞〕	配給	N1
廃止する（はいしする⓪）〔第Ⅲ類、他動詞〕	廢止、作廢	N3
拝借する（はいしゃくする⓪）〔第Ⅲ類、他動詞〕	拜借	N1
排除する（はいじょする①）〔第Ⅲ類、他動詞〕	排除、消除	N3
配置する（はいちする⓪）〔第Ⅲ類、他動詞〕	配置、配備	N1
配布する（はいふする⓪）〔第Ⅲ類、他動詞〕	散發	N1
配分する（はいぶんする⓪）〔第Ⅲ類、他動詞〕	分配、分割	N1
配慮する（はいりょする①）〔第Ⅲ類、他動詞〕	關懷、照料	N3
Track 322 配列する（はいれつする⓪）〔第Ⅲ類、他動詞〕	排列	N1
量る（はかる②）〔第Ⅰ類、他動詞〕	秤、量	N3
測る（はかる②）〔第Ⅰ類、他動詞〕	測量、丈量	N3
図る（はかる②）〔第Ⅰ類、他動詞〕	圖謀、策劃	N2

他動詞

あ行 か行 さ行 た行 な行 は行 ま行 や行 ら行 わ行

計る（はかる②）〔第I類、他動詞〕 | 謀求、推測 | N2

破棄する（はきする①）〔第III類、他動詞〕 | 撕毀、廢棄 | N1

穿く（はく⓪）〔第I類、他動詞〕 | 穿（褲子） | N5

履く（はく⓪）〔第I類、他動詞〕 | 穿（鞋子） | N5

迫害する（はくがいする⓪）〔第III類、他動詞〕 | 迫害 | N1

白状する（はくじょうする①）〔第III類、他動詞〕 | 坦白、招供 | N1

Track 323

励ます（はげます③）〔第I類、他動詞〕 | 鼓勵 | N3

派遣する（はけんする⓪）〔第III類、他動詞〕 | 派遣、派出 | N1

運ぶ（はこぶ⓪）〔第I類、他動詞〕 | 搬運、運送、進行、進展 | N4

挟む（はさむ②）〔第I類、他動詞〕 | 插、夾、隔 | N2

外す（はずす⓪）〔第I類、他動詞〕 | 離開、摘下、取下 | N4

発掘する（はっくつする⓪）〔第III類、他動詞〕 | 發掘、挖掘、發現 | N1

話す（はなす②）〔第I類、他動詞〕 | 説話、説 | N4

阻む（はばむ②）〔第I類、他動詞〕 | 阻撓、阻擋 | N1

生やす（はやす②）〔第I類、他動詞〕 | 讓～生長 | N1

払う（はらう②）
〔第I類、他動詞〕
付錢、付款
N4

Track 324
貼る（はる⓪）
〔第I類、他動詞〕
貼、張貼
N4

判決する（はんけつする⓪）
〔第III類、他動詞〕
判斷、判決
N1

判定する（はんていする⓪）
〔第III類、他動詞〕
判定、判斷
N3

爆破する（ばくはする①）
〔第III類、他動詞〕
爆破、炸燬
N1

ばら撒く（ばらまく③）
〔第I類、他動詞〕
散布、撒、到處撒錢
N1

賠償する（ばいしょうする⓪）
〔第III類、他動詞〕
賠償
N1

控える（ひかえる③）
〔第II類、他動詞〕
控制、打消念頭、戒掉～
N1

引き受ける（ひきうける④）
〔第II類、他動詞〕
接受、承擔、照顧、應付
N2

引き換える（ひきかえる④）
〔第II類、他動詞〕
交換、兌換
N2

引き止める（ひきとめる④）
〔第II類、他動詞〕
拉住、挽留、制止
N2

Track 325
引く（ひく⓪）
〔第I類、他動詞〕
拉、減
N5

弾く（ひく⓪）
〔第I類、他動詞〕
彈、彈奏
N5

否決する（ひけつする⓪）
〔第III類、他動詞〕
否決
N1

浸す（ひたす⓪）
〔第I類、他動詞〕
浸泡
N1

他動詞

あ行 か行 さ行 た行 な行 **は行** ま行 や行 ら行 わ行

引かき回す（ひっかきまわす⑥）〔第I類、他動詞〕	弄亂、翻亂	N2
引っ掻く（ひっかく③）〔第I類、他動詞〕	抓（癢）	N1
非難する（ひなんする①）〔第III類、他動詞〕	責備、譴責	N1
冷かす（ひやかす③）〔第I類、他動詞〕	冷卻、挖苦人、開玩笑	N1
冷やす（ひやす②）〔第I類、他動詞〕	冷卻、冷靜	N3
開く（ひらく②）〔第I類、他動詞〕	打開	N4
Track 326 拾う（ひろう⓪）〔第I類、他動詞〕	撿到、拾獲	N4
拾う（ひろう⓪）〔第I類、他動詞〕	拾、撿、選出、挑出、意外得到	N2
描写する（びょうしゃする⓪）〔第III類、他動詞〕	描寫、描繪	N1
封鎖する（ふうさする⓪）〔第III類、他動詞〕	封鎖、凍結	N1
吹く（ふく①）〔第I類、他動詞〕	吹	N5
布告する（ふこくする⓪）〔第III類、他動詞〕	公告、公布、宣布	N1
含む（ふくむ②）〔第II類、他動詞〕	含、包含	N2
防ぐ（ふせぐ②）〔第I類、他動詞〕	防禦、預防	N2
伏せる（ふせる②）〔第II類、他動詞〕	伏、臥、隱藏	N2

負担する（ふたんする⓪）
〔第III類、他動詞〕
背負、負擔
N1

Track 327
踏む（ふむ⓪）
〔第I類、他動詞〕
踏、踩到
N4

扶養する（ふようする⓪）
〔第III類、他動詞〕
扶養、撫育
N1

震わせる（ふるわせる⓪）
〔第II類、他動詞〕
使～震動、使～發抖
N1

侮辱する（ぶじょくする⓪）
〔第III類、他動詞〕
侮辱、凌辱
N1

分業する（ぶんぎょうする⓪）
〔第III類、他動詞〕
分工、專業分工
N1

分配する（ぶんぱいする⓪）
〔第III類、他動詞〕
分配、分給
N3

分担する（ぶんたんする⓪）
〔第III類、他動詞〕
分擔
N2

閉鎖する（へいさする⓪）
〔第III類、他動詞〕
封閉、關閉
N2

変革する（へんかくする⓪）
〔第III類、他動詞〕
變革、改革
N1

返還する（へんかんする⓪）
〔第III類、他動詞〕
退還、歸還
N2

Track 328
返済する（へんさいする⓪）
〔第III類、他動詞〕
償還、還債
N1

弁解する（べんかいする⓪）
〔第III類、他動詞〕
辯解、分辯
N1

弁償する（べんしょうする⓪）
〔第III類、他動詞〕
賠償
N1

弁護する（べんごする①）
〔第III類、他動詞〕
辯護、辯解
N1

他動詞

あ行 か行 さ行 た行 な行 **は行** ま行 や行 ら行 わ行

勉強する（べんきょうする⓪）〔第III類、他動詞〕	學習、用功	N5
保育する（ほいくする⓪）〔第III類、他動詞〕	保育	N1
防火する（ぼうかする⓪）〔第III類、他動詞〕	防火	N1
放棄する（ほうきする①）〔第III類、他動詞〕	放棄、喪失	N1
放射する（ほうしゃする⓪）〔第III類、他動詞〕	放射、輻射	N1
放置する（ほうちする①）〔第III類、他動詞〕	放置不理	N3
Track 329 報道する（ほうどうする⓪）〔第III類、他動詞〕	報導	N3
放り出す（ほうりだす④）〔第I類、他動詞〕	扔出去	N1
捕獲する（ほかくする⓪）〔第III類、他動詞〕	捕獲	N1
保管する（ほかんする⓪）〔第III類、他動詞〕	保管	N1
補給する（ほきゅうする⓪）〔第III類、他動詞〕	供應、補給	N1
保護する（ほごする①）〔第III類、他動詞〕	保護	N1
ほしがる（ほしがる③）〔第I類、他動詞〕	想要	N4
保守する（ほしゅする①）〔第III類、他動詞〕	保持傳統、保養	N1
補充する（ほじゅうする⓪）〔第III類、他動詞〕	補充	N1

補助する（ほじょする①）
〔第Ⅲ類、他動詞〕
補助
N3

Track 330

保障する（ほしょうする⓪）
〔第Ⅲ類、他動詞〕
保障
N3

補償する（ほしょうする⓪）
〔第Ⅲ類、他動詞〕
補償、賠償
N1

舗装する（ほそうする⓪）
〔第Ⅲ類、他動詞〕
鋪路
N1

補足する（ほそくする⓪）
〔第Ⅲ類、他動詞〕
補足、充足
N1

施す（ほどこす③）
〔第Ⅰ類、他動詞〕
施行、施捨
N1

褒める（ほめる②）
〔第Ⅱ類、他動詞〕
誇獎、褒揚
N4

掘る（ほる①）
〔第Ⅰ類、他動詞〕
挖、掘、鑿、發掘
N2

ボイコットする
（ぼいこっとする③）〔第Ⅲ類、他動詞〕
抵制、拒絕交易
N1

防衛する（ぼうえいする⓪）
〔第Ⅲ類、他動詞〕
防衛、保衛
N1

妨害する（ぼうがいする⓪）
〔第Ⅲ類、他動詞〕
妨礙、干擾
N1

没収する（ぼっしゅうする⓪）
〔第Ⅲ類、他動詞〕
沒收
N1

ま行

他動詞

Track 331	マークする（まーくする①）〔第III類、他動詞〕	標記號	N3
	埋蔵する（まいぞうする⓪）〔第III類、他動詞〕	埋藏	N1
	任せる（まかせる③）〔第II類、他動詞〕	聽任、委託	N2
	賄う（まかなう③）〔第I類、他動詞〕	供應、供給伙食	N1
	まく（まく⓪）〔第I類、他動詞〕	捲上、纏繞、上發條、包圍、盤起	N2
	交える（まじえる③）〔第II類、他動詞〕	摻雜、交叉	N1
	待ち合わせる（まちあわせる⓪）〔第II類、他動詞〕	集合	N3
	間違える（まちがえる④）〔第II類、他動詞〕	弄錯、搞錯	N4
	待つ（まつ①）〔第I類、他動詞〕	等、等待	N5
	マッサージする（まっさーじする③）〔第III類、他動詞〕	按摩、指壓	N3
Track 332	まとめる（まとめる⓪）〔第II類、他動詞〕	匯集、歸納、完成、解決	N3
	免れる（まぬがれる④）〔第II類、他動詞〕	避免	N1
	招く（まねく②）〔第I類、他動詞〕	招呼、招聘、招待	N2
	守る（まもる②）〔第I類、他動詞〕	守護、護理、遵守	N3

回す（まわす⓪）〔第I類、他動詞〕	轉動、旋轉、巡迴、繞道	N4
見合わせる（みあわせる⓪）〔第II類、他動詞〕	互看、對照、暫停	N2
見落とす（みおとす⓪）〔第I類、他動詞〕	看漏	N3
磨く（みがく⓪）〔第I類、他動詞〕	刷、磨	N4
見かける（みかける⓪）〔第II類、他動詞〕	見到、看到	N3
見せびらかす（みせびらかす⑤）〔第I類、他動詞〕	炫耀	N1
Track 333 見せる（みせる②）〔第II類、他動詞〕	給～看、顯示	N5
満たす（みたす②）〔第I類、他動詞〕	填滿、滿足	N1
乱す（みだす②）〔第I類、他動詞〕	弄亂、破壞	N1
導く（みちびく③）〔第I類、他動詞〕	領路、引導、導致	N3
見付ける（みつける⓪）〔第II類、他動詞〕	找到	N4
見積もる（みつもる⓪）〔第I類、他動詞〕	估計	N2
認める（みとめる⓪）〔第II類、他動詞〕	認為、允許、看到、承諾	N2
見做す（みなす⓪）〔第I類、他動詞〕	認為～、看做～	N1
見習う（みならう③）〔第I類、他動詞〕	模仿、向～學習	N1

見逃す（みのがす⓪）〔第I類、他動詞〕	看漏、放過、寬恕	N3
Track 334 見計らう（みはからう④）〔第I類、他動詞〕	估計（時間）、斟酌	N1
見る（みる①）〔第II類、他動詞〕	看	N5
見渡す（みわたす⓪）〔第I類、他動詞〕	瞭望	N1
迎える（むかえる⓪）〔第II類、他動詞〕	迎接	N4
剥く（むく⓪）〔第I類、他動詞〕	剝去、剝掉	N4
むしる（むしる⓪）〔第I類、他動詞〕	撕（肉、麵包、魚）、拔	N1
結ぶ（むすぶ⓪）〔第I類、他動詞〕	結、繫、連結、結盟	N3
命じる（めいじる⓪）〔第II類、他動詞〕	命令、任命	N2
目差す（めざす②）〔第I類、他動詞〕	指向、作為目標	N2
召し上がる（めしあがる⓪）〔第I類、他動詞〕	【食べる】的敬語；吃	N4
Track 335 免除する（めんじょする①）〔第III類、他動詞〕	免除	N1
設ける（もうける③）〔第II類、他動詞〕	預備、設立、設置	N2
申し上げる（もうしあげる⑤）〔第II類、他動詞〕	【言う】的謙讓語；說、講	N4
申し入れる（もうしいれる⑤）〔第II類、他動詞〕	提出意見、希望等	N1

申す（もうす①）〔第I類、他動詞〕	【言う】的謙讓語；說、叫	N4
模索する（もさくする⓪）〔第III類、他動詞〕	摸索、探尋	N1
もたらす（もたらす③）〔第I類、他動詞〕	帶來、招致	N2
持つ（もつ①）〔第I類、他動詞〕	拿、持有	N5
もてなす（もてなす③）〔第I類、他動詞〕	接待、用心款待	N1
戻す（もどす②）〔第I類、他動詞〕	返回、歸還	N4
Track 336 戻す（もどす②）〔第I類、他動詞〕	返還、歸還、退回	N3
求める（もとめる③）〔第II類、他動詞〕	徵求、追求、求得、要求	N3
模倣する（もほうする⓪）〔第III類、他動詞〕	模仿、仿照	N1
もむ（もむ⓪）〔第I類、他動詞〕	揉、按摩、亂成一團、擔心、著急	N2
もらう（もらう⓪）〔第I類、他動詞〕	得到、收到	N5
漏らす（もらす②）〔第I類、他動詞〕	漏掉～、撒（尿）	N1

や行

他動詞

あ行 か行 さ行 た行 な行 は行 ま行 や行 ら行 わ行

Track 337 焼く（やく⓪）〔第I類、他動詞〕	燒、烤、曬	N4
焼く（やく⓪）〔第I類、他動詞〕	燒、烤、燒熱、燒灼	N2
養う（やしなう③）〔第I類、他動詞〕	養活、扶養、培養、養育	N1
雇う（やとう②）〔第I類、他動詞〕	雇用、租	N2
破る（やぶる②）〔第I類、他動詞〕	撕破、打破、違約、打敗	N2
辞める（やめる⓪）〔第II類、他動詞〕	辭去	N4
やり通す（やりとおす③）〔第I類、他動詞〕	徹底執行	N1
やり遂げる（やりとげる④）〔第II類、他動詞〕	做到底	N1
やる（やる⓪）〔第I類、他動詞〕	做、給、玩、練習	N4
和らげる（やわらげる④）〔第II類、他動詞〕	使緩和、使放鬆、讓～變柔和	N1
Track 338 融資する（ゆうしする①）〔第III類、他動詞〕	通融資金、貸款	N1
融通する（ゆうずうする⓪）〔第III類、他動詞〕	暢通、通融、腦筋靈活	N1
有する（ゆうする③）〔第III類、他動詞〕	有、擁有	N1
誘導する（ゆうどうする⓪）〔第III類、他動詞〕	引導、誘導	N1

誘惑する（ゆうわくする⓪）〔第Ⅲ類、他動詞〕	誘惑、引誘	N1
揺さぶる（ゆさぶる⓪）〔第Ⅰ類、他動詞〕	搖動、搖晃	N1
濯ぐ（ゆすぐ⓪）〔第Ⅰ類、他動詞〕	洗滌	N1
譲る（ゆずる⓪）〔第Ⅰ類、他動詞〕	讓與、給與、賣、讓步	N2
指さす（ゆびさす③）〔第Ⅰ類、他動詞〕	用手指出	N1
緩める（ゆるめる③）〔第Ⅱ類、他動詞〕	放鬆、放慢、放寬（規則）	N1
Track 339 養護する（ようごする①）〔第Ⅲ類、他動詞〕	護養、扶養	N1
要する（ようする③）〔第Ⅲ類、他動詞〕	需要、必要、摘要、歸納	N1
要請する（ようせいする⓪）〔第Ⅲ類、他動詞〕	要求、請求	N2
養成する（ようせいする⓪）〔第Ⅲ類、他動詞〕	培養、培訓	N3
要望する（ようぼうする⓪）〔第Ⅲ類、他動詞〕	要求、希望	N1
予感する（よかんする⓪）〔第Ⅲ類、他動詞〕	預感、先知	N3
預金する（よきんする⓪）〔第Ⅲ類、他動詞〕	存款	N3
抑圧する（よくあつする⓪）〔第Ⅲ類、他動詞〕	壓制、壓迫	N1
抑制する（よくせいする⓪）〔第Ⅲ類、他動詞〕	抑制、制止	N1

他動詞

除ける（よける②） 〔第II類、他動詞〕	躲避、避開、預防	N1
Track 340 予言する（よげんする⓪） 〔第III類、他動詞〕	預言、預告	N1
呼ぶ（よぶ⓪） 〔第I類、他動詞〕	喊、叫	N4
読み上げる（よみあげる④） 〔第II類、他動詞〕	大聲朗誦、讀完	N1
読む（よむ①） 〔第I類、他動詞〕	看、讀	N5
喜ぶ（よろこぶ③） 〔第I類、他動詞〕	高興、歡喜	N3
弱める（よわめる③） 〔第II類、他動詞〕	使較弱、使衰弱	N2

ら行

Track 341 濫用する（らんようする⓪）〔第III類、他動詞〕	濫用、亂用	N1
リードする（りーどする ①）〔第III類、他動詞〕	領導、帶領、領先	N2
了解する（りょうかいする⓪）〔第III類、他動詞〕	了解、諒解	N3
了承する（りょうしょうする⓪）〔第III類、他動詞〕	知道、諒解	N1
類推する（るいすいする⓪）〔第III類、他動詞〕	類推、以此推理	N1
冷蔵する（れいぞうする⓪）〔第III類、他動詞〕	冷藏、冷凍	N3
練習する（れんしゅうする⓪）〔第III類、他動詞〕	練習	N5
朗読する（ろうどくする⓪）〔第III類、他動詞〕	朗讀、朗誦	N1
浪費する（ろうひする⓪）〔第III類、他動詞〕	浪費、糟蹋	N1
論議する（ろんぎする①）〔第III類、他動詞〕	議論、辯論	N1

わ行

他動詞

單字	中文	級數
Track 342 沸かす（わかす⓪）〔第I類、他動詞〕	燒熱、沸騰	N4
渡す（わたす⓪）〔第I類、他動詞〕	轉交、移交	N4
詫びる（わびる⓪）〔第II類、他動詞〕	謝罪、道歉	N2
割り当てる（わりあてる⓪）〔第II類、他動詞〕	分配、分擔	N1
割る（わる⓪）〔第I類、他動詞〕	切開、除、打破、坦白、詳説	N2

◆ 第I類動詞：

從動詞的「ます形」就能輕鬆判斷：「ます」前為「い段音」的動詞，為「第I類動詞」。

例如：行(い)きます、読(よ)みます、帰(かえ)ります、遊(あそ)びます。

◆ 第II類動詞：

從動詞的「ます形」就能輕鬆判斷：「ます」前為「え段音」的動詞，為「第II類動詞」。但有時會出現例外，必須另外記憶一下喔。

例如：覚(おぼ)えます、寝(ね)ます、食(た)べます。

例外：見(み)ます、います、起(お)きます等。

◆ 第III類動詞：

第III類動詞為固定的動詞。

「します」、「～をします」跟「来(き)ます」這三種動詞。

第三章
自動詞
必考單字

あ行

詞彙	中文	級別
Track 343 合う（あう①）〔第I類、自動詞〕	準、對、正確、合適	N4
上がる（あがる⓪）〔第I類、自動詞〕	提高、上升、進入	N4
あきれる（あきれる⓪）〔第II類、自動詞〕	吃驚、愣住、驚愕	N3
開く（あく⓪）〔第I類、自動詞〕	開	N5
憧れる（あこがれる⓪）〔第II類、自動詞〕	憧憬、嚮往	N2
遊ぶ（あそぶ⓪）〔第I類、自動詞〕	遊玩	N5
値する（あたいする⓪）〔第III類、自動詞〕	值得～	N1
悪化する（あっかする⓪）〔第III類、自動詞〕	惡化、變壞	N3
集まる（あつまる③）〔第I類、自動詞〕	聚集、集中	N4
当てはまる（あてはまる④）〔第I類、自動詞〕	適用、適合	N2
Track 344 アプローチする（あぷろーちする③）〔第III類、自動詞〕	接近、探討	N1
余る（あまる②）〔第I類、自動詞〕	餘、剩、過分	N2
表れる（あらわれる④）〔第II類、自動詞〕	表露、顯露	N2
ありふれる（ありふれる⓪）〔第II類、自動詞〕	以「ありふれた」表示「常有、司空見慣」之意	N1

單字	中文	級數
有る（ある①）〔第I類、自動詞〕	有	N5
在る（ある①）〔第I類、自動詞〕	在	N5
歩く（あるく②）〔第I類、自動詞〕	走	N5
慌てる（あわてる⓪）〔第II類、自動詞〕	驚慌、著急	N2
アンコールする（あんこーるする③）〔第III類、自動詞〕	再來一次	N1
言訳する（いいわけする⓪）〔第III類、自動詞〕	辯解、道歉	N1
Track 345 家出する（いえでする⓪）〔第III類、自動詞〕	逃出家門、出家為僧	N1
意気込む（いきごむ③）〔第I類、自動詞〕	鼓足幹勁、興致勃勃	N1
生きる（いきる②）〔第II類、自動詞〕	生存、生動、有生氣	N4
行く（いく⓪）〔第I類、自動詞〕	去、往	N5
移行する（いこうする⓪）〔第III類、自動詞〕	轉變、移位	N1
移住する（いじゅうする⓪）〔第III類、自動詞〕	移居	N1
依存する（いぞんする⓪）〔第III類、自動詞〕	依存、依靠	N1
痛む（いたむ②）〔第I類、自動詞〕	疼痛、痛苦	N2
一変する（いっぺんする⓪）〔第III類、自動詞〕	一變、突然改變	N3

自動詞

あ行

か行
さ行
た行
な行
は行
ま行
や行
ら行
わ行

單字	中文	級數
威張る（いばる②）〔第I類、自動詞〕	自豪、驕傲、擺架子	N2
Track 346 移民する（いみんする⓪）〔第III類、自動詞〕	移民	N1
いらっしゃる（いらっしゃる④）〔第I類、自動詞〕	【行く／来る／いる】敬語；來、去、在	N4
居る（いる⓪）〔第II類、自動詞〕	有、在	N5
要る（いる⓪）〔第I類、自動詞〕	要、需要	N4
隠居する（いんきょする⓪）〔第III類、自動詞〕	隱居、退休	N1
浮かび上がる（うかびあがる⑤）〔第I類、自動詞〕	浮出、轉運、出現	N2
浮かぶ（うかぶ⓪）〔第I類、自動詞〕	漂、浮、顯露	N3
動く（うごく②）〔第I類、自動詞〕	動、移動、搖動	N4
転寝する（うたたねする⓪）〔第III類、自動詞〕	打瞌睡	N1
俯く（うつむく③）〔第I類、自動詞〕	低頭、往下看	N1
Track 347 写る（うつる②）〔第I類、自動詞〕	映、照、透過來	N4
映る（うつる②）〔第I類、自動詞〕	映、照、映現	N2
移る（うつる②）〔第I類、自動詞〕	遷、轉向、蔓延、變遷	N2
移る（うつる②）〔第I類、自動詞〕	搬、移、變化、傳染	N4

自惚れる（うぬぼれる⓪）
〔第II類、自動詞〕
驕傲、自滿
N1

生まれる（うまれる⓪）
〔第II類、自動詞〕
出生、生
N4

売り切れる（うりきれる④）
〔第II類、自動詞〕
銷售一空、賣光
N2

潤う（うるおう③）
〔第I類、自動詞〕
潤、濕、受惠、受益
N1

浮気する（うわきする⓪）
〔第III類、自動詞〕
見異思遷、外遇
N3

上回る（うわまわる④）
〔第I類、自動詞〕
超過、超出
N1

Track 348

往診する（おうしんする⓪）
〔第III類、自動詞〕
出診
N1

応募する（おうぼする⓪）
〔第III類、自動詞〕
報名、參加
N2

オーケーする（おーけーする①）
〔第III類、自動詞〕
好、行、同意
N1

起きる（おきる②）
〔第II類、自動詞〕
醒、起來
N5

遅れる（おくれる⓪）
〔第II類、自動詞〕
遲到、遲延
N4

怒る（おこる②）
〔第I類、自動詞〕
生氣、憤怒
N4

恐れる（おそれる③）
〔第II類、自動詞〕
害怕、恐懼、擔心
N2

教わる（おそわる⓪）
〔第I類、自動詞〕
受教、跟……學習
N4

落ち込む（おちこむ⓪）
〔第I類、自動詞〕
掉入、落入、塌陷
N3

自動詞

あ行 か行 さ行 た行 な行 は行 ま行 や行 ら行 わ行

單字	中文	級數
落ちる（おちる②）〔第II類、自動詞〕	掉落、落下	N4
お供する（おともする②）〔第III類、自動詞〕	陪伴、跟隨	N1
踊る（おどる⓪）〔第I類、自動詞〕	跳舞、舞動	N4
衰える（おとろえる④）〔第II類、自動詞〕	衰弱、減弱、減退	N2
驚く（おどろく③）〔第I類、自動詞〕	驚嚇、嚇一跳、吃驚	N4
泳ぐ（およぐ②）〔第I類、自動詞〕	游泳	N4
降りる（おりる②）〔第II類、自動詞〕	下、降落、下車	N4
折れる（おれる②）〔第II類、自動詞〕	折斷、彎曲	N4
終わる（おわる⓪）〔第I類、自動詞〕	結束、終了	N4

Track 349

か行

Track 350

單字	中文	級數
会見する（かいけんする⓪）〔第III類、自動詞〕	會見、會面	N3
会談する（かいだんする⓪）〔第III類、自動詞〕	面談、會談、談判	N1
介入する（かいにゅうする⓪）〔第III類、自動詞〕	介入、參與、染指	N1
帰る（かえる①）〔第I類、自動詞〕	回來	N5
輝く（かがやく③）〔第I類、自動詞〕	閃閃發光、光榮	N2
かかる（かかる②）〔第I類、自動詞〕	花費（時間、金錢）	N5
拡散する（かくさんする⓪）〔第III類、自動詞〕	擴散	N2
隠れる（かくれる③）〔第II類、自動詞〕	隱藏、潛伏、隱居、逃避	N2
駆け足する（かけあしする②）〔第III類、自動詞〕	快跑、快步、策馬飛奔	N1
かけっこする（かけっこする②）〔第III類、自動詞〕	賽跑	N2

Track 351

單字	中文	級數
化合する（かごうする⓪）〔第III類、自動詞〕	化合	N1
かさばる（かさばる③）〔第I類、自動詞〕	體積大	N1
嵩む（かさむ⓪）〔第I類、自動詞〕	（體積、費用）增多	N1
霞む（かすむ⓪）〔第I類、自動詞〕	雲霧朦朧、長眼翳	N1

自動詞

あ行 か行 さ行 た行 な行 は行 ま行 や行 ら行 わ行

單字	中文	級數
傾く（かたむく③）〔第I類、自動詞〕	傾斜、傾向	N2
偏る（かたよる③）〔第I類、自動詞〕	偏斜、傾向、编袒	N2
勝つ（かつ①）〔第I類、自動詞〕	勝、戰勝、克服	N4
加入する（かにゅうする⓪）〔第III類、自動詞〕	加上、參加	N1
カムバックする（かむばっくする③）〔第III類、自動詞〕	重回政壇、東山再起	N1
通う（かよう⓪）〔第I類、自動詞〕	往來	N4
Track 352 渇く（かわく②）〔第I類、自動詞〕	口渴、口乾、渴望	N2
乾く（かわく②）〔第I類、自動詞〕	乾、缺乏感情、冷漠	N2
変わる（かわる⓪）〔第I類、自動詞〕	變化	N4
変わる（かわる⓪）〔第I類、自動詞〕	變化、改變、古怪	N2
干渉する（かんしょうする⓪）〔第III類、自動詞〕	干預、參與、干涉	N1
感染する（かんせんする⓪）〔第III類、自動詞〕	感染、受影響	N3
カンニングする（かんにんぐする⓪）〔第III類、自動詞〕	（考試時的）作弊	N1
関与する（かんよする①）〔第III類、自動詞〕	干預、參與	N1
該当する（がいとうする⓪）〔第III類、自動詞〕	適合、符合	N1

合致する（がっちする⓪）	〔第III類、自動詞〕	一致、符合	N1
頑張る（がんばる③）	〔第I類、自動詞〕	努力、加油	N4
消える（きえる⓪）	〔第II類、自動詞〕	熄滅、消失、融化	N4
気兼ねする（きがねする⓪）	〔第III類、自動詞〕	多心、客氣	N1
帰京する（ききょうする⓪）	〔第III類、自動詞〕	回首都、回東京、京都	N1
軋む（きしむ②）	〔第I類、自動詞〕	吱吱作響、拉門卡住	N1
起伏する（きふくする⓪）	〔第III類、自動詞〕	起伏	N1
記名する（きめいする⓪）	〔第III類、自動詞〕	記名、簽名	N1
休学する（きゅうがくする⓪）	〔第III類、自動詞〕	休學	N3
給仕する（きゅうじする①）	〔第III類、自動詞〕	伺候（吃飯）	N2
休戦する（きゅうせんする⓪）	〔第III類、自動詞〕	休戰	N1
窮乏する（きゅうぼうする①）	〔第III類、自動詞〕	貧窮、貧困	N1
共感する（きゅうかんする⓪）	〔第III類、自動詞〕	同感	N2
寄与する（きよする①）	〔第III類、自動詞〕	貢獻、奉獻	N1
興じる（きょうじる⓪）	〔第II類、自動詞〕	有興趣、喜好	N1

Track 353（頑張る）、Track 354（窮乏する）

自動詞

あ行 か行 さ行 た行 な行 は行 ま行 や行 ら行 わ行

單字	中文	級數
共存する（きょうぞんする⓪）〔第Ⅲ類、自動詞〕	共存	N1
協調する（きょうちょうする⓪）〔第Ⅲ類、自動詞〕	協調	N3
共鳴する（きょうめいする⓪）〔第Ⅲ類、自動詞〕	共鳴、共振	N2
居住する（きょじゅうする⓪）〔第Ⅲ類、自動詞〕	居住、住址	N1
均衡する（きんこうする⓪）〔第Ⅲ類、自動詞〕	均衡、平衡	N1
勤労する（きんろうする⓪）〔第Ⅲ類、自動詞〕	勤勞工作	N1
Track 355 屈折する（くっせつする⓪）〔第Ⅲ類、自動詞〕	彎曲、歪曲	N1
曇る（くもる②）〔第Ⅰ類、自動詞〕	天氣轉陰、天氣陰陰的	N5
暮らす（くらす⓪）〔第Ⅰ類、自動詞〕	生活、度日、過日子	N4
来る（くる①）〔第Ⅲ類、自動詞〕	來	N5
暮れる（くれる⓪）〔第Ⅱ類、自動詞〕	日暮、天黑	N4
群集する（ぐんしゅうする⓪）〔第Ⅲ類、自動詞〕	群聚	N1
経過する（けいかする⓪）〔第Ⅲ類、自動詞〕	經過、過程	N2
傾斜する（けいしゃする⓪）〔第Ⅲ類、自動詞〕	傾斜、傾向	N1
決意する（けついする①）〔第Ⅲ類、自動詞〕	決心、下決心	N1

單字	中文	級數
結婚する（けっこんする⓪）〔第III類、自動詞〕	結婚	N5
Track 356 結晶する（けっしょうする⓪）〔第III類、自動詞〕	結晶	N1
決断する（けつだんする⓪）〔第III類、自動詞〕	決斷、當機立斷、裁定	N3
欠乏する（けつぼうする⓪）〔第III類、自動詞〕	缺乏、不足	N1
下痢する（げりする⓪）〔第III類、自動詞〕	瀉肚、腹瀉	N3
交易する（こうえきする⓪）〔第III類、自動詞〕	交易、貿易、交流	N1
公演する（こうえんする⓪）〔第III類、自動詞〕	公演、演出	N3
航海する（こうかいする①）〔第III類、自動詞〕	航海	N1
抗議する（こうぎする①）〔第III類、自動詞〕	抗議	N1
工作する（こうさくする⓪）〔第III類、自動詞〕	工程施工	N1
交渉する（こうしょうする⓪）〔第III類、自動詞〕	交涉、談判	N3
Track 357 向上する（こうじょうする⓪）〔第III類、自動詞〕	向上、進步、提高	N1
行進する（こうしんする⓪）〔第III類、自動詞〕	進行、前進	N3
後退する（こうたいする⓪）〔第III類、自動詞〕	後退、倒退	N1
荒廃する（こうはいする⓪）〔第III類、自動詞〕	荒廢、散漫	N1

自動詞

あ行 か行 さ行 た行 な行 は行 ま行 や行 ら行 わ行

單字	中文	級數
降伏する（こうふくする⓪）〔第III類、自動詞〕	降服、投降	N2
興奮する（こうふんする⓪）〔第III類、自動詞〕	興奮、激昂、情緒不穩定	N3
越える（こえる⓪）〔第II類、自動詞〕	越過、超過	N2
焦げる（こげる②）〔第II類、自動詞〕	烤焦、糊焦	N2
腰掛ける（こしかける④）〔第II類、自動詞〕	坐下	N2
拗れる（こじれる③）〔第II類、自動詞〕	變得複雜、交情變差	N1
Track 358 答える（こたえる③）〔第II類、自動詞〕	回答、解答	N5
拘る（こだわる③）〔第I類、自動詞〕	拘泥於～	N1
困る（こまる②）〔第I類、自動詞〕	困擾、麻煩、傷腦筋	N4
込む（こむ①）〔第I類、自動詞〕	擁擠、混亂	N2
コメントする（こめんとする⓪）〔第III類、自動詞〕	評語、解說	N3
籠る（こもる②）〔第I類、自動詞〕	閉門不出、聲音不清楚、感情深厚	N1
孤立する（こりつする⓪）〔第III類、自動詞〕	孤立	N1
懲りる（こりる②）〔第II類、自動詞〕	吸取教訓再也不～	N1
凝る（こる①）〔第I類、自動詞〕	講究、肌肉僵硬、痠痛	N1

転がる（ころがる⓪）〔第I類、自動詞〕	滾動、絆倒	N2
壊れる（こわれる③）〔第II類、自動詞〕	壞掉、破壞	N4
混血する（こんけつする⓪）〔第III類、自動詞〕	混血	N1
合意する（ごういする①）〔第III類、自動詞〕	達成協議、意見一致	N1

Track 359

さ行

單字	中文	級數
Track 360 再会する（さいかいする⓪）〔第III類、自動詞〕	重逢、再次見面	N1
さえずる（さえずる③）〔第I類、自動詞〕	鳥鳴	N1
逆立ちする（さかだちする⓪）〔第III類、自動詞〕	倒立、倒豎	N1
さかのぼる（さかのぼる④）〔第I類、自動詞〕	逆流而上、回溯	N3
逆らう（さからう③）〔第I類、自動詞〕	違反、逆、反抗、不服從、抗拒	N2
下がる（さがる②）〔第I類、自動詞〕	下降、降低、向後退	N4
咲く（さく⓪）〔第I類、自動詞〕	（花）開	N5
指図する（さしずする①）〔第III類、自動詞〕	指示、指定圖面	N1
差し支える（さしつかえる⓪）〔第II類、自動詞〕	不方便、障礙	N2
定まる（さだまる③）〔第I類、自動詞〕	定下來、決定	N1
Track 361 錯覚する（さっかくする⓪）〔第III類、自動詞〕	錯覺	N1
冷める（さめる②）〔第II類、自動詞〕	變冷、變涼、降溫	N2
作用する（さようする①）〔第III類、自動詞〕	作用、起作用	N1
去る（さる①）〔第I類、自動詞〕	離去，過去、消失、距離	N4

單字	中文	級數
騒ぐ（さわぐ②）〔第I類、自動詞〕	吵鬧、吵嚷、胡鬧	N4
触る（さわる⓪）〔第I類、自動詞〕	觸摸、摸	N4
酸化する（さんかする⓪）〔第III類、自動詞〕	氧化	N1
参上する（さんじょうする⓪）〔第III類、自動詞〕	拜訪	N1
散歩する（さんぽする⓪）〔第III類、自動詞〕	散步	N5
雑談する（ざつだんする⓪）〔第III類、自動詞〕	閒談、聊天	N3
Track 362 沈む（しずむ⓪）〔第I類、自動詞〕	沉入、淪落	N4
従う（したがう⓪）〔第I類、自動詞〕	跟隨、依從、遵照	N2
失格する（しっかくする⓪）〔第III類、自動詞〕	失去資格	N1
質疑する（しつぎする②）〔第III類、自動詞〕	質疑、疑問、提問	N1
失脚する（しっきゃくする⓪）〔第III類、自動詞〕	失足、下台	N1
萎びる（しなびる⓪）〔第II類、自動詞〕	枯萎	N1
死ぬ（しぬ⓪）〔第I類、自動詞〕	死、死亡	N4
閉まる（しまる②）〔第I類、自動詞〕	關閉	N5
修学する（しゅうがくする⓪）〔第III類、自動詞〕	學習、求學、修學	N1

自動詞

あ行
か行
さ行
た行
な行
は行
ま行
や行
ら行
わ行

	就業する（しゅうぎょうする⓪）〔第Ⅲ類、自動詞〕	就業（有職業）、開始工作	N1
Track 363	執着する〔第Ⅲ類、自動詞〕（しゅうちゃくする⓪/しゅうじゃくする⓪）	迷戀、留戀	N1
	主演する（しゅえんする⓪）〔第Ⅲ類、自動詞〕	主演	N1
	修行する（しゅぎょうする⓪）〔第Ⅲ類、自動詞〕	修（學）、練（武）、學習（技藝）	N1
	取材する（しゅざいする⓪）〔第Ⅲ類、自動詞〕	取材、採訪	N1
	出演する（しゅつえんする⓪）〔第Ⅲ類、自動詞〕	演出、登台	N3
	出血する（しゅっけつする⓪）〔第Ⅲ類、自動詞〕	出血、虧本	N1
	出現する（しゅつげんする⓪）〔第Ⅲ類、自動詞〕	出現	N2
	出社する（しゅっしゃする⓪）〔第Ⅲ類、自動詞〕	到公司上班	N2
	出生する〔第Ⅲ類、自動詞〕（しゅっしょうする⓪/しゅっせいする⓪）	出生	N1
	出世する（しゅっせする⓪）〔第Ⅲ類、自動詞〕	出息、成功、發跡、出生	N1
Track 364	出題する（しゅつだいする⓪）〔第Ⅲ類、自動詞〕	出題	N1
	出動する（しゅつどうする⓪）〔第Ⅲ類、自動詞〕	（消防隊、警察等）出動	N3
	出品する（しゅっぴんする⓪）〔第Ⅲ類、自動詞〕	展出作品、展出產品	N1
	昇進する（しょうしんする⓪）〔第Ⅲ類、自動詞〕	升遷、晉升	N1

勝利する（しょうりする①）〔第III類、自動詞〕	勝利	N1
所属する（しょぞくする⓪）〔第III類、自動詞〕	所屬、附屬	N1
進化する（しんかする①）〔第III類、自動詞〕	進化	N3
進行する（しんこうする⓪）〔第III類、自動詞〕	前進、行進、（病情等）發展	N1
進出する（しんしゅつする⓪）〔第III類、自動詞〕	進入、打入、向～發展	N2
進展する（しんてんする⓪）〔第III類、自動詞〕	發展、進展	N1
Track 365 振動する（しんどうする⓪）〔第III類、自動詞〕	振動、擺動	N1
辛抱する（しんぼうする①）〔第III類、自動詞〕	忍耐、耐心	N2
自首する（じしゅする⓪）〔第III類、自動詞〕	自首	N1
辞職する（じしょくする⓪）〔第III類、自動詞〕	辭職	N1
自転する（じてんする⓪）〔第III類、自動詞〕	自轉、自行轉動	N1
ジャンプする（じゃんぷする①）〔第III類、自動詞〕	跳躍	N3
従事する（じゅうじする①）〔第III類、自動詞〕	從事	N3
充実する（じゅうじつする⓪）〔第III類、自動詞〕	充實、充沛	N1
重複する（じゅうふくする⓪）〔第III類、自動詞〕	重複	N1

Track 366

單字	中文	級數
準じる（じゅんじる⓪） 〔第II類、自動詞〕	按照～、以～為標準	N1
上昇する（じょうしょうする⓪） 〔第III類、自動詞〕	上升	N2
譲歩する（じょうほする①） 〔第III類、自動詞〕	讓步	N1
上陸する（じょうりくする⓪） 〔第III類、自動詞〕	登陸、上岸	N1
助言する（じょげんする⓪） 〔第III類、自動詞〕	建議、忠告、出主意	N2
徐行する（じょこうする⓪） 〔第III類、自動詞〕	（電車、汽車等）慢行	N1
自立する（じりつする⓪） 〔第III類、自動詞〕	自立、獨立	N1
空く（すく⓪） 〔第I類、自動詞〕	肚子餓	N4
優れる（すぐれる③） 〔第II類、自動詞〕	出色、傑出、卓越、優秀	N2
進む（すすむ⓪） 〔第I類、自動詞〕	向前、晉級、進步	N2

單字	中文	級數
廃れる（すたれる⓪）〔第II類、自動詞〕	敗壞、成了廢物、過時	N1
Track 367 ストライキする（すとらいきする②）〔第III類、自動詞〕	罷工	N1
滑る（すべる②）〔第I類、自動詞〕	滑、滑倒	N4
住む（すむ①）〔第I類、自動詞〕	住、居住	N4
済む（すむ①）〔第I類、自動詞〕	完了、終結	N4
擦れ違う（すれちがう④）〔第I類、自動詞〕	錯過、交錯	N2
座る（すわる⓪）〔第I類、自動詞〕	坐	N5
ずれる（ずれる②）〔第II類、自動詞〕	移動、偏離、錯開	N2
生育する（せいいくする⓪）〔第III類、自動詞〕	成長、發育	N3
静止する（せいしする⓪）〔第III類、自動詞〕	靜止	N1
成熟する（せいじゅくする⓪）〔第III類、自動詞〕	成熟、熟練	N1
Track 368 盛装する（せいそうする⓪）〔第III類、自動詞〕	盛裝	N1
整列する（せいれつする⓪）〔第III類、自動詞〕	整隊、排隊	N1
接触する（せっしょくする⓪）〔第III類、自動詞〕	接觸、交往	N1
絶望する（ぜつぼうする⓪）〔第III類、自動詞〕	絕望、無望	N2

自動詞

あ行 か行 **さ行** た行 な行 は行 ま行 や行 ら行 わ行

單字	中文	級數
宣教する（せんきょうする⓪）〔第III類、自動詞〕	傳教	N1
先行する（せんこうする⓪）〔第III類、自動詞〕	先走、先施行	N1
潜水する（せんすいする⓪）〔第III類、自動詞〕	潛水	N1
先着する（せんちゃくする⓪）〔第III類、自動詞〕	先到達、先來到	N3
戦闘する（せんとうする⓪）〔第III類、自動詞〕	戰鬥	N1
潜入する（せんにゅうする⓪）〔第III類、自動詞〕	潛入、打進	N1
Track 369 全快する（ぜんかいする⓪）〔第III類、自動詞〕	痊癒、病全好	N1
相応する（そうおうする⓪）〔第III類、自動詞〕	適合、相稱	N1
送金する（そうきんする⓪）〔第III類、自動詞〕	匯錢、寄錢	N3
走行する（そうこうする⓪）〔第III類、自動詞〕	（汽車等）行車、行駛	N1
騒動する（そうどうする①）〔第III類、自動詞〕	騷動、鬧事、暴亂	N1
遭難する（そうなんする⓪）〔第III類、自動詞〕	罹難、遇險了	N1
即する（そくする③）〔第III類、自動詞〕	吻合、切合實際	N1
育つ（そだつ②）〔第I類、自動詞〕	發育、成長	N3
聳える（そびえる③）〔第II類、自動詞〕	聳立、極為優秀的	N1

反る（そる①）
〔第I類、自動詞〕
翹曲、身體向後彎
N1

Track 370

それる（それる②）
〔第II類、自動詞〕
歪向一邊、偏離、離題
N2

揃う（そろう②）
〔第I類、自動詞〕
齊全、成套
N1

属する（ぞくする③）
〔第III類、自動詞變〕
屬於、歸於
N2

ノート

不熟的單字，可以記在這裡喔！

た行

自動詞

Track 371	対応する（たいおうする⓪）〔第III類、自動詞〕	相對、應對	N3
	退学する（たいがくする⓪）〔第III類、自動詞〕	退學	N1
	退化する（たいかする①）〔第III類、自動詞〕	退步、倒退、退化	N3
	対決する（たいけつする①）〔第III類、自動詞〕	對決、較量	N1
	対抗する（たいこうする⓪）〔第III類、自動詞〕	對抗、相爭、對立	N3
	対処する（たいしょする①）〔第III類、自動詞〕	妥善處置、應付	N1
	退職する（たいしょくする⓪）〔第III類、自動詞〕	退職	N1
	対する（たいする③）〔第III類、自動詞〕	面對、相對、對照、對於	N2
	対談する（たいだんする⓪）〔第III類、自動詞〕	對談、交談	N1
	対面する（たいめんする⓪）〔第III類、自動詞〕	會面、見面	N1
Track 372	対話する（たいわする⓪）〔第III類、自動詞〕	對話、會話	N3
	倒れる（たおれる③）〔第II類、自動詞〕	倒下、垮台、倒閉、病倒	N2
	携わる（たずさわる④）〔第I類、自動詞〕	從事～工作	N1
	立ち去る（たちさる⓪）〔第I類、自動詞〕	走開、離開	N2

あ行 か行 さ行 た行 な行 は行 ま行 や行 ら行 わ行

立ち止まる（たちどまる⓪）
〔第I類、自動詞〕
站住、停下、止步
N2

立ち戻る（たちもどる④）
〔第I類、自動詞〕
返回、回到
N2

立つ（たつ①）
〔第I類、自動詞〕
站立
N4

たどり着く（たどりつく④）
〔第I類、自動詞〕
好不容易才到達
N2

溜まる（たまる⓪）
〔第I類、自動詞〕
積存、積壓
N2

ためらう（ためらう③）
〔第I類、自動詞〕
躊躇、猶豫
N2

Track 373
足りる（たりる⓪）
〔第II類、自動詞〕
足夠
N4

弛む（たるむ⓪）
〔第I類、自動詞〕
鬆弛、精神不振
N1

妥協する（だきょうする⓪）
〔第III類、自動詞〕
妥協、和解
N3

妥結する（だけつする⓪）
〔第III類、自動詞〕
妥協、談妥
N1

脱出する（だっしゅつする⓪）
〔第III類、自動詞〕
逃出、逃脫
N1

脱退する（だったいする⓪）
〔第III類、自動詞〕
退出、脫離
N1

黙る（だまる②）
〔第I類、自動詞〕
不說話、不管不問
N3

団結する（だんけつする⓪）
〔第III類、自動詞〕
團結
N1

違う（ちがう⓪）
〔第I類、自動詞〕
錯、不同
N5

自動詞

あ行 か行 さ行 **た行** な行 は行 ま行 や行 ら行 わ行

單字	中文	級數
窒息する（ちっそくする⓪）〔第III類、自動詞〕	窒息	N1
Track 374 着手する（ちゃくしゅする①）〔第III類、自動詞〕	著手、動手、下手	N1
着色する（ちゃくしょくする⓪）〔第III類、自動詞〕	塗顏色	N1
着席する（ちゃくせきする⓪）〔第III類、自動詞〕	就坐、入席	N3
着目する（ちゃくもくする⓪）〔第III類、自動詞〕	著眼、注目、著眼點	N3
着陸する（ちゃくりくする⓪）〔第III類、自動詞〕	降落、著陸	N1
着工する（ちゃっこうする⓪）〔第III類、自動詞〕	開工、動工	N1
宙返りする（ちゅうがえりする③）〔第III類、自動詞〕	（在空中）旋轉、翻筋斗	N1
中毒する（ちゅうどくする①）〔第III類、自動詞〕	中毒	N1
中立する（ちゅうりつする⓪）〔第III類、自動詞〕	中立	N1
中和する（ちゅうわする⓪）〔第III類、自動詞〕	中和、平衡	N1
Track 375 挑戦する（ちょうせんする⓪）〔第III類、自動詞〕	挑戰	N3
重複する（ちょうふくする⓪）〔第III類、自動詞〕	重複	N3
調和する（ちょうわする⓪）〔第III類、自動詞〕	調和、協調	N1
直面する（ちょくめんする⓪）〔第III類、自動詞〕	面對、面臨	N1

單字	中文	級數
沈殿する（ちんでんする⓪）〔第III類、自動詞〕	沉澱	N1
沈没する（ちんぼつする⓪）〔第III類、自動詞〕	沉沒	N1
沈黙する（ちんもくする⓪）〔第III類、自動詞〕	沉默	N1
墜落する（ついらくする⓪）〔第III類、自動詞〕	墜落	N1
捕まる（つかまる⓪）〔第I類、自動詞〕	被捉到、被捕獲、抓到	N2
疲れる（つかれる③）〔第II類、自動詞〕	累、疲勞	N5
Track 376 突き当たる（つきあたる④）〔第I類、自動詞〕	撞上、擋住、走到盡頭	N2
着く（つく①）〔第I類、自動詞〕	到達、抵達	N4
続く（つづく⓪）〔第I類、自動詞〕	繼續、連續、接連不斷	N2
続く（つづく⓪）〔第I類、自動詞〕	繼續、持續	N4
努める（つとめる③）〔第II類、自動詞〕	努力、盡力、拼命忍住	N2
勤める（つとめる③）〔第II類、自動詞〕	工作、任職、擔任	N4
繋がる（つながる⓪）〔第I類、自動詞〕	連接、有關連、被束縛	N2
釣り合う（つりあう③）〔第I類、自動詞〕	勻稱、平均、匹配、相稱	N2
提携する（ていけいする⓪）〔第III類、自動詞〕	合作	N1

Track 377

單字	中文	級數
停滞する（ていたいする⓪）〔第III類、自動詞〕	停滯、滯銷	N1
適応する（てきおうする⓪）〔第III類、自動詞〕	適應、適合、順應	N3
適する（てきする③）〔第III類、自動詞〕	適直、適當、適合	N2
照る（てる①）〔第I類、自動詞〕	照、照耀、放晴	N2
手分けする（てわけする③）〔第III類、自動詞〕	分頭做、分工	N1
転居する（てんきょする①）〔第III類、自動詞〕	搬家、遷居	N1
転勤する（てんきんする⓪）〔第III類、自動詞〕	調職、調動工作	N3
転校する（てんこうする⓪）〔第III類、自動詞〕	轉校、轉學	N3
転任する（てんにんする⓪）〔第III類、自動詞〕	轉任、調動工作	N2
転落する（てんらくする⓪）〔第III類、自動詞〕	掉落、滾下、暴跌	N1

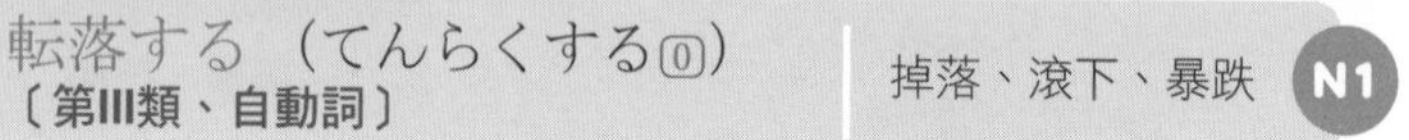

單字	中文	級數
出かける（でかける⓪）〔第II類、自動詞〕	出門、外出	N5
Track 378 できる（できる②）〔第II類、自動詞〕	會、能	N5
出る（でる①）〔第II類、自動詞〕	出去、出發	N5
伝来する（でんらいする⓪）〔第III類、自動詞〕	傳來、傳入	N1
登校する（とうこうする⓪）〔第III類、自動詞〕	上學校、到校	N3
倒産する（とうさんする⓪）〔第III類、自動詞〕	破產、倒閉	N3
当選する（とうせんする⓪）〔第III類、自動詞〕	當選	N3
逃走する（とうそうする⓪）〔第III類、自動詞〕	逃走、逃跑	N1
到達する（とうたつする⓪）〔第III類、自動詞〕	到達、達到	N3
逃亡する（とうぼうする⓪）〔第III類、自動詞〕	逃走、逃跑	N1
冬眠する（とうみんする⓪）〔第III類、自動詞〕	冬眠	N2
Track 379 遠ざかる（とおざかる④）〔第I類、自動詞〕	疏遠、走遠、很久未～	N1
遠回りする（とおまわりする③）〔第III類、自動詞〕	使其繞道、繞彎	N1
途切れる（とぎれる③）〔第II類、自動詞〕	中斷	N1
溶ける（とける②）〔第II類、自動詞〕	溶化、溶解	N2

自動詞

あ行 か行 さ行 **た行** な行 は行 ま行 や行 ら行 わ行

途絶える（とだえる③）〔第II類、自動詞〕	中間、間斷	N1
届く（とどく②）〔第I類、自動詞〕	送到、及、達到	N2
滞る（とどこおる⓪）〔第I類、自動詞〕	延誤、拖延、阻塞	N1
飛ぶ（とぶ⓪）〔第I類、自動詞〕	飛、飛起	N5
惚ける（とぼける③）〔第II類、自動詞〕	糊塗、裝不知道	N1
徒歩する（とほする①）〔第III類、自動詞〕	步行、徒步	N3
Track 380 止まる（とまる⓪）〔第I類、自動詞〕	停止、停住	N4
泊まる（とまる⓪）〔第I類、自動詞〕	住宿	N4
共稼ぎする（ともかせぎする⓪）〔第III類、自動詞〕	夫妻都在賺錢	N3
共働きする（ともばたらきする③）〔第III類、自動詞〕	夫妻皆上班工作	N1
とろける（とろける⓪）〔第II類、自動詞〕	融化、熔化	N1
同意する（どういする⓪）〔第III類、自動詞〕	同意、同一意見	N3
同感する（どうかんする⓪）〔第III類、自動詞〕	同感、同情	N3
同居する（どうきょする⓪）〔第III類、自動詞〕	同住、同居	N1
同情する（どうじょうする⓪）〔第III類、自動詞〕	同情	N1

單字	中文	級數
同盟する（どうめいする⓪） 〔第III類、自動詞〕	同盟、聯合	N2
Track 381 動揺する（どうようする⓪） 〔第III類、自動詞〕	動搖、異動、 （心情）不安	N3
独裁する（どくさいする⓪） 〔第III類、自動詞〕	獨裁、獨斷	N1
怒鳴る（どなる②） 〔第I類、自動詞〕	大聲喊、大聲申斥	N2
度忘れする（どわすれする②） 〔第III類、自動詞〕	（一時）記不起來	N3

な行

自動詞

あ行 か行 さ行 た行 な行 は行 ま行 や行 ら行 わ行

Track 382 治る（なおる②）〔第I類、自動詞〕	痊癒	N4
直る（なおる②）〔第I類、自動詞〕	復原、修好	N4
流れる（ながれる③）〔第II類、自動詞〕	流動、漂流、散布、經過	N2
泣く（なく⓪）〔第I類、自動詞〕	哭泣	N4
鳴く（なく⓪）〔第I類、自動詞〕	（鳥、獸、蟲）鳴叫	N4
無くなる（なくなる⓪）〔第I類、自動詞〕	遺失、失去	N4
亡くなる（なくなる⓪）〔第I類、自動詞〕	死去、去世	N4
なさる（なさる②）〔第I類、自動詞〕	【する】的敬語；做	N4
懐く（なつく②）〔第I類、自動詞〕	熟識、孩童靠近	N1
怠ける（なまける③）〔第II類、自動詞〕	怠惰、懶惰	N3
Track 383 悩む（なやむ②）〔第I類、自動詞〕	煩惱、苦惱	N3
倣う（ならう②）〔第I類、自動詞〕	效仿、仿照	N2
並ぶ（ならぶ⓪）〔第I類、自動詞〕	排列	N4
成り立つ（なりたつ③）〔第I類、自動詞〕	成立、組成	N1

鳴る（なる⓪）〔第I類、自動詞〕	鳴、響	N4
成る（なる①）〔第I類、自動詞〕	成為、變成	N5
慣れる（なれる②）〔第II類、自動詞〕	習慣、熟練	N4
賑わう（にぎわう③）〔第I類、自動詞〕	熱鬧、生意興旺	N2
逃げる（にげる②）〔第II類、自動詞〕	逃跑、逃走	N4
滲む（にじむ②）〔第I類、自動詞〕	滲入	N1
Track 384 荷造りする（にづくりする②）〔第III類、自動詞〕	準備行李	N1
入賞する（にゅうしょうする⓪）〔第III類、自動詞〕	得獎、受賞	N1
入浴する（にゅうよくする⓪）〔第III類、自動詞〕	淋浴、洗澡	N3
似る（にる⓪）〔第II類、自動詞〕	像、相似	N4
妊娠する（にんしんする⓪）〔第III類、自動詞〕	懷孕	N1
抜け出す（ぬけだす③）〔第I類、自動詞〕	脱身、擺脱	N1
抜ける（ぬける⓪）〔第II類、自動詞〕	脫落、漏掉、脫離、消失、穿過、陷落	N2
濡れる（ぬれる⓪）〔第II類、自動詞〕	淋溼	N4
捩れる（ねじれる③）〔第II類、自動詞〕	彎曲、扭	N1

Track 385

單字	中文	級數
眠る（ねむる[0]）〔第I類、自動詞〕	睡覺	N4
寝る（ねる[0]）〔第II類、自動詞〕	睡覺、躺	N5
燃焼する（ねんしょうする[0]）〔第III類、自動詞〕	燃燒、竭盡全力	N1
残る（のこる[2]）〔第I類、自動詞〕	留下、遺留、剩餘	N4
登る（のぼる[0]）〔第I類、自動詞〕	登上	N4
昇る（のぼる[0]）〔第I類、自動詞〕	上昇、昇高	N3
乗り上げる（のりあげる[4]）〔第II類、自動詞〕	觸礁、擱淺	N2
乗り合わせる（のりあわせる[5]）〔第II類、自動詞〕	共乘	N2
乗り換える（のりかえる[4]）〔第II類、自動詞〕	換乘、換車	N4
乗り越える（のりこえる[4]）〔第II類、自動詞〕	越過、跨過	N3
乗る（のる[0]）〔第I類、自動詞〕	搭乘、騎	N5

は行

單字	中文	級數
Track 386 排水する（はいすいする⓪）〔第III類、自動詞〕	排水	N1
敗戦する（はいせんする⓪）〔第III類、自動詞〕	戰敗	N1
敗北する（はいぼくする⓪）〔第III類、自動詞〕	敗北、戰敗、敗逃	N1
入る（はいる①）〔第I類、自動詞〕	進去、進入	N5
生える（はえる②）〔第II類、自動詞〕	生、長	N2
はかどる（はかどる③）〔第I類、自動詞〕	工作進展順利	N1
励む（はげむ②）〔第I類、自動詞〕	勤奮、努力、奮勉	N2
運ぶ（はこぶ⓪）〔第I類、自動詞〕	事物的發展、進行	N4
弾ける（はじける③）〔第II類、自動詞〕	裂開、彈出	N1
始まる（はじまる⓪）〔第I類、自動詞〕	開始	N5
Track 387 弾む（はずむ⓪）〔第I類、自動詞〕	彈回、呼吸急促、興致高漲	N1
外れる（はずれる⓪）〔第II類、自動詞〕	脱落、離開、脱軌	N2
走る（はしる②）〔第I類、自動詞〕	跑、車輛行駛	N4
働く（はたらく⓪）〔第I類、自動詞〕	工作	N4

あ行
か行
さ行
た行
な行
は行
ま行
や行
ら行
わ行

單字	中文	級數
発育する（はついくする⓪）〔第III類、自動詞〕	發育、成長	N1
発芽する（はつがする⓪）〔第III類、自動詞〕	發芽	N1
発言する（はつげんする⓪）〔第III類、自動詞〕	發言	N3
発病する（はつびょうする⓪）〔第III類、自動詞〕	發病、得病	N1
話し込む（はなしこむ④）〔第I類、自動詞〕	暢談、只顧說話	N2
離れる（はなれる③）〔第II類、自動詞〕	離開、距離	N4
Track 388 跳ねる（はねる②）〔第II類、自動詞〕	躍起、飛濺、物價暴漲	N2
嵌る（はまる⓪）〔第I類、自動詞〕	陷入～、沉迷於～、吻合	N1
流行る（はやる②）〔第I類、自動詞〕	流行、時髦、興旺、蔓延	N3
張り切る（はりきる③）〔第I類、自動詞〕	拉緊、繃緊、鼓足勁	N2
張る（はる⓪）〔第I類、自動詞〕	覆蓋、伸展、突出、腫脹、緊張、發硬	N2
破裂する（はれつする⓪）〔第III類、自動詞〕	破裂	N1
晴れる（はれる②）〔第II類、自動詞〕	晴、放晴	N5
腫れる（はれる⓪）〔第II類、自動詞〕	腫起來	N3
繁栄する（はんえいする⓪）〔第III類、自動詞〕	繁榮、興旺	N3

單字	中文	級數
反撃する（はんげきする⓪）〔第III類、自動詞〕	反擊、反攻	N1
Track 389 繁盛する（はんじょうする①）〔第III類、自動詞〕	繁榮、興隆	N1
繁殖する（はんしょくする⓪）〔第III類、自動詞〕	繁殖、滋生	N1
反する（はんする③）〔第III類、自動詞〕	與～相反、違反	N1
反応する（はんのうする⓪）〔第III類、自動詞〕	效果、反應	N3
反乱する（はんらんする⓪）〔第III類、自動詞〕	叛亂、反亂	N1
氾濫する（はんらんする⓪）〔第III類、自動詞〕	氾濫、過多	N1
ばてる（ばてる②）〔第II類、自動詞〕	疲勞至極	N1
冷え込む（ひえこむ⓪）〔第I類、自動詞〕	驟冷、氣溫急劇下降	N2
冷える（ひえる②）〔第II類、自動詞〕	變冷、變冷淡	N4
光る（ひかる②）〔第I類、自動詞〕	發光、發亮、出眾、監視、盯視	N2
Track 390 匹敵する（ひってきする⓪）〔第III類、自動詞〕	匹敵、比得上	N1
避難する（ひなんする①）〔第III類、自動詞〕	避難	N1
響く（ひびく②）〔第I類、自動詞〕	響、揚名	N2
日焼けする（ひやけする⓪）〔第III類、自動詞〕	曬黑、被曬乾	N3

Track 391

單字	中文	級數
開く（ひらく②） 〔第I類、自動詞〕	開放、開始	N4
比例する（ひれいする⓪） 〔第III類、自動詞〕	比例、相稱	N1
疲労する（ひろうする⓪） 〔第III類、自動詞〕	疲勞、疲乏	N1
微笑する（びしょうする⓪） 〔第III類、自動詞〕	微笑	N1
増える（ふえる②） 〔第I類、自動詞〕	增加	N4
吹く（ふく①） 〔第I類、自動詞〕	風吹、刮風	N5
膨れる（ふくれる⓪） 〔第II類、自動詞〕	脹、腫	N1
負傷する（ふしょうする⓪） 〔第III類、自動詞〕	負傷、受傷	N1
復活する（ふっかつする⓪） 〔第III類、自動詞〕	復活、再生、恢復	N3
沸騰する（ふっとうする⓪） 〔第III類、自動詞〕	沸騰、群情激昂	N1
太る（ふとる②） 〔第I類、自動詞〕	胖、肥胖	N4
赴任する（ふにんする⓪） 〔第III類、自動詞〕	赴任、上任	N1
腐敗する（ふはいする⓪） 〔第III類、自動詞〕	腐壞、腐敗、墮落	N1
降る（ふる①） 〔第I類、自動詞〕	下雨、降下	N5
震える（ふるえる⓪） 〔第II類、自動詞〕	震動、發抖	N2

單字	中文	級數
振舞う（ふるまう③）〔第I類、自動詞〕	動作、行動	N2
Track 392 觸れる（ふれる⓪）〔第II類、自動詞〕	觸摸、感覺、違反	N2
紛争する（ふんそうする⓪）〔第III類、自動詞〕	紛爭、糾紛	N1
奮闘する（ふんとうする⓪）〔第III類、自動詞〕	奮鬥、奮戰	N1
武装する（ぶそうする⓪）〔第III類、自動詞〕	武裝	N1
分散する（ぶんさんする⓪）〔第III類、自動詞〕	分散、開散	N1
分裂する（ぶんれつする⓪）〔第III類、自動詞〕	分裂、裂變	N1
並行する（へいこうする⓪）〔第III類、自動詞〕	並行、並進	N1
閉口する（へいこうする⓪）〔第III類、自動詞〕	閉口無言、為難、認輸	N1
並列する（へいれつする⓪）〔第III類、自動詞〕	並列、並排	N1
辟易する（へきえきする⓪）〔第III類、自動詞〕	退縮、感到為難	N1
Track 393 凹む（へこむ⓪）〔第I類、自動詞〕	凹下	N2
隔たる（へだたる③）〔第I類、自動詞〕	差距、疏遠	N1
変遷する（へんせんする⓪）〔第III類、自動詞〕	變遷	N3
返答する（へんとうする③）〔第III類、自動詞〕	回答	N3

自動詞

あ行 か行 さ行 た行 な行 は行 ま行 や行 ら行 わ行

変動する（へんどうする⓪）〔第Ⅲ類、自動詞〕	變動、改變	N2
弁解する（べんかいする⓪）〔第Ⅲ類、自動詞〕	辯解、分辨	N1
弁論する（べんろんする⓪）〔第Ⅲ類、自動詞〕	辯論、辯護	N1
崩壊する（ほうかいする⓪）〔第Ⅲ類、自動詞〕	崩潰、垮台	N3
奉仕する（ほうしする①）〔第Ⅲ類、自動詞〕	服務、廉價賣貨	N1
飽和する（ほうわする⓪）〔第Ⅲ類、自動詞〕	飽和、最大限度	N1
Track 394 保温する（ほおんする⓪）〔第Ⅲ類、自動詞〕	保溫	N3
綻びる（ほころびる④）〔第Ⅱ類、自動詞〕	花蕾微微綻放、微笑	N1
発足する（ほっそくする⓪）〔第Ⅲ類、自動詞〕	動身、開始活動	N1
解ける（ほどける③）〔第Ⅱ類、自動詞〕	解開、鬆開	N1
保養する（ほようする⓪）〔第Ⅲ類、自動詞〕	保養	N1
膨張する（ぼうちょうする⓪）〔第Ⅲ類、自動詞〕	膨脹、增大	N1
募金する（ぼきんする⓪）〔第Ⅲ類、自動詞〕	募捐	N1
ぼける（ぼける②）〔第Ⅱ類、自動詞〕	記憶力變差、變呆	N1
没落する（ぼつらくする⓪）〔第Ⅲ類、自動詞〕	沒落、破產	N1

ぼやける（ぼやける③）
〔第II類、自動詞〕

變得模糊不清

N1

◆「い形容詞」、「な形容詞」、「動詞的ます形」也可以變名詞？

- **い形容詞〜~~い~~ → さ**

おいしい（好吃的） → おいしさ（好吃的程度）

高い（高的） → 高さ（高度）

長い（長的） → 長さ（長度）

強い（強的） → 強さ（強度）

- **な形容詞 → 語尾＋さ**

静か（安靜的） → 静かさ（寧靜）

便利（方便的） → 便利さ（方便性）

- **動詞的~~ます~~形 → 變成名詞**

話します（說話） → 話し（事情）

働きます（工作） → 働き（功能）

帰ります（回家） → 帰り（回程）

遊びます（遊玩） → 遊び（遊戲）

ま行

自動詞

あ行
か行
さ行
た行
な行
は行
ま行
や行
ら行
わ行

	單字	中文	級數
Track 395	参る（まいる①）〔第I類、自動詞〕	【行く／来る】的謙讓語；去	N4
	前売りする（まえうりする⓪）〔第III類、自動詞〕	預售	N1
	前置きする（まえおきする⓪）〔第III類、自動詞〕	前言、開場白	N1
	曲がる（まがる⓪）〔第I類、自動詞〕	轉彎	N4
	巻く（まく⓪）〔第I類、自動詞〕	捲、捲曲	N3
	負ける（まける⓪）〔第II類、自動詞〕	輸、失敗	N4
	混ざる（まざる②）〔第I類、自動詞〕	混雜、摻混	N2
	跨る（またがる③）〔第I類、自動詞〕	騎	N1
	間に合う（まにあう③）〔第I類、自動詞〕	趕上、來得及	N4
	瞬きする（まばたきする②）〔第III類、自動詞〕	轉瞬、眨眼	N1
Track 396	麻痺する（まひする①）〔第III類、自動詞〕	麻痺、麻木	N1
	迷う（まよう②）〔第I類、自動詞〕	猶豫、迷失	N3
	回る（まわる⓪）〔第I類、自動詞〕	旋轉、繞圈	N4
	乱れる（みだれる③）〔第II類、自動詞〕	雜亂、不整齊	N1

單字	中文	級數
見つかる（みつかる⓪）〔第I類、自動詞〕	找到、發現	N4
密集する（みっしゅうする⓪）〔第III類、自動詞〕	密集、雲集	N1
密接する（みっせつする⓪）〔第III類、自動詞〕	密接、密切	N1
見直す（みなおす⓪）〔第I類、自動詞〕	重新考慮、重新估價	N3
向かう（むかう⓪）〔第I類、自動詞〕	朝著～去、趨向	N2
向く（むく⓪）〔第I類、自動詞〕	朝、向、傾向	N2
Track 397 蒸す（むす①）〔第I類、自動詞〕	悶熱、蒸	N2
結びつく（むすびつく④）〔第I類、自動詞〕	密切關聯、互相結合	N1
群がる（むらがる③）〔第I類、自動詞〕	群聚	N1
命中する（めいちゅうする⓪）〔第III類、自動詞〕	命中	N1
目覚める（めざめる③）〔第II類、自動詞〕	醒來、覺悟	N1
目立つ（めだつ②）〔第I類、自動詞〕	顯眼、引人注目	N3
滅亡する（めつぼうする⓪）〔第III類、自動詞〕	滅亡	N1
面会する（めんかいする⓪）〔第III類、自動詞〕	會見、會面	N1
面する（めんする③）〔第III類、自動詞〕	面向、面對、面臨	N2

自動詞

あ行
か行
さ行
た行
な行
は行
ま行
や行
ら行
わ行

單字	中文	級數
燃える（もえる⓪）〔第II類、自動詞〕	燃燒、著火	N2
Track 398 戻る（もどる②）〔第I類、自動詞〕	回來	N4
盛り上がる（もりあがる④）〔第I類、自動詞〕	膨脹、隆起	N1

や行

單字	中文	級數
Track 399 役立つ（やくだつ③）〔第I類、自動詞〕	有用、有益、有利	N3
役に立つ（やくにたつ②）〔第I類、自動詞〕	有用、有幫助	N4
焼ける（やける⓪）〔第II類、自動詞〕	燃燒、曬黑、烤	N2
痩せる（やせる⓪）〔第II類、自動詞〕	瘦	N4
宿る（やどる②）〔第I類、自動詞〕	住宿、寄生、停留、存在、映照	N2
止む（やむ⓪）〔第I類、自動詞〕	停止	N4
優越する（ゆうえつする⓪）〔第III類、自動詞〕	優越	N1
遊牧する（ゆうぼくする⓪）〔第III類、自動詞〕	游牧	N1
歪む（ゆがむ⓪）〔第I類、自動詞〕	歪斜	N1
揺らぐ（ゆらぐ⓪）〔第I類、自動詞〕	搖擺、動搖、搖晃	N1
Track 400 緩む（ゆるむ②）〔第I類、自動詞〕	鬆弛、緩和	N2
揺れる（ゆれる⓪）〔第II類、自動詞〕	搖動、晃動	N4
汚れる（よごれる⓪）〔第II類、自動詞〕	髒兮兮、髒污	N4
予想する（よそうする⓪）〔第III類、自動詞〕	預料、預測	N3

夜更かしする（よふかしする③）〔第III類、自動詞〕	熬夜	N3
蘇る（よみがえる③）〔第I類、自動詞〕	甦醒、復活	N1
寄りかかる（よりかかる④）〔第I類、自動詞〕	依靠、憑靠	N1
寄る（よる⓪）〔第I類、自動詞〕	靠近	N4
喜ぶ（よろこぶ③）〔第I類、自動詞〕	喜悅、高興	N2
弱る（よわる②）〔第I類、自動詞〕	減弱、衰弱	N1

ら行

Track 401

單字	中文	級數
来場する（らいじょうする⓪）〔第III類、自動詞〕	到場、出席	N3
落下する（らっかする①）〔第III類、自動詞〕	下降、從高處落下	N1
流通する（りゅうつうする⓪）〔第III類、自動詞〕	流通	N1
両立する（りょうりつする⓪）〔第III類、自動詞〕	兩立並存	N1
旅行する（りょこうする⓪）〔第III類、自動詞〕	旅行	N5
類似する（るいじする⓪）〔第III類、自動詞〕	類似、相似	N1
類する（るいする③）〔第III類、自動詞〕	類似、相似	N1
恋愛する（れんあいする⓪）〔第III類、自動詞〕	戀愛	N3
連帯する（れんたいする⓪）〔第III類、自動詞〕	團結、協同、連帶	N1
老衰する（ろうすいする⓪）〔第III類、自動詞〕	衰老	N1

わ行

自動詞

あ行 か行 さ行 た行 な行 は行 ま行 や行 ら行 わ行

Track 402

分かる（わかる②）〔第I類、自動詞〕	懂、理解	N5
別れる（わかれる③）〔第II類、自動詞〕	分開、分手	N2
沸く（わく⓪）〔第I類、自動詞〕	（水）沸騰	N4
渡る（わたる⓪）〔第I類、自動詞〕	渡過、跨過	N4
笑う（わらう⓪）〔第I類、自動詞〕	笑	N4
割れる（われる⓪）〔第II類、自動詞〕	破掉、碎裂	N4

第四章

自他動詞必考單字

あ行

Track 403

誤る（あやまる③）〔第I類、自他動詞〕	弄錯、貽害	N2
急ぐ（いそぐ②）〔第I類、自他動詞〕	急、快走、加快	N4
一変する（いっぺんする⓪）〔第III類、自他動詞〕	一變、突然改變	N1
オーバーする（おーばーする①）〔第III類、自他動詞〕	超過	N3
押し込む（おしこむ③）〔第I類、自他動詞〕	闖進、破門搶劫、塞進	N1
押し寄せる（おしよせる④）〔第II類、自他動詞〕	蜂擁而來、挪到近處	N1
終る（おわる⓪）〔第I類、自他動詞〕	結束	N4

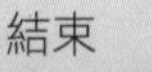

か行

Track 404

單字	中文	級數
限る（かぎる②）〔第I類、自他動詞〕	限定、限於、最好	N2
確定する（かくていする⓪）〔第III類、自他動詞〕	確定、決定	N3
確立する（かくりつする⓪）〔第III類、自他動詞〕	確立、確定	N1
還元する（かんげんする⓪）〔第III類、自他動詞〕	歸還、還原	N3
緩和する（かんわする⓪）〔第III類、自他動詞〕	緩和、放寬	N1
合併する（がっぺいする⓪）〔第III類、自他動詞〕	合併	N3
逆転する（ぎゃくてんする⓪）〔第III類、自他動詞〕	倒轉、倒退	N1
潜る（くぐる②）〔第I類、自他動詞〕	潛水、潛入、鑽漏洞	N1
暮らす（くらす⓪）〔第I類、自他動詞〕	過生活、度日、打發時間	N4
軽減する（けいげんする⓪）〔第III類、自他動詞〕	減輕	N1

Track 405

單字	中文	級數
結合する（けつごうする⓪）〔第III類、自他動詞〕	結合、黏接	N1
結束する（けっそくする⓪）〔第III類、自他動詞〕	捆綁、團結、打扮	N1
恋する（こいする③）〔第III類、自他動詞〕	談戀愛	N1
志す（こころざす④）〔第I類、自他動詞〕	立志	N2

固定する（こていする⓪） 〔第III類、自他動詞〕	固定	N2
混同する（こんどうする⓪） 〔第III類、自他動詞〕	混同、混淆	N3
合議する（ごうぎする①） 〔第III類、自他動詞〕	協議、協商	N1

さ行

單字	中文	級數
Track 406 再現する（さいげんする⓪）〔第Ⅲ類、自他動詞〕	再次出現	N3
再生する（さいせいする⓪）〔第Ⅲ類、自他動詞〕	重生、新生、再生	N3
差し引きする（さしひきする②）〔第Ⅲ類、自他動詞〕	扣除、細算	N1
質問する（しつもんする⓪）〔第Ⅲ類、自他動詞〕	質問、提問	N5
出産する（しゅっさんする⓪）〔第Ⅲ類、自他動詞〕	生育	N2
振興する（しんこうする⓪）〔第Ⅲ類、自他動詞〕	振興（使事務更為興盛）	N1
持続する（じぞくする⓪）〔第Ⅲ類、自他動詞〕	持續、堅持	N1
樹立する（じゅりつする⓪）〔第Ⅲ類、自他動詞〕	樹立、建立	N1
する（する⓪）〔第Ⅲ類、自他動詞〕	〈他〉做 〈自〉值（多少錢）	N5
存続する（そんぞくする⓪）〔第Ⅲ類、自他動詞〕	繼續、存在	N1
Track 407 全滅する（ぜんめつする⓪）〔第Ⅲ類、自他動詞〕	全滅、徹底消滅	N1
増進する（ぞうしんする⓪）〔第Ⅲ類、自他動詞〕	增進、增加	N1

Track	單字	類別	中文	級數
Track 408	達する（たっする⓪）	〔第III類、自他動詞〕	到達、精通熟練	N2
	ダウンする（だうんする①）	〔第III類、自他動詞〕	倒下	N1
	脱する（だっする⓪）	〔第III類、自他動詞〕	脱離、漏掉	N1
	チェンジする（ちぇんじする①）	〔第III類、自他動詞〕	交換、兑換、變化	N3
	中断する（ちゅうだんする⓪）	〔第III類、自他動詞〕	中斷、中輟	N1
	徹する（てっする⓪）	〔第III類、自他動詞〕	徹底	N1
	手配する（てはいする①）	〔第III類、自他動詞〕	籌備、安排、佈置	N2
	転回する（てんかいする⓪）	〔第III類、自他動詞〕	回轉、轉變	N1
	転換する（てんかんする⓪）	〔第III類、自他動詞〕	轉換、轉變	N3
	転じる（てんじる⓪）	〔第II類、自他動詞〕	改變、轉變、遷移	N1
Track 409	デザインする（でざいんする②）	〔第III類、自他動詞〕	設計	N1
	討議する（とうぎする①）	〔第III類、自他動詞〕	討論	N1
	討論する（とうろんする①）	〔第III類、自他動詞〕	討論	N3
	咎める（とがめる③）	〔第II類、自他動詞〕	責備、內疚、盤問	N1

戶締りする（とじまりする②）
〔第III類、自他動詞〕 | 關窗門 | N1

同調する（どうちょうする⓪）
〔第III類、自他動詞〕 | 同調、同意 | N2

Track 410

嘆く（なげく②）
〔第I類、自他動詞〕 | 嘆氣、悲傷、氣憤 | N1

罵る（ののしる③）
〔第I類、自他動詞〕 | 罵 | N1

Track 411

破壊する（はかいする⓪）〔第Ⅲ類、自他動詞〕	破壞	N3
橋渡しする（はしわたしする③）〔第Ⅲ類、自他動詞〕	架橋、當介紹人	N1
破損する（はそんする⓪）〔第Ⅲ類、自他動詞〕	破損、損壞	N1
発生する（はっせいする⓪）〔第Ⅲ類、自他動詞〕	發生、出現、蔓延	N1
反射する（はんしゃする⓪）〔第Ⅲ類、自他動詞〕	折射、反射	N1
反発する（はんぱつする⓪）〔第Ⅲ類、自他動詞〕	排斥、反抗	N3
暴露する（ばくろする①）〔第Ⅲ類、自他動詞〕	曝曬、暴露、揭露	N1
復活する（ふっかつする⓪）〔第Ⅲ類、自他動詞〕	復活、再生、恢復	N2
復旧する（ふっきゅうする⓪）〔第Ⅲ類、自他動詞〕	恢復原狀、修復	N3
憤慨する（ふんがいする⓪）〔第Ⅲ類、自他動詞〕	憤慨、氣憤	N1

Track 412

紛失する（ふんしつする⓪）〔第Ⅲ類、自他動詞〕	遺失、失落	N3
噴出する（ふんしゅつする⓪）〔第Ⅲ類、自他動詞〕	噴出、射出	N1
分離する（ぶんりする⓪）〔第Ⅲ類、自他動詞〕	分離、分開	N3
並列する（へいれつする⓪）〔第Ⅲ類、自他動詞〕	並列、並排	N1

放出する（ほうしゅつする⓪）
〔第III類、自他動詞〕
開放、放出
N1

報じる（ほうじる⓪）
〔第II類、自他動詞〕
報答、通知、告知
N1

Track 413
催す（もよおす③）
〔第I類、自他動詞〕
主辦、舉辦、預兆
N1

Track 414
休む（やすむ②）
〔第I類、自他動詞〕
放假、休息、睡覺
N5

病む（やむ①）
〔第I類、自他動詞〕
患病、生病
N2

優先する（ゆうせんする⓪）
〔第III類、自他動詞〕
優先
N1

Track 415 忘れる（わすれる⓪）〔第II類、自他動詞〕｜忘記 N5

割り込む（わりこむ③）〔第I類、自他動詞〕｜插隊、插嘴、擠進～、降價 N1

◆ 三大類動詞的て形變化

	ます形（辞書形）	て形
グループI	すわります（すわる）	すわって
	たちます（たつ）	たって
	てつだいます（てつだう）	てつだって
	★いきます（いく）	★いって
	かきます（かく）	かいて
	およぎます（およぐ）	およいで
	あそびます（あそぶ）	あそんで
	のみます（のむ）	のんで
	けします（けす）	けして
	はなします（はなす）	はなして
	ます形	**て形**
グループII	あけます（あける）	あけて
	しめます（しめる）	しめて
	みせます（みせる）	みせて
	ます形	**て形**
グループIII	します（する）	して
	コピーします（コピーする）	コピーして
	来（き）ます（来（く）る）	来（き）て

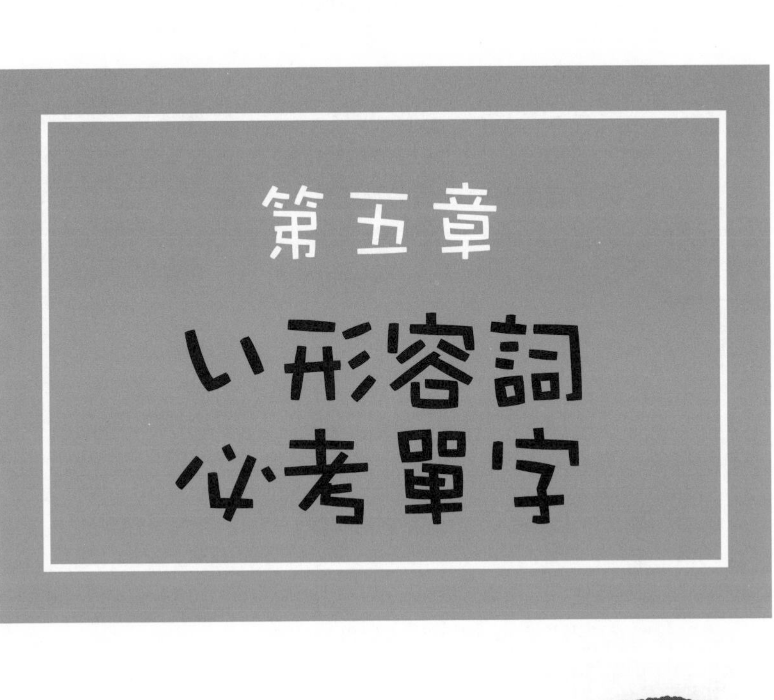

第五章

い形容詞必考單字

い形容詞

あ行 か行 さ行 た行 な行 は行 ま行 や行 ら行 わ行

Track 416 青い（あおい②）〔い形容詞〕	藍色的	N5
赤い（あかい⓪）〔い形容詞〕	紅色的	N5
明るい（あかるい⓪）〔い形容詞〕	明亮的、鮮明的、快活的	N4
あくどい（あくどい③）〔い形容詞〕	行為過火的、顏色過於濃豔的	N1
あさましい（あさましい④）〔い形容詞〕	卑鄙的、下流的	N1
暖かい（あたたかい④）〔い形容詞〕	溫的、暖的	N5
新しい（あたらしい④）〔い形容詞〕	新的	N5
熱い（あつい②）〔い形容詞〕	（溫度）熱的、熱心的	N5
厚い（あつい⓪）〔い形容詞〕	厚的、深厚的	N4
厚かましい（あつかましい⑤）〔い形容詞〕	厚顏無恥的	N2
Track 417 あっけない（あっけない④）〔い形容詞〕	不盡興的、不過癮的、簡單的	N1
危ない（あぶない⓪）〔い形容詞〕	危險的	N5
甘い（あまい⓪）〔い形容詞〕	甜的	N4
怪しい（あやしい⓪）〔い形容詞〕	奇怪的、靠不住的、可疑的	N2

慌ただしい（あわただしい⑤）〔い形容詞〕	匆忙的、不穩定的	N2
良い（いい①／よい①）〔い形容詞〕	好的	N5
勇ましい（いさましい④）〔い形容詞〕	勇敢的、雄壯的	N2
忙しい（いそがしい④）〔い形容詞〕	忙碌的	N4
痛い（いたい②）〔い形容詞〕	痛的、痛苦的	N5
薄い（うすい⓪）〔い形容詞〕	薄的、淺的	N5
Track 418 美しい（うつくしい④）〔い形容詞〕	美麗的、優美的	N4
うっとうしい（うっとうしい⑤）〔い形容詞〕	鬱悶的、陰暗的、麻煩的	N2
うまい（うまい②）〔い形容詞〕	好吃的、巧妙的	N4
うらやましい（うらやましい⑤）〔い形容詞〕	令人羨慕的	N2
うるさい（うるさい③）〔い形容詞〕	吵鬧的、吵雜的	N4
嬉しい（うれしい③）〔い形容詞〕	高興的、欣喜的	N4
おいしい（おいしい⓪）〔い形容詞〕	好吃的	N5
多い（おおい①）〔い形容詞〕	多的、眾多的	N4
大きい（おおきい③）〔い形容詞〕	大的、多的	N5

可笑しい（おかしい③）〔い形容詞〕	好笑的、可笑的、奇怪的	N4
Track 419 惜しい（おしい②）〔い形容詞〕	可惜的、珍重的	N3
遅い（おそい⓪）〔い形容詞〕	慢的、晚的	N5
遅い（おそい⓪）〔い形容詞〕	晚的、慢的、遲鈍的	N2
恐ろしい（おそろしい④）〔い形容詞〕	可怕的、驚人的、不可思議的	N2
大人しい（おとなしい④）〔い形容詞〕	老實的、溫順的	N2
おびただしい（おびただしい⑤）〔い形容詞〕	很多的、厲害的	N1
重い（おもい⓪）〔い形容詞〕	重的、重大的	N5
思いがけない（おもいがけない⑤）〔い形容詞〕	意想不到的	N2

か行

Track 420	賢い（かしこい③）〔い形容詞〕	聰明的、伶俐的	N3
	堅い（かたい⓪）〔い形容詞〕	硬的、堅固的	N2
	悲しい（かなしい⓪）〔い形容詞〕	悲傷的、難過的	N4
	軽い（かるい⓪）〔い形容詞〕	輕的、輕便的、清淡的、輕鬆的	N4
	可愛い（かわいい③）〔い形容詞〕	可愛的、很小的	N5
	黄色い（きいろい⓪）〔い形容詞〕	黃色的	N5
	きつい（きつい⓪）〔い形容詞〕	厲害的、嚴厲的、苛刻的、費力的	N2
	汚い（きたない③）〔い形容詞〕	髒的、骯髒的	N5
	厳しい（きびしい③）〔い形容詞〕	嚴格的、嚴厲的	N4
	清い（きよい②）〔い形容詞〕	清澈的	N2
Track 421	くすぐったい（くすぐったい⑤）〔い形容詞〕	發癢的、難為情的	N1
	悔しい（くやしい③）〔い形容詞〕	令人悔恨的、感到委屈的	N3
	暗い（くらい⓪）〔い形容詞〕	黑暗的、無知的	N5
	黒い（くろい②）〔い形容詞〕	黑色的	N5

い形容詞

あ行
か行
さ行
た行
な行
は行
ま行
や行
ら行
わ行

詳しい（くわしい③）〔い形容詞〕	詳細的、精通的 N2
けがらわしい（けがらわしい⑤）〔い形容詞〕	骯髒的、討厭的 N1
煙たい（けむたい③）〔い形容詞〕	嗆人的、使人發慌的 N1
濃い（こい①）〔い形容詞〕	濃的、濃厚的 N4
心強い（こころづよい⑤）〔い形容詞〕	有信心的 N3
心細い（こころぼそい⑤）〔い形容詞〕	不安的、擔心的、膽怯的 N1
Track 422 快い（こころよい④）〔い形容詞〕	愉快的、爽快的 N1
細かい（こまかい③）〔い形容詞〕	細小的、零碎的、仔細的 N2
怖い（こわい②）〔い形容詞〕	可怕的、恐怖的 N4

さ行

Track 423	寂しい（さびしい③）〔い形容詞〕	寂寞的	N4
	寒い（さむい②）〔い形容詞〕	寒冷的、冷的	N5
	騒がしい（さわがしい④）〔い形容詞〕	吵鬧的、騷動的	N2
	親しい（したしい③）〔い形容詞〕	親密的、親近的	N4
	しつこい（しつこい③）〔い形容詞〕	絮叨的、糾纏不休的	N3
	しぶとい（しぶとい③）〔い形容詞〕	頑強的、倔強的	N1
	白い（しろい②）〔い形容詞〕	白色的	N5
	すがすがしい（すがすがしい⑤）〔い形容詞〕	清爽的、爽快的	N1
	少ない（すくない③）〔い形容詞〕	少的	N4
	すごい（すごい②）〔い形容詞〕	嚇人的、可怕的、厲害的	N4
Track 424	涼しい（すずしい③）〔い形容詞〕	涼爽的	N4
	酸っぱい（すっぱい③）〔い形容詞〕	酸的、有酸味的	N2
	すばしこい（すばしこい④）〔い形容詞〕	敏捷的、靈活的	N1
	素早い（すばやい③）〔い形容詞〕	敏捷的、靈活的	N2

素晴らしい（すばらしい④）〔い形容詞〕	精彩的、了不起的、極優秀的	N4
鋭い（するどい③）〔い形容詞〕	尖銳的、鋒利的、敏銳的	N2
図々しい（ずうずうしい⑤）〔い形容詞〕	厚顏無恥的、不要臉的	N3
ずるい（ずるい②）〔い形容詞〕	狡猾的、滑頭的	N2
切ない（せつない③）〔い形容詞〕	難過的、苦惱的	N1
狭い（せまい②）〔い形容詞〕	窄的、狹小的	N5
Track 425 騒々しい（そうぞうしい⑤）〔い形容詞〕	吵嘈的	N1
そそっかしい（そそっかしい⑤）〔い形容詞〕	冒失的、輕率的、慌張的	N2
素気ない（そっけない④）〔い形容詞〕	冷淡的	N1

た行

Track 426 絶え間ない（たえまない④）〔い形容詞〕	不間斷的	N1
高い（たかい②）〔い形容詞〕	高的、貴的	N5
たくましい（たくましい④）〔い形容詞〕	健壯的、魁偉的、旺盛的	N2
正しい（ただしい③）〔い形容詞〕	正確的	N4
楽しい（たのしい③）〔い形容詞〕	快樂的	N4
頼もしい（たのもしい④）〔い形容詞〕	靠得住的、前途有為的	N2
堪らない（たまらない⓪）〔い形容詞〕	受不了的、不能忍受的	N2
たやすい（たやすい③）〔い形容詞〕	容易的	N1
だらしない（だらしない④）〔い形容詞〕	不檢點的、沒出息的、吊兒啷噹的	N2
小さい（ちいさい③）〔い形容詞〕	小的、微少的	N5
Track 427 近い（ちかい②）〔い形容詞〕	近的	N5
つまらない（つまらない③）〔い形容詞〕	無聊的、無趣的	N4
冷たい（つめたい⓪）〔い形容詞〕	冷的、冷淡的	N5
強い（つよい②）〔い形容詞〕	強的、有力的、擅長的、強烈的	N4

遠い（とおい⓪）〔い形容詞〕	遠的	N4
遠い（とおい⓪）〔い形容詞〕	久遠的、遠親的、疏遠的	N2
乏しい（とぼしい③）〔い形容詞〕	缺乏的、不足的、貧窮的	N2
とんでもない（とんでもない⑤）〔い形容詞〕	意外的、沒料到的、無理的	N3

◆ い形容詞

字尾一定為「い」結尾，加名詞時直接接續名詞就可以了。

【い形容詞＋名詞】

例如：桜（さくら）は美（うつく）しいです。（櫻花很美）

→うつくしい桜（さくら）です。（美麗的櫻花）

台湾人（たいわんじん）はあついです。（台灣人很熱情）

→あつい台湾人（たいわんじん）です。（熱情的台灣人）

◆ な形容詞

字尾不定，加名詞時必須加「な」再接續名詞。

【な形容詞＋な＋名詞】

例如：１０１（いちまるいち）ビルは有名（ゆうめい）です。（101大樓很有名）

→有名（ゆうめい）な１０１（いちまるいち）ビルです。（有名的101大樓）

町（まち）は静（しず）かです。（街道很安靜）

→静（しず）かな町（まち）です。（安靜的街道）

な行

Track 428 無い（ない①）〔い形容詞〕	沒有的、無的	N5
長い（ながい②）〔い形容詞〕	長的、長久的	N5
情けない（なさけない④）〔い形容詞〕	無情的、可憐的、悲慘的、可恥的	N2
懐かしい（なつかしい④）〔い形容詞〕	令人懷念的	N3
悩ましい（なやましい④）〔い形容詞〕	痛苦的	N1
なれなれしい（なれなれしい⑤）〔い形容詞〕	親暱的	N1
苦い（にがい②）〔い形容詞〕	苦的	N4
憎らしい（にくらしい④）〔い形容詞〕	可恨的、討厭的	N2
鈍い（にぶい②）〔い形容詞〕	鈍的、遲緩的、慢的、低沉的	N3
温い（ぬるい②）〔い形容詞〕	微溫的、不嚴厲的	N5
Track 429 眠い（ねむい⓪）〔い形容詞〕	睏的	N4
望ましい（のぞましい④）〔い形容詞〕	有希望的	N2
鈍い（のろい②）〔い形容詞〕	緩慢的、遲緩的	N2

Track 430 はかない（はかない③）〔い形容詞〕	渺茫的、短暫的	N1
激しい（はげしい③）〔い形容詞〕	激烈的、強烈的	N2
恥ずかしい（はずかしい④）〔い形容詞〕	害羞的、慚愧的	N4
甚だしい（はなはだしい⑤）〔い形容詞〕	非常的、很大的	N2
早い（はやい②）〔い形容詞〕	早的	N5
速い（はやい②）〔い形容詞〕	快的	N5
馬鹿らしい（ばからしい④）〔い形容詞〕	無聊的、愚蠢的	N2
低い（ひくい②）〔い形容詞〕	低的、矮的	N5
酷い（ひどい②）〔い形容詞〕	殘酷的、激烈的、兇猛的	N2
ひどい（ひどい②）〔い形容詞〕	殘酷的、無情的、厲害的、嚴重的	N4
Track 431 等しい（ひとしい③）〔い形容詞〕	相等的、和～相同的	N2
平たい（ひらたい⓪）〔い形容詞〕	平的、平坦的、平易的	N1
広い（ひろい②）〔い形容詞〕	廣闊的、寬的	N5
深い（ふかい②）〔い形容詞〕	深的、深遠的	N4

ふさわしい（ふさわしい④）〔い形容詞〕	適合的、相稱的	N3
太い（ふとい②）〔い形容詞〕	粗的、胖的	N4
古い（ふるい②）〔い形容詞〕	老舊的	N4
ほしい（ほしい②）〔い形容詞〕	想要的、渴望的	N4
細い（ほそい②）〔い形容詞〕	細的、狹窄的	N5

Track 432	紛らわしい（まぎらわしい⑤）〔い形容詞〕	容易混淆的、含糊不清的	N1
	まずい（まずい②）〔い形容詞〕	不好吃、笨拙的、醜的、不妙的	N3
	まずい（まずい②）〔い形容詞〕	不好吃的、不好的	N5
	貧しい（まずしい③）〔い形容詞〕	貧窮的、貧困的	N2
	待ち遠しい（まちどおしい⑤）〔い形容詞〕	盼望已久的	N1
	まぶしい（まぶしい③）〔い形容詞〕	耀眼的、刺眼的	N3
	丸い（まるい⓪）〔い形容詞〕	圓圓的、圓滿的	N5
	短い（みじかい③）〔い形容詞〕	短的、短少的	N5
	みっともない（みっともない⑤）〔い形容詞〕	不像樣的、丟人的	N1
	難しい（むずかしい④）〔い形容詞〕	難的、複雜的	N5
Track 433	空しい（むなしい③）〔い形容詞〕	空的、沒內容的、虛無的、枉然的	N1
	珍しい（めずらしい④）〔い形容詞〕	稀奇的、新奇的	N3
	めでたい（めでたい③）〔い形容詞〕	可喜可賀的、幸運的	N2
	目まぐるしい（めまぐるしい⑤）〔い形容詞〕	眼花撩亂的、目不暇給的	N2

詞彙	中文	級數
もったいない（もったいない⑤）〔い形容詞〕	可惜的	N2
物足りない（ものたりない⓪）〔い形容詞〕	不足的、未十全十美的	N1
物々しい（ものものしい⑤）〔い形容詞〕	森嚴的	N1

ノート

不熟的單字，可以記在這裡喔！

單字	中文	級數
Track 434 やかましい（やかましい④）〔い形容詞〕	吵鬧的、怨言多的、挑剔的	N2
優しい（やさしい⓪）〔い形容詞〕	溫和的、溫柔的	N4
易しい（やさしい⓪）〔い形容詞〕	容易的、簡單的	N5
安い（やすい②）〔い形容詞〕	便宜的	N5
ややこしい（ややこしい④）〔い形容詞〕	複雜的、繁雜的、麻煩的	N1
柔らかい（やわらかい④）〔い形容詞〕	軟的	N4
よろしい（よろしい③）〔い形容詞〕	妥當的、蠻好的	N4
弱い（よわい②）〔い形容詞〕	低弱的、軟弱的、不擅長的、虛弱的	N2

單字	中文	級數
Track 435 りりしい（りりしい③）〔い形容詞〕	英勇的、威嚴可敬的	N1

Track 436

單字	中文	級數
若い（わかい②）〔い形容詞〕	年輕的、有朝氣的	N5
若々しい（わかわかしい⑤）〔い形容詞〕	朝氣十足的、年輕的	N3
煩わしい（わずらわしい⑤）〔い形容詞〕	厭煩的、繁雜的	N1
悪い（わるい②）〔い形容詞〕	不好的、壞的	N5

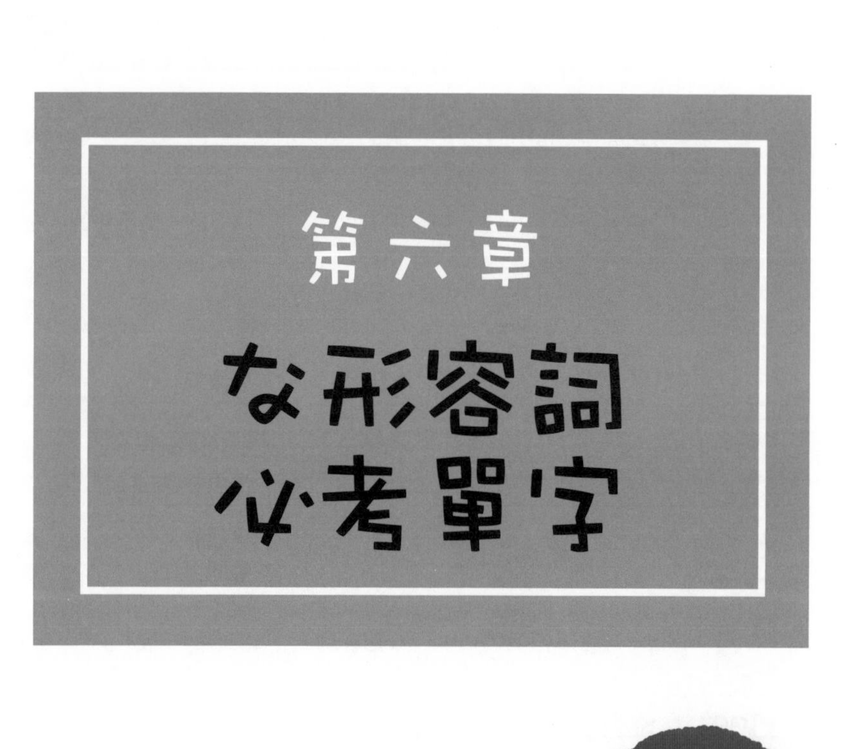

第六章

な形容詞必考單字

あ行

單字	中文	級數
Track 437 あいまい（あいまい⓪）〔な形容詞〕	不明確的、曖昧的、可疑的	N2
明らか（あきらか②）〔な形容詞〕	明亮的、明顯的	N2
鮮やか（あざやか②）〔な形容詞〕	清晰的、鮮明的	N1
あべこべ（あべこべ⓪）〔な形容詞〕	相反的、顛倒的	N2
あやふや（あやふや⓪）〔な形容詞〕	含糊的、模稜兩可的、靠不住的	N1
安易（あんい①）〔な形容詞〕	容易的、輕而易舉的	N2
安価（あんか①）〔な形容詞〕	低廉的	N2
案外（あんがい①）〔な形容詞〕	意想不到的、出乎意料的	N2
安閑（あんかん⓪）〔な形容詞〕	安然的、悠閒自在的	N2
安心（あんしん⓪）〔な形容詞〕	安心的、放心的	N4
Track 438 安静（あんせい⓪）〔な形容詞〕	安靜的	N2
安全（あんぜん⓪）〔な形容詞〕	安全的	N4
安定（あんてい⓪）〔な形容詞〕	安定的、安穩的	N3
意外（いがい⓪）〔な形容詞〕	意外的	N2

單字	中文	級數
粋（いき⓪）〔な形容詞〕	漂亮的、瀟灑的	N1
一律（いちりつ⓪）〔な形容詞〕	同樣音律的、一樣的	N1
一生懸命（いっしょうけんめい⑤）〔な形容詞〕	拼命的	N4
一般（いっぱん⓪）〔な形容詞〕	一般的、普遍的、普通的	N2
嫌（いや②）〔な形容詞〕	討厭、夠了	N5
色々（いろいろ⓪）〔な形容詞〕	各式各樣的	N4
Track 439 浮気（うわき⓪）〔な形容詞〕	見異思遷的	N3
永遠（えいえん⓪）〔な形容詞〕	永遠的	N2
婉曲（えんきょく⓪）〔な形容詞〕	婉轉的、委婉的	N1
円満（えんまん⓪）〔な形容詞〕	圓滿的、美滿的、完美的	N1
おおげさ（おおげさ⓪）〔な形容詞〕	誇大的	N1
大雑把（おおざっぱ③）〔な形容詞〕	草率的、粗枝大葉的	N3
大方（おおかた⓪）〔な形容詞〕	大部分的、一般人的	N1
大柄（おおがら⓪）〔な形容詞〕	身材高大的、大大的花樣的	N3
大幅（おおはば⓪）〔な形容詞〕	寬幅的、大幅度的	N3

な形容詞

あ行 か行 さ行 た行 な行 は行 ま行 や行 ら行 わ行

おおまか（おおまか⓪）〔な形容詞〕	不拘小節的、大方的	N1
Track 440 オーバー（おーばー①）〔な形容詞〕	超過的	N1
オープン（おーぷん①）〔な形容詞〕	開放的、公開的	N1
穏やか（おだやか②）〔な形容詞〕	穩靜的、穩當的	N2
同じ（おなじ⓪）〔な形容詞〕	同樣的、相同的	N4
温和（おんわ⓪）〔な形容詞〕	溫和的	N1

單字	中文	級數
Track 441 快適（かいてき⓪）〔な形容詞〕	舒適的、舒服的	N3
かすか（かすか①）〔な形容詞〕	微弱的、貧苦的	N1
画期的（かっきてき⓪）〔な形容詞〕	劃時代的	N1
勝手（かって⓪）〔な形容詞〕	任意的、隨便的	N2
過密（かみつ⓪）〔な形容詞〕	過密的、過於集中的	N1
からっぽ（からっぽ⓪）〔な形容詞〕	空洞的、空無一物的、空的、空虛的	N2
簡易（かんい①）〔な形容詞〕	簡易的、簡單的	N3
簡潔（かんけつ⓪）〔な形容詞〕	簡潔的	N1
肝心（かんじん⓪）〔な形容詞〕	首要的、關鍵的	N1
簡素（かんそ①）〔な形容詞〕	簡單的、樸素的、簡化的	N1
Track 442 簡単（かんたん⓪）〔な形容詞〕	簡易的、容易的	N2
完璧（かんぺき⓪）〔な形容詞〕	完善無缺的	N1
寛容（かんよう⓪）〔な形容詞〕	寬容的、容忍的	N1
頑固（がんこ①）〔な形容詞〕	頑固的、固執的	N1

な形容詞

あ行 か行 さ行 た行 な行 は行 ま行 や行 ら行 わ行

気軽（きがる⓪）〔な形容詞〕	輕鬆愉快的、舒暢的	N2
危険（きけん⓪）〔な形容詞〕	危險的	N4
貴重（きちょう⓪）〔な形容詞〕	貴重的、寶貴的	N2
几帳面（きちょうめん④）〔な形容詞〕	規規矩矩的、一絲不苟的	N3
気の毒（きのどく③）〔な形容詞〕	可憐的、悲慘的、可惜的	N2
気紛れ（きまぐれ⓪）〔な形容詞〕	反覆無常的	N1
Track 443 生真面目（きまじめ②）〔な形容詞〕	一本正經的	N1
奇妙（きみょう①）〔な形容詞〕	奇妙的、奇異的	N2
窮屈（きゅうくつ①）〔な形容詞〕	窄小的、感覺受拘束的	N1
急速（きゅうそく⓪）〔な形容詞〕	迅速的、急速的	N2
強力（きょうりょく⓪）〔な形容詞〕	強力的	N2
極端（きょくたん③）〔な形容詞〕	極端的、頂端的	N1
嫌い（きらい⓪）〔な形容詞〕	討厭的、不喜歡的	N5
気楽（きらく⓪）〔な形容詞〕	舒適的、無掛慮的、快活的	N2
きらびやか（きらびやか③）〔な形容詞〕	燦爛的、華麗的	N1

綺麗（きれい[1]）〔な形容詞〕	美麗的、潔淨的	N5
Track 444 緊急（きんきゅう[0]）〔な形容詞〕	緊急的、急迫的	N1
勤勉（きんべん[0]）〔な形容詞〕	勤勞的、勤奮的	N1
逆（ぎゃく[0]）〔な形容詞〕	倒的、逆的	N2
偶然（ぐうぜん[0]）〔な形容詞〕	偶然的	N2
けち（けち[1]）〔な形容詞〕	吝嗇的、小氣的、寒酸的、小心眼的	N2
結構（けっこう[1]）〔な形容詞〕	足夠的、相當好的	N5
元気（げんき[1]）〔な形容詞〕	有精神的	N5
謙虚（けんきょ[1]）〔な形容詞〕	謙虛的	N2
健康（けんこう[0]）〔な形容詞〕	健康的	N2
健在（けんざい[0]）〔な形容詞〕	健在的	N1
Track 445 健全（けんぜん[0]）〔な形容詞〕	健全的	N3
賢明（けんめい[0]）〔な形容詞〕	賢明的、英明的、高明的	N1
幸運、好運（こううん[0]）〔な形容詞〕	幸運的、僥倖的	N2
公然（こうぜん[0]）〔な形容詞〕	公然的、公開的	N1

好調（こうちょう0）〔な形容詞〕	順利的、情況良好的	N1
公平（こうへい0）〔な形容詞〕	公平的	N3
小柄（こがら0）〔な形容詞〕	身形嬌小的、小花樣的	N3
滑稽（こっけい0）〔な形容詞〕	滑稽的	N1
細やか（こまやか2）〔な形容詞〕	細小的、情意深厚的	N1
固有（こゆう0）〔な形容詞〕	固有的、天生的	N1
Track 446 混雑（こんざつ1）〔な形容詞〕	混雜的、擁擠的	N3
困難（こんなん1）〔な形容詞〕	困難的、困苦的	N2
根本的（こんぽんてき0）〔な形容詞〕	根本的、基礎的	N1

さ行

單字	中文	級數
Track 447 逆様（さかさま⓪）〔な形容詞〕	倒的、逆的、顛倒的	N2
盛ん（さかん⓪）〔な形容詞〕	興盛的、繁榮的	N4
盛ん（さかん⓪）〔な形容詞〕	旺盛的、繁榮的、熱烈的、積極的	N3
細やか（ささやか②）〔な形容詞〕	微小的、微薄的	N2
爽やか（さわやか②）〔な形容詞〕	爽快的、清爽的、鮮明的	N3
残念（ざんねん③）〔な形容詞〕	可惜的、悔恨的、遺憾的	N4
静か（しずか①）〔な形容詞〕	安靜的、平穩的	N5
静か（しずか①）〔な形容詞〕	寂靜的、平靜的、沉默的、穩重的	N3
質素（しっそ①）〔な形容詞〕	樸素的	N1
しとやか（しとやか②）〔な形容詞〕	文雅的	N1
Track 448 詳細（しょうさい⓪）〔な形容詞〕	詳細的	N1
深刻（しんこく⓪）〔な形容詞〕	深刻的、沉重的、嚴重的	N2
真実（しんじつ①）〔な形容詞〕	真實的	N1
神聖（しんせい⓪）〔な形容詞〕	神聖的	N1

單字	中文	級數
親切（しんせつ①）〔な形容詞〕	親切的	N4
新鮮（しんせん⓪）〔な形容詞〕	新鮮的	N2
慎重（しんちょう⓪）〔な形容詞〕	慎重的、小心謹慎的	N2
心配（しんぱい⓪）〔な形容詞〕	擔心的	N4
神秘（しんぴ①）〔な形容詞〕	神祕的	N1
自在（じざい⓪）〔な形容詞〕	自在的、自如的	N1
Track 449 実（じつ②）〔な形容詞〕	實際的、忠實的、實質的	N1
実用（じつよう⓪）〔な形容詞〕	實用的	N2
邪魔（じゃま⓪）〔な形容詞〕	妨礙的、打擾的	N4
自由（じゆう②）〔な形容詞〕	自由的、自在的	N4
柔軟（じゅうなん⓪）〔な形容詞〕	柔軟的、能變通的	N1
十分（じゅうぶん③）〔な形容詞〕	足夠的、充分的	N4
順調（じゅんちょう⓪）〔な形容詞〕	順利的	N2
丈夫（じょうぶ⓪）〔な形容詞〕	健康的、結實的、堅固的	N4
迅速（じんそく⓪）〔な形容詞〕	迅速的	N1

好き（すき②）	〔な形容詞〕	喜歡的、愛的	N5
Track 150 健やか（すこやか②）	〔な形容詞〕	身體、精神健康的	N1
速やか（すみやか②）	〔な形容詞〕	快的、迅速的	N2
正確（せいかく⓪）	〔な形容詞〕	正確的	N2
精巧（せいこう⓪）	〔な形容詞〕	精巧的、精密的	N1
誠実（せいじつ⓪）	〔な形容詞〕	誠實的、真誠的	N3
清純（せいじゅん⓪）	〔な形容詞〕	清純的、純真的	N1
正常（せいじょう⓪）	〔な形容詞〕	正常的	N1
整然（せいぜん⓪）	〔な形容詞〕	整齊的、有條不紊的	N1
盛大（せいだい⓪）	〔な形容詞〕	盛大的、隆重的	N1
正当（せいとう⓪）	〔な形容詞〕	正當的	N3
Track 151 精密（せいみつ⓪）	〔な形容詞〕	精密的、精確的	N1
積極的（せっきょくてき⓪）	〔な形容詞〕	積極的	N2
切実（せつじつ⓪）	〔な形容詞〕	懇切的、切身的	N1
絶対（ぜったい⓪）	〔な形容詞〕	對的	N2

善良（ぜんりょう⓪）〔な形容詞〕	善良的	N1
相応（そうおう⓪）〔な形容詞〕	適合的、相稱的	N1
早急（そうきゅう⓪）〔な形容詞〕	迅速的、趕快的	N1
壮大（そうだい⓪）〔な形容詞〕	雄壯的、宏大的	N1
素朴（そぼく⓪）〔な形容詞〕	樸素的	N1
粗末（そまつ①）〔な形容詞〕	簡陋的、粗糙的、不愛惜的	N2

た行

Track 452

大概（たいがい⓪）〔な形容詞〕	大概的、大略的、大部分的	N1
退屈（たいくつ⓪）〔な形容詞〕	無聊的	N2
大切（たいせつ⓪）〔な形容詞〕	重要的	N5
対等（たいとう⓪）〔な形容詞〕	對等的、平等的	N1
大変（たいへん⓪）〔な形容詞〕	嚴重的、辛苦的	N4
怠慢（たいまん⓪）〔な形容詞〕	怠慢的、鬆懈的	N1

平ら（たいら⓪）〔な形容詞〕	平坦的、平靜的、平穩的	N3
確か（たしか①）〔な形容詞〕	明確的、確定的	N4
多忙（たぼう⓪）〔な形容詞〕	繁忙的	N1
多様（たよう⓪）〔な形容詞〕	各式的、各樣的	N3
Track 453 単調（たんちょう⓪）〔な形容詞〕	單調的、無變化的	N1
大事（だいじ⓪）〔な形容詞〕	重要的、保重的、愛護的	N4
大丈夫（だいじょうぶ③）〔な形容詞〕	不要緊的、沒關係的	N5
大好き（だいすき①）〔な形容詞〕	最喜歡的	N5
大胆（だいたん③）〔な形容詞〕	大膽的、有勇氣的	N1
駄目（だめ②）〔な形容詞〕	無用的、白費的、不行的	N4
忠実（ちゅうじつ⓪）〔な形容詞〕	忠實的、忠誠的	N1
中途半端（ちゅうとはんぱ④）〔な形容詞〕	半途而廢的、不徹底的	N2
月並み（つきなみ⓪）〔な形容詞〕	平凡的、平庸的、每月的	N1
つぶら（つぶら⓪）〔な形容詞〕	圓圓的、圓而可愛的	N1
Track 454 丁寧（ていねい①）〔な形容詞〕	有禮貌的、客氣的	N4

單字	中文	級數
適切（てきせつ⓪）〔な形容詞〕	恰當的、適當的	N3
適当（てきとう⓪）〔な形容詞〕	適當的	N4
手ごろ（てごろ⓪）〔な形容詞〕	價錢合適的、大小輕重合適的	N2
透明（とうめい⓪）〔な形容詞〕	透明的、清澈的	N2
得意（とくい②）〔な形容詞〕	得意的、擅長的、驕傲的	N3
特殊（とくしゅ⓪）〔な形容詞〕	特殊的	N3
特別（とくべつ⓪）〔な形容詞〕	特別的	N4
突然（とつぜん⓪）〔な形容詞〕	突然的、忽然的	N2
同等（どうとう⓪）〔な形容詞〕	同等的、相等的、等價的	N1
Track 455 独自（どくじ①）〔な形容詞〕	獨自的、獨特的	N1
鈍感（どんかん⓪）〔な形容詞〕	遲鈍的、不敏感的	N1
どんな（どんな①）〔な形容詞〕	怎麼樣的、如何的	N5

な行

Track 456 和やか（なごやか②）〔な形容詞〕	溫和的、和睦的	N1
なだらか（なだらか②）〔な形容詞〕	慢坡的、平穩的、順利的、流暢的	N2
滑らか（なめらか②）〔な形容詞〕	光滑的、流利的	N2
ナンセンス（なんせんす①）〔な形容詞〕	無意義的、荒謬的	N1
賑やか（にぎやか②）〔な形容詞〕	熱鬧的	N5
にわか（にわか①）〔な形容詞〕	突然的、驟然的	N2
熱心（ねっしん①）〔な形容詞〕	熱情的、熱心的	N4
のどか（のどか①）〔な形容詞〕	悠閒的、天氣晴朗的	N1

は行

Track 457

薄弱（はくじゃく⓪）〔な形容詞〕	薄弱的、不強的、不明確的	N1
漠然（ばくぜん⓪）〔な形容詞〕	含糊的、籠統的、曖昧的	N1
はるか（はるか①）〔な形容詞〕	遙遠的	N1
半端（はんぱ⓪）〔な形容詞〕	零星的、不完整的、不徹底的	N1
悲惨（ひさん⓪）〔な形容詞〕	悲慘的、悽慘的	N1
必然（ひつぜん⓪）〔な形容詞〕	必然的	N1
必然的（ひつぜんてき⓪）〔な形容詞〕	必然的	N2
必要（ひつよう⓪）〔な形容詞〕	必要的、需要的	N4
皮肉（ひにく⓪）〔な形容詞〕	挖苦的、諷刺的、譏笑的	N2
ひま（ひま⓪）〔な形容詞〕	空閒的、時間的	N5

Track 458

貧困（ひんこん⓪）〔な形容詞〕	貧困的	N1
貧弱（ひんじゃく⓪）〔な形容詞〕	軟弱的、瘦弱的、貧乏的	N1
頻繁（ひんぱん⓪）〔な形容詞〕	頻繁的	N1
平等（びょうどう⓪）〔な形容詞〕	平等的	N2

單字	讀音	詞性	中文	級數
敏感	（びんかん⓪）	〔な形容詞〕	敏感的	N1
不意	（ふい⓪）	〔な形容詞〕	意外的、突然的	N1
不可欠	（ふかけつ②）	〔な形容詞〕	不可缺的、必須的	N1
不規則	（ふきそく②）	〔な形容詞〕	不規則的、凌亂的	N2
不吉	（ふきつ⓪）	〔な形容詞〕	不吉利的、不吉祥的	N1
複雑	（ふくざつ⓪）	〔な形容詞〕	複雜的	N4
Track 459 不景気	（ふけいき②）	〔な形容詞〕	不景氣的、蕭條的	N3
不順	（ふじゅん⓪）	〔な形容詞〕	不順的、異常的、不服從的	N1
不審	（ふしん⓪）	〔な形容詞〕	懷疑的、可疑的	N1
不足	（ふそく⓪）	〔な形容詞〕	缺少的、不足的	N2
不調	（ふちょう⓪）	〔な形容詞〕	（談判等）破裂的、不順利的	N1
普通	（ふつう⓪）	〔な形容詞〕	普通的	N4
物騒	（ぶっそう③）	〔な形容詞〕	騷動不安的、危險的	N2
不当	（ふとう⓪）	〔な形容詞〕	不正當的、不合理的	N1
不服	（ふふく⓪）	〔な形容詞〕	不服的	N1

單字	中文	級數
不便（ふべん①）〔な形容詞〕	不便的、不方便的	N4
Track 460 不満（ふまん⓪）〔な形容詞〕	不滿的、不滿意的	N2
不明（ふめい⓪）〔な形容詞〕	不清楚的、盲目的	N3
不良（ふりょう⓪）〔な形容詞〕	不好的、流氓的	N3
無事（ぶじ⓪）〔な形容詞〕	平安的、沒毛病的、健康的	N2
無礼（ぶれい①）〔な形容詞〕	沒禮貌的	N1
平気（へいき⓪）〔な形容詞〕	不在乎的、鎮靜的	N2
平行（へいこう⓪）〔な形容詞〕	平行的、並行的	N2
平凡（へいぼん⓪）〔な形容詞〕	平凡的	N2
下手（へた②）〔な形容詞〕	不拿手的、不高明的	N5
変（へん①）〔な形容詞〕	奇怪的、奇異的	N4
Track 461 便宜（べんぎ①）〔な形容詞〕	方便的、權宜的	N1
便利（べんり①）〔な形容詞〕	方便的、便利的	N5
呆然（ぼうぜん⓪）〔な形容詞〕	茫然、呆呆的	N1
豊富（ほうふ⓪）〔な形容詞〕	豐富的	N2

朗らか（ほがらか②）〔な形容詞〕	舒暢的、快活的、晴朗的	N2
本気（ほんき⓪）〔な形容詞〕	真的、認真的	N3
本当（ほんとう⓪）〔な形容詞〕	真實的、實在的	N5

ノート

不熟的單字，可以記在這裡喔！

ま行

單字	中文	級數
Track 462 まし（まし⓪）〔な形容詞〕	勝過的	N1
真面目（まじめ⓪）〔な形容詞〕	認真的	N4
真っ青（まっさお③）〔な形容詞〕	深藍色的、臉色蒼白的	N3
真っ白（まっしろ③）〔な形容詞〕	雪白的	N2
真っ直ぐ（まっすぐ③）〔な形容詞〕	筆直的、直接的	N5
満足（まんぞく①）〔な形容詞〕	完美的、滿足的、符合要求的	N2
惨め（みじめ①）〔な形容詞〕	悽慘的、悲慘的	N2
無意味（むいみ②）〔な形容詞〕	無意義的、沒價值的	N1
無効（むこう⓪）〔な形容詞〕	無效的	N1
無邪気（むじゃき①）〔な形容詞〕	天真的、幼稚的	N3
Track 463 無知（むち①）〔な形容詞〕	沒知識的、愚笨的	N1
無茶（むちゃ①）〔な形容詞〕	毫無道理的、胡亂過分的	N1
無茶苦茶（むちゃくちゃ⓪）〔な形容詞〕	毫無道理的、亂七八糟的	N1
夢中（むちゅう⓪）〔な形容詞〕	熱衷的	N2

無念（むねん①）〔な形容詞〕	悔恨的、遺憾的	N1
無能（むのう⓪）〔な形容詞〕	無能的、無才的	N1
無用（むよう⓪）〔な形容詞〕	不起作用的、沒必要的、無事的	N1
斑（むら⓪）〔な形容詞〕	有斑點的、不齊的	N1
無理（むり①）〔な形容詞〕	無理的、不講理的、強迫的	N4
明確（めいかく⓪）〔な形容詞〕	明確的	N3
Track 464 明白（めいはく⓪）〔な形容詞〕	明白的、明顯的	N1
明朗（めいろう⓪）〔な形容詞〕	明朗的、光明正大的	N1
明瞭（めいりょう⓪）〔な形容詞〕	明白的、明瞭的	N1
面倒（めんどう③）〔な形容詞〕	麻煩的	N2
猛烈（もうれつ⓪）〔な形容詞〕	猛烈的、激烈的	N1
物好き（ものずき③）〔な形容詞〕	好事的	N1

Track 465

憂鬱（ゆううつ⓪）	〔な形容詞〕	憂鬱的、愁悶的	N1
有益（ゆうえき⓪）	〔な形容詞〕	有益的、有意義的	N3
勇敢（ゆうかん⓪）	〔な形容詞〕	勇敢的	N1
有効（ゆうこう⓪）	〔な形容詞〕	有效的、有用的	N2
優秀（ゆうしゅう⓪）	〔な形容詞〕	優秀的	N3
優勢（ゆうせい⓪）	〔な形容詞〕	優勢的	N1
優美（ゆうび①）	〔な形容詞〕	優美的	N1
有望（ゆうぼう⓪）	〔な形容詞〕	有希望的、有前途的	N2
有名（ゆうめい⓪）	〔な形容詞〕	有名的、著名的	N5
有利（ゆうり①）	〔な形容詞〕	有利的、有益的、方便的	N2
有力（ゆうりょく⓪）	〔な形容詞〕	有力的、有效力的、有希望的	N1

單字	中文	級數
Track 466 楽観的（らっかんてき⓪）〔な形容詞〕	樂觀的	N1
立派（りっぱ⓪）〔な形容詞〕	堂皇的、豪華的、卓越的	N5
良好（りょうこう⓪）〔な形容詞〕	良好的、優秀的	N1
良質（りょうしつ⓪）〔な形容詞〕	品質良好的、上等的	N1
冷酷（れいこく⓪）〔な形容詞〕	冷酷的、無情的	N1
冷淡（れいたん③）〔な形容詞〕	冷淡的、不熱情的	N1
露骨（ろこつ⓪）〔な形容詞〕	露骨的、坦率的、毫不客氣的	N1
ロマンチック（ろまんちっく④）〔な形容詞〕	浪漫的	N1

單字	中文	級數
Track 467 割高（わりだか⓪）〔な形容詞〕	與品質分量比較起來價值貴的	N2

新日檢 N1-N5 關鍵單字這樣學

不會考的單字不用看！一本就能掌握 N1-N5 關鍵單字！

作　　者　赤名莉香◎著
繪　　者　張嘉容
顧　　問　曾文旭
社　　長　王毓芳
編輯統籌　耿文國、黃璽宇
主　　編　吳靜宜
執行編輯　廖婉婷、黃韻璇、潘妍潔
美術編輯　王桂芳、張嘉容
封面設計　阿作
法律顧問　北辰著作權事務所　蕭雄淋律師、幸秋妙律師

初　　版　2021 年 09 月
出　　版　捷徑文化出版事業有限公司——資料夾文化出版
電　　話　（02）2752-5618
傳　　真　（02）2752-5619

定　　價　新台幣 380 元／港幣 127 元
產品內容　1 書

總 經 銷　知遠文化事業有限公司
地　　址　222 新北市深坑區北深路 3 段 155 巷 25 號 5 樓
電　　話　（02）2664-8800
傳　　真　（02）2664-8801

港澳地區總經銷　和平圖書有限公司
地　　址　香港柴灣嘉業街 12 號百樂門大廈 17 樓
電　　話　（852）2804-6687
傳　　真　（852）2804-6409

▶本書部分圖片由 Shutterstock、freepik 圖庫提供。
▶本書詞類以日本三省堂字典為準。

國家圖書館出版品預行編目資料

新日檢 N1-N5 關鍵單字這樣學 / 赤名莉香著 .
-- 初版 . -- 臺北市：捷徑文化出版事業有限公司一資料夾文化出版 , 2021.09
面；　公分 . --（日語學習：003）

ISBN 978-986-5507-65-7（平裝）

1. 日語　2. 詞彙

803.12　　110004901